ソール・ベロー研究

—ベローの文学とアメリカ社会—

坂口 佳世子 著

成 美 堂

2003

目次

ソール・ベロー研究——ベローの文学とアメリカ社会

序章　ソール・ベローの文学とアメリカ社会

⓪「アメリカ人作家」ベローの誕生

ソール・ベロー（Saul Bellow）ほどアメリカ社会をこれほどの長きにわたり、様々な視点から観察し、それを作品に描き続けている作家は数少ないであろう。ベローはロシア系ユダヤ人の息子として一九一五年にカナダのラシーヌで誕生し、九才のときに両親とともにシカゴにやって来た。十才のときにはすでに作家になりたいと思っており、ジャック・ロンドンやオー・ヘンリーを読み、その作風を真似ていた。高校卒業後、シカゴ大学に入学するが、作家志望の彼はそこでの教育はベストではないと考え、二年後、ノース・ウエスタン大学に移り、文化人類学を専攻、さらに作家になるために大学院の英語学科への進学を希望した。しかし、学科長のウイリアム・ブライアンにロシア系ユダヤ人の息子としてベローはアングロ・サクソンの伝統、英語に対する適切な「フィーリング」を持っていないであろうと拒絶され、再び文化人類学を専攻するが中退し、その後、ペスタロッチ・フローベル師範学校、ニュー・ヨーク大学、シカゴ大学等で教鞭をとり、現在もボストン大学で教えつつ、作家活動を続けている。

ベローの作家活動において独特の視座を与えているのがまさにこの彼の経歴である。彼はユダヤ系移民として、大学教授として、また作家として、彼の作品のなかにはマージナル・マン、知識人、芸術家、コスモポリタンの立場から見たアメリカ社会が描かれ、いわゆる「マイノリティ」としての立場から見たアメリカ社会の裏側を垣間見させてくれる。彼は最近作の『ラヴェルスタイン』（*Ravelstein*, 2000）まで一九作もの著作を出版しているが、特筆すべきは彼の長きにわたり、かつコンスタントな創作活動であろう。それゆえに我々は彼の作品を通して二〇世紀のアメリカ社会を概観することができるのである。そこで本章においてはアメリカ社会を各年代ごとに概観し、それが彼の作品のなかにどのように投影されているかを検討し、さらにその過程を通して、彼の文学の独自性、および創作姿勢について考察したい。

一九二〇年代のアメリカ社会はまさに未曾有の大景気を享受していた。大量生産、大量流通、大量消費という大衆文化の開花に必要な三大要素が満たされ、大衆消費社会が出現し、ラジオや様々な電気器具、自動車等の産業が成長し、アメリカ社会を繁栄へ導いた。この繁栄の基礎となり、その後の産業資本主義社会の基盤となったのがヘンリー・フォードの開発した大量生産方式、「フォード・システム」であり、また彼は高賃金、労働時間の短縮という、一見労働者にとっての福音とも言える労資共栄の精神、いわゆる「フォーディズム」を打ち出した。また、この大量生産の単純労働の担い手となったのは一八九〇年代から一九二〇年代の世紀転換期に大量にやって来た新移民達であり、彼らはヨーロッパの人口増加や貧困、また宗教的迫害から逃れるためにアメリカにやって来たのである。彼らは一九世紀の西欧、北欧からの旧移民とは異なり、おもに南欧、東欧の出身であり、彼らの多くは英語を話すこともできず、手に職を持たず、宗教もカソリックやユダヤ教という、いわゆる「ワスプ社会」のアメリカでは明らかに差別されるべき人々であるが、ニュー・ヨークやシカゴ等の大都市で貧しい労働者としてアメリカの繁栄を支えるのである。

ベローの『オーギー・マーチの冒険』（*The Adventures of Augie March*, 1953）のなかにはこの二〇年代のラジオや自動車や様々な物質にあふれるアメリカ社会を背景として、シカゴの移民達の姿が描かれており、ロシア系ユダヤ人移民の息子として一九二四年、九才でシカゴにやって来たベロー自身の体験をもとに、この都会に住む移民達の生活が生き生きと描かれ、移民達の力強さや逞しさが表現されている。

この二〇年代の豊かさから一転して、三〇年代のアメリカ社会は一九二九年のニュー・ヨークの株式取引所の株価の大暴落によって引き起こされた大恐慌のために、資本主義の危機とも言うべき暗黒の時代となる。この大恐慌のあおりを最も強く受けたのが社会の弱者である、貧しく、社会保障に守られていない労働者達であった。三三年当時の失業者は一二〇〇万人とも一三〇〇万人とも言われ、全国に溢れていた。この大恐慌の原因は富の不分配による、生産と消費のギャップ、また株に対する不健全な投資や政府の経済政策の未熟さとも言われているが、この大恐慌によって、二〇年代の豊かさゆえに強く浮き彫りにされるのが全国民に与えられているはずの「自由、平等、幸福の追及という不可譲の権利」という建国の理念に関する歴史的矛盾である。すなわち、階級間の富の格差であり、「二つの国」アメリカの存在である。

『オーギー・マーチの冒険』のなかにはアメリカ社会における、この「光と影」のコントラストが如実に描かれており、アメリカの政治の各階級に対する差別的対応やアップトン・シンクレアの「ジャングル」的社会、すなわち弱肉強食のアメリカ社会の認識へ我々を導いてくれる。さらにテクノロジーの発展に伴う高度管理化社会の出現もこの作品のなかでは予言されている。また、ベローの第三作目のこの作品に関しては、しばしば作風の変化、すなわちその自由で軽妙な「語り口」が特徴として指摘されているが、さらに特筆すべきは彼の創作における視座の確立であり、それは恐らく『ハックルベリー・フィンの冒険』のもじりであろうと思われるこのタイトルが示唆している。マーク・トウェインが当時の黒人差別社会をマージナル・マンの子供の目を通して描き出したように、ベローは二〇年代、三〇年代のアメリカ社会をユダヤ系移民というマージナル・マンの目から描き出し、社会の矛盾を指摘している。

三〇年代のこの大不況のなか、ローズヴェルト大統領が「資本主義の左旋回」とも言われるニュー・ディール政策をもとにアメリカ社会、一般大衆の救済に努めるが、結果的に経済を完全復活に導いたのは第二次世界大戦の勃発、参戦に伴う軍事費の増大であり、軍需産業の急成長であった。周知のとおり、アメリカは一九四一年一二月七日の日本軍の真珠湾の奇襲攻撃をきっかけに参戦を決意するが、この参戦に関してはアメリカの孤立主義と国際主義の間での葛藤があった。第二次世界大戦が勃発したとき、アメリカはいち早く中立を宣言し、不介入の立場を表明した。パリ不戦条約の破綻、大恐慌による国内問題の深刻化、社会的危機感、民主主義を守るための第一次大戦への参戦が望ましい結果をもたらさなかったことや第一次大戦参加が軍需産業の画策によるものであるとする報告書の発表と反戦気運との融合により世論は参戦反対の立場を強くしており、政府は二〇年代のウィルソン国際主義から一転して孤立主義的傾向を強め、モンロー・ドクトリン当時の善隣外交を推し進め、中南米諸国との共同防衛策を採っていた。しかし国民や特にローズヴェルト大統領自身は日独伊をはじめとする世界のファシズム勢力に対しては戦わなければならないという気持は強く、連合国側に対する武器援助という形でその姿勢を表明していた。この反戦と国際平和のための参戦との間で揺れるアメリカに参戦を決意させたのが皮肉にも真珠湾攻撃であった。

このアメリカの戦争と孤立主義的平和との間での葛藤は『宙ぶらりんの男』（*Dangling Man*, 1944）のなかで象徴的に描き出されている。主人公のユダヤ系の若者、ジョウゼフ（Joseph）は徴兵検査に合格し、会社を辞め、研究も諦め、ひたすら召集令状を待っているが、彼がカナダ国籍であることからなかなか令状が届かず、宙ぶらりんの状況にある。彼は仕事もせず、妻に養われ、また仲間が国際平和のために戦っているなか、一種の罪悪感を感じつつ、食事のとき以外は外出せず、ひとり部屋にこもり、孤立していた。しかし彼にとって社会参加は「善は社会のなかで愛をもって達成される」と明言しているように、「完全なる自己」になるためには不可欠な要素であり、それゆえに現在の自己は堕落した状況であると感じていた。以前の彼は「善良なる人間はいかに生きるべきか」という問いに対して「規約により、怨恨、暴虐、残虐が禁じられている集団」、すなわち「精神の植民地」なるものの建設という計画にその答えを見出していたが、今はその計画の無効性を認識していた。しかし最終的に彼の宙ぶらりんの状況に終止符を打ったのは銀行で自己証明ができず、「移民か黒人か子供」のように名前で呼ばれたことで著しくプライドを傷つけられるという出来事であった。このあと彼は現在の自由を放棄するという自己犠牲を払い、死の恐怖を払い除け、戦争という暴力に自己志願という最も望ましくない形で参加する決意をする。この選択は様々な問題を抱えつつも、国際社会の一員として世界の平和のために参戦を決意したアメリカの選択と相通ずるものがある。しかし両者ともに自己のプライドを傷つけられ、自らに降りかかってきた火の粉がその決断をさせたというのも皮肉な観があり、自己に直接関わってこない問題に対する、人間の消極的対応の姿勢を垣間見ることができる。

ベローはこの第一作目でユダヤ系移民のジョウゼフのなかにあるコンプレックスを示唆しつつ、結果的には内省のなかに答えを見出すべきという姿勢を捨て、行動することで現在の閉塞状況を打破するという、フロンティア精神、いわゆるヘミングウェイ的姿勢を選択し、アメリカ社会に同化しようとする姿勢を提示し、アメリカ人作家としてスタートを切ろうとしている。さらに、同じく四〇年代に書かれた『犠牲者』（*The Victim*, 1947）のなかではアメリカにおける反ユダヤ主義の実態を執拗に暴露しつつも、ユダヤ系移民の過剰な被害者意識を指摘し、真の犠牲者とはどのような人々であるかという問題に対して普遍的解答を提示している。

ジョウゼフが「移民か子供か黒人でも呼ぶように」姓ではなく名前で呼びかけられたことで理性を失ってしまったことからもわかるように人種差別の問題は移民の国、多民族国家アメリカの建国以来の歴史的問題である。確かに『犠牲者』のなかには反ユダヤ主義が明確に描かれているが、人間のなかにある普遍的差別本能が示唆されている。すなわちワスプはそれ以外の南欧系、東欧系の人々を差別し、イタリア人はユダヤ人を差別している。黒人はその色の黒さゆえに差別の対象となりやすいのは明確である。ベローはユダヤ系移民として特にこの問題に関しては強い関心を示しており、これが彼のマイノリティとしてのアウトサイダー的マージナル・マンの視座を作りあげている。

前述の如く、この作品のなかには反ユダヤ主義を反映する多くの場面があり、一見そのテーマが反ユダヤ主義の感があるが、ベロー自身はそれに対して「移民、アメリカ社会に帰属したいと思っても受け入れられず、閉め出されている人々、我々すべてのなかのアウトサイダー」について語っているという。この作品は主人公のユダヤ人レヴァンサール（Leventhal）とワスプのオールビー（Albee）との関係から人間は被害者であると同時に知らないうちに加害者にもなっているという普遍的テーマを扱っているとも言われているが、ベローはこのなかでさらに、真の犠牲者とはどのような人々であるかという問題を提起し、子供やアウトサイダーや何らかの理由で社会から排除されている人、すなわち体制内で自己の主張を明確にできない人々こそ真の犠牲者であると言い、アメリカ社会に限らず、人間社会の普遍的構図を明らかにしている。

ただ、ベローは女性に対する差別に関しては言及していないが、この作品のなかには明確に女性に対する差別が現われている。レヴァンサールは二人の男性のまえで恐怖のために声を失っている女性を遠くから目撃し、この女性を一方の男性の妻であり、「娼婦」であると決めつけたり、婚約時代に現在の妻とかつての恋人との関係を疑い、偶然とはいえ暴力行為をしてしまい、彼女から言葉を奪ってしまったり、オールビーの連れ込んだ娼婦を、全く似ていないにもかかわらず、当時「娼婦」のレッテルを張られていたプエルト・リコ人女性である管理人の妻と勘違いするなど、女性差別意識が明確に確認できる。彼女たちこそ、実際的にもまた「語り」の上からも男性の暴力により言葉を奪われ、釈明や自己主張をすることができない「真の犠牲者」である。これは当時のアメリカだけではなく、多くの父権社会に見られる女性差別の状況を反映しており、差別を告発しているはずのベロー自身が男性として無意識のうちに差別する立場に立っていると言えよう。

五〇年代のアメリカ社会は「豊かさの時代」と言われ、大量生産技術の発展およびGNPの上昇により、大衆消費社会が到来し、テレビや自動車等の幅広い普及により、多くの人々が物質的豊かさとともに、娯楽やレジャーを楽しんだ。中産階級の人々は都会の喧騒を避け、郊外の一戸建てに移り住み、電化製品に囲まれた快適な生活を享受した。しかしこの豊かさを支えていたのは自動車、住居、電化製品などの需要増加に伴う産業の発展に加えて、連邦政府の予算の五〇―六〇パーセントを占める軍事費による原子力、航空機、ミサイル、電子機器など、新興軍需産業の発展である。周知の如く、この「軍産複合体」は第二次世界大戦から現在まで様々な意味でアメリカの政治に影響を及ぼしている。しかし、この新興産業の発展はGNPの四〇年代の五九五ドルから六〇年の二二六三ドルへの急上昇につながり、就業率の安定にも貢献したのは確かである。この経済的安定は大恐慌時代を体験した人々にとっては非常に魅力があり、決して手放したくないものであった。それゆえ彼らは現体制の維持を望み、いわゆる「体制順応型社会」を生み出し、対外的には冷戦、朝鮮戦争、インドシナ問題等、様々な問題を抱えていたが国内的には保守的気運が高まり、比較的安定した時代であった。

しかし、白人中産階級の郊外での豊かな生活とは対照的に都市中心部の黒人をはじめとするマイノリティの人々の貧困というアメリカの「光と影」が再び浮き彫りになり、アメリカ社会の不平等が明確になった。南部の農業労働人口の削減により、北東部や西部の大都市に移り住んだ黒人たちは都市中心部で貧しい下層社会を構成し、これにより、アメリカの大都市は様々な都市問題を抱えることになり、時代とともにそれは深刻化している。

また、五〇年代は一見安定した時代ではあったが激動の六〇年代を予見させる歴史的事件もあった。人種問題に関しては戦争や大都市で白人との生活を体験した黒人たちは彼らの置かれている人種隔離状況に疑問を感じ始め、これは一九五四年の最高裁の公立学校での人種隔離を違憲とするブラウン判決や、五五年のアラバマ州の「バスボイコット」事件につながり、六〇年代の公民権運動の指導者、キング牧師を登場させた。

また、効率と豊かさのみを追及する社会において、物質的豊かさと引き換えに、すげ替え可能な一員として大規模な組織の一歯車として働くことを甘受している、画一化され、アイデンティティを失っている白人中産階級のライフスタイルに対して最初に疑問を投げ掛けたのは「ビート作家」達であり、文学の面からであった。彼らは六〇年代のカウンター・カルチャーの先駆けとなり、アレン・ギンズバークはヒッピー達の教祖的存在となる。

このような文学的気運をベローは『雨の王ヘンダソン』(*Henderson the Rain King*, 1959) のなかに反映させており、主人公ユージーン・ヘンダソン (Eugene Henderson) は、『老人と海』(*The Old Man and the Sea*, 1952) でアメリカの物質文明主義を批判しているヘミングウェイをほうふつさせる人物である。ベローはアフリカを舞台とするこの作品のなかで文明社会の非人間的、抑圧的状況を浮き彫りにし、さらにライオンの象徴的人物、ダーフ王(Dahfu) を登場させ、人々のなかの原始的反抗精神を呼び覚まそうとしている。さらに彼はこの粗野な反抗精神をニュー・ヨークの移民の労働者のエネルギーと重ねあわせ、現在体制派であるワスプの多くの人々の先祖はイギリス国教会に反抗して新大陸にやって来た人々であること、圧政的イギリス本国に反抗して、独立を勝ち得たのは彼らの祖先であることを想起させ、西洋文明のなかで文化的マイノリティであるアメリカ人の反抗精神が、ワスプであるヘンダソンのなかに存在していることを示唆し、彼の反抗精神を呼び起こすことに成功している。またベローはこの作品のなかでアメリカ社会における、科学的テクノロジー信仰、西洋文明至上主義に対しても疑問を投げかけ、様々な文明の価値観を認め、取り入れることとの必要性を示唆している。これはユダヤ系をはじめ、マイノリティの人々の持つ文化を認めていくことであり、六〇年代以降のポスト・モダン社会における文化的多元主義を予知し、マイノリティの公民権運動の展開を予期している。

このような人種的マイノリティとしての視座は以前の作品のなかにも見られたものであるが、この作品に明確に見られるベローの創作姿勢はアメリカ社会における芸術家の立場である。物質主義的アメリカ社会においては生産に携わらず、物質的繁栄に寄与しない芸術家はいわゆるマージナル・マンであり、疎外された人々である。しかし、五〇年代の「ビート運動」が示しているように、彼らはマージナル・マンであるがゆえに体制社会の矛盾に対して敏感であり、作品を通して社会にメッセージを送る役割を果たしている。前述のヘミングウェイが非文明社会を体験し西洋文明批判をしているように、またギンズバークをはじめとして多くの人々が世界に飛び出し、様々な文化の価値を認識しているように、ベローはこの作品のなかで人種的マイノリティとしての視座と彼の文化人類学の知識を生かしつつ、アメリカ社会を観察し、作品を通して社会にメッセージを送っており、その作家としての役割と意義を強く認識しているように思われる。

六〇年代のアメリカは社会改革の精神に燃えた、史上最年少のケネディ大統領の誕生という希望の幕開けから、六八年のキング牧師の暗殺、六九年のワシントン反戦大集会で幕を閉じるという、明から暗へのまさに激動の時代であった。社会的にはケネディ大統領のあとを継いだジョンソン大統領が人種問題、貧困問題、社会保障問題に取り組み、様々な改革が行なわれたが、後半になると、ベトナム戦争への本格的介入、泥沼化、それに対する反戦運動、また新公民権法の成立は見たものの、黒人の暴動の頻発等で社会は騒然としていた。また黒人の解放運動を引き金に他のマイノリティの解放運動、女性の解放運動、学生運動も盛り上がりを見せた。若者たちの間からは五〇年代のビート運動の流れを汲む、既成の体制に反抗するカウンター・カルチャーが生まれ、その象徴としてヒッピー達が登場した。

この六〇年代をベローは『サムラー氏の惑星』(*Mr. Sammler's Planet*, 1970)のなかで総括している。彼はサムラー氏という第二次大戦直後にアメリカにやってきた七〇才代のユダヤ人の知識人を主人公として登場させ、これまでと異なり、完全な異邦人の眼でアメリカ社会を観察し、分析している。前作の『ハーツォグ』(*Herzog*, 1964)の主人公も知識人ではあるがハーツォグが内省的人物であったのに対し、サムラー氏は異邦人としてアメリカ社会から距離をおき、社会学者的な、また歴史家的な観点から冷静に観察、分析している。この作品のなかでベローは大都市ニュー・ヨークを背景として貧富の格差の激しいアメリカ社会、犯罪の多発する危険な大都市の実態を暴露しており、さらに六〇年代の様々な解放運動に対するアイロニカルな見方を提示している。黒人解放運動の「ブラック・イズ・ビューティフル」の概念は黒人スリの犯罪、恐喝で汚されており、女性解放運動に伴う性的解放運動は、性的な放蕩さゆえに周囲からひんしゅくを買っている高等教育を受けた、上流社会の女性の登場で歪曲され、アメリカ社会の性的に堕落した状況の原因ともされている。さらに親世代の既成の価値観に対抗するカウンター・カルチャーの精神は親の経済力をあてにしつつ、親に反抗している若者のなかに「生かされ」ており、また、フリー・スピーチを掲げる学生運動は集会における暴言や運動家達の知識レベルの低さが暴露され、付け焼き刀的学生運動の底の浅さを指摘している。

このような六〇年代の状況を見て、サムラー氏はアメリカは崩壊寸前の終末的状況であると言っているが、これに対してアメリカの力強さを熟知しているベローは、この作品のなかに宇宙開発のテーマを取り入れて独自の観点を示唆している。つまり、この終末的状況を打開してくれるのが宇宙開発計画に象徴されているアメリカの高度テクノロジーと富である。六九年にアポロ一一号は人類史上初の月面着陸に成功し、アメリカは世界にその経済力、技術力を見せつけたが、この作品のなかで、このニュー・フロンティアの意義をアメリカの歴史におけるフロンティアの意義と重ねあわせてとうとうと語っているのは皮肉にもインド人科学者である。つまり、アメリカには西部というフロンティア、すなわちアメリカン・ドリームの基盤があったからこそ東部の労働者の不満の捌け口となり、革命が起きなかったと言い、アポロ計画のために社会福祉予算が削減されているという批判に対しても、その意義の大きさゆえに擁護する意見を述べている。ここで示唆されていることは、黒人暴動や貧困問題を含めて様々な問題を抱えている現状を打開してくれるのはこのニュー・フロンティアが象徴しているテクノロジーであり、このテクノロジーの発展とテクノクラシーによってアメリカに経済的繁栄と社会的安定をもたらすことが可能であるとする、アメリカのテクノロジー至上主義である。また、インド人科学者の存在はアメリカの同化力と同時に、テクノロジー信仰が今や世界的規模のものであることも示唆している。これに対してサムラー氏は宇宙開発の意義をさほど認めず、現状を打破するためにはまず正義を取り戻すことが先決であると言い、テクノロジー信仰に疑問を投げかけている。ベローはこの作品のなかに、ホロコーストを体験した老ユダヤ人サムラー氏を通して、様々なアウトサイダーの視座を導入しているが、その適切な社会観察や分析にもかかわらず、難解で前作に比べて読者に受け入れにくい作品となっているのは否定できない。恐らく、その原因の一部は語りや構成、人物設定という小説の技巧にあるのではないかと思われる。

七〇年代のアメリカは建国二〇〇周年という記念すべき年を迎えたが、ウォーター・ゲート事件という大統領が任期途中で辞任するという、アメリカの歴史に大きな汚点を残す事件や、インフレや不況による増大する財政問題、またベトナム戦争による国際的威信や指導力の失墜等で一世紀前の百年祭とはうって変わり、沈滞ムードが漂っていた。社会的には六〇年代の公民権運動も一見鎮静化し、社会は落ち着きを取り戻したかのようであったが、六〇年代からの都市問題はさらに悪化し、都市の貧困や治安の問題は深刻な状況に陥っていた。都市は五〇年代からの中産階級の郊外化からさらに黒人をはじめとするマイノリティの人々によるスラム化が進み、また企業の周辺地域への移動による法人税の減収に加え、福祉費の増大により都市財政は危機的状況に陥っていた。実際、ニュー・ヨーク市は七五年には連邦政府からの援助でかろうじて破産を免れた。さらに七〇年代以降、都市の犯罪は深刻な問題となっており、七〇年代の暴力犯罪の三分の一が大都市で起きており、その原因として挙げられるのは麻薬常習者の増加、銃器の入手の容易さ、警察力の慢性的不足などであるが、根本的要因は黒人やマイノリティの下層階級の高い失業率などの貧困問題である。

この都市の問題に関してはベローはまさに「アメリカの作家」と言えるであろう。というのは彼の作品の背景の多くがニュー・ヨークやシカゴという二大都市であり、マイノリティの人々に焦点を当てているがゆえに、都市問題の深刻化が作品のなかに顕著に反映されているからである。例えば『サムラー氏の惑星』においてはニュー・ヨークの治安の悪さ、慢性的警察力の不足がリアリスティックに描かれており、問題の深刻さを訴えている。

ベローは次作の『フンボルトの贈り物』（*Humboldt's Gift*, 1975）のなかでも都市の問題をテーマの一つとして取り上げている。この作品の背景はシカゴであるが「シカゴ出身の作家」を自認する主人公チャーリー・シトリーン（Charlie Citrine）は数年ぶりに故郷に帰り、愛するシカゴのあまりの荒廃ぶりに愕然とする。しかし彼は思い出の残るこのシカゴを今更見捨てることはできないと感じつつ、その再生の可能性を信じる。なぜならば、都市は個々の人々から構成されており、個人が変わっていないかぎりシカゴはいつかきっとかつてのシカゴに戻るであろうというのである。ベローはこの作品のなかでこの都市の問題を解決するのに未来に希望を託す、いわゆる「希望の弁証法」というユダヤ的問題解決法を提示している。これは現在は確かに最悪の状況であるが未来において必ず、かつての栄光を取り戻すであろうというユダヤ的発想であり、ベローはこの概念に対して読者の関心を引くために作中にチャーリーのかつての恋人ネイオミ・ルーツ(Naomi Lutz)を登場させ、旧約聖書の『ルツ記』のネイオミに注目させ、このユダヤ独特の概念の認識と理解を促している。

また、七〇年代には六〇年代の女性解放運動が進み、結果的には成立に必要な州の批准が得られず、成立は見なかったものの、連邦議会の両院で男女平等権修正条項が認められる等、女性の権利の拡張が進み、女性の政界や専門職への進出が目立った。その一方で、離婚率の急上昇や単身世帯の激増が目立ち、複数の男女や同性愛カップルの作る新しい家族形態が現われてくる。このような社会状況もまたこの作品のなかには反映されており、結婚という伝統的社会形態に疑問を投げかけると同時に、強い女性に抑圧されているベローの主人公の姿が浮き彫りにされている。

このほか、彼の最高傑作であろうと目されるこのノーベル賞受賞作品のなかでベローは様々なテーマを取り扱っており、意義深いメッセージを送っているだけでなく、前作の失敗を省みて、読者を楽しませるエンターテインメントの要素を取り入れるべく、登場人物の設定に考慮し、さらに語りの技巧として入れ子構造を取り入れるなど、様々な構成上の努力を行なっている。なかでも注目すべきは喜劇の手法の導入であり、難解なテーマやメッセージを読者に抵抗感無く伝えるのに大きく貢献している。この喜劇の手法の導入にはアメリカの文化的に貧しい社会状況、すなわち物質的繁栄に貢献しない芸術家に対する無理解、社会に受け入れられないことからの彼らの絶望感が反映されていると同時に、もし作家がその作品を通して社会に対するメッセンジャーの役割を果たそうとするならば、大衆に広く受け入れられ、理解されなければならないというベローの認識が投影されており、「アメリカの作家」としての彼の創作姿勢が表明されている。これは三〇年に渡る創作活動のすえ、ベローが辿り着いたアメリカにおける作家の存在意義に対する最終的結論であろう。

「強いアメリカ」の復活を掲げたレーガン大統領の就任で八〇年代のアメリカは幕を開ける。この強いアメリカの復活のための軍事力増強のためにアメリカ経済は赤字財政に苦しめられ、その結果、老人医療費やその他の福祉政策の圧縮が行なわれた。このような財政方針は都市問題や貧困問題をさらに悪化させる要因となっている。七〇年代に入って黒人の地位は確かに上昇し、黒人市長の急増に見られる様に政界への進出も顕著となり、また専門職、管理職への進出が目立ち、経済的状況も改善されてきた。しかし裕福な中産階級と極貧の「アンダー・クラス」と呼ばれる人々との分極が際立ってきたのも事実である。この黒人の貧困水準以下の家族の割合は八〇年代には全世帯数の約三〇パーセントを占めており、白人の三・五倍である。

ベローは『学部長の十二月』(*The Dean's December*, 1982)のなかでも前二作に引き続き、都市問題を取り扱っており、特に大都市の黒人下層階級の実態に焦点を当てている。ベローはこの作品のなかでシカゴの黒人社会の無秩序で、崩壊した、悲惨な状況を語ると同時に、その閉じられた自滅的状況を打開するための救済策を提示している。彼らの窮状の根本的要因はその「閉じ込め」状態と黒人社会内部のアノミー(文化的混乱状態)であり、この状態から彼らが独力で抜け出すことは困難であり、アメリカ社会は彼らの自滅を待っている観がある。ベローは今、彼らに最も必要なものは彼らを導いてくれる指導者、いわゆるグルの存在であると考え、この作品のなかにグルとして、「シカゴの道徳的イニシアティブの代表的人物」である、黒人の刑務所長のリドパス（Lidpath）と、殺人者で、自身ももと麻薬常習者であり、現在は私費で麻薬解毒センターを営み、いわゆる「ハル・ハウス」の様な場を黒人ゲットー社会に提供しているウインスロップ（Winthrop）という黒人を救済者として登場させている。

また、ベローは共産主義下のルーマニアのブカレストの監視され、自由の抑圧された社会の閉鎖性と黒人社会の閉鎖性をアナロジカルにとらえ、この状況を打破するためには、まずこの社会を解放すること、すなわちこの社会の実態と真実を暴露することが必要であると考え、この解放者の役割を果たすのが主人公のコルド（Corde）である。彼は黒人社会の実態を報告し、リドパスとウインスロップを擁護し、称賛する記事を『ハーパーズ』に書いたことでマスコミの「コルド狩り」に会い、学部長を勤めている大学当局からも圧力をかけられ、大学を辞職することになる。このことで彼は「アメリカ企業」のマスコミの実態と管理化された大学の現状を認識し、退職後はジャーナリストとして、この「ハーパーズ」の路線で自由に書き続け、「閉じられた社会」の真実を暴露していくことを決意する。そして物語の結末では内部的には二人の黒人指導者の存在と、自由を求めるコルドのペンの力の援助により、黒人社会の窮状に一条の光が差し込んでいる。

ベローはこの作品を通して、前作で示されている自らの創作姿勢を明確に表明している。彼は自らの作家としての役割はアメリカ社会の真の状況を人々に伝えること、すなわち「閉じられた社会」を解放することであると考えていると思われる。すなわち七〇年代以降、保守化さらに管理化の進むアメリカ社会において社会や組織の抑圧に決して屈することなく、自由に発言し真実を伝えることで「自由、平等、幸福の追及」という独立の理念の実現とアメリカ再生を希う「アメリカ人作家」としての役割を果たすことこそ、自らの創作活動の一つの意義であると認識しているのではなかろうか。この役割に関しては「都市作家」ベローはまさに適任である。というのも都市は現代文明社会の様々な問題を内包しているだけでなく、アメリカの様々な問題や矛盾の象徴的存在であり、都市を語ることはアメリカ社会全体を語ることでもあるからである。

これまでベローの第一作『宙ぶらりんの男』から第九作『学部長の十二月』を通して、二〇年代から八〇年代のアメリカ社会を概観し、「社会の解放者」という彼の作家としての一つの役割と意義について論じてきたが、その過程のなかで、作家ベローの一つの独自性を明らかにすることができた。それは彼の社会に対する鋭い観察力であり、また様々ではあるが一貫した、マージナル・マンとしての視座である。彼はユダヤ系移民として、知識人として、芸術家としてアメリカ社会を、特に閉じられた影の部分を鋭い目で見つめ、その内包する矛盾を暴露し、さらにその問題の解決の答えを見いだそうと努めている。またその表現と解決策にマージナル・マンとしての視座と知恵と認識を取り入れ、飽くことなく、コンスタントに創作活動を行なってきた。そして「社会の解放者」として作家ベローが最終的に到達したのがコルドのペンを持つ姿勢であり、彼の決意の表明はまさにベローの創作活動の理念の表明である。ここに我々はかつてアングロ・サクソンの伝統を理解できないとして作家への道を閉ざされたベローの「アメリカ人作家」としての確立を見ることができる。そして彼の創作活動はアメリカ社会の理想の実現に貢献するだけでなく、近年益々その価値が軽んじられつつある「文学」の持つ価値を我々に改めて認識させてくれる。

第一章　『宙ぶらりんの男』論

1　日記を読む

ヘミングウェイのヒーローたちに日記は似合わない。彼らには猛牛や大魚や飛行機がよく似合う。彼らが行動の男たちであるとすれば、ベローの主人公たちは内省の男たちである。『宙ぶらりんの男』の主人公ジョウゼフ（Joseph）はこの典型とも言える男であるが、彼は内省の場として日記を選び、その日記の冒頭で行動と内省という二つの相対する問題解決策に対して内省に軍配を上げる。彼は高らかに宣言する。「困難に直面したらなにも言わずにこれと取り組め。これが彼ら［ヘミングウェイのヒーローたち］の掟である。そんなのくそくらえだ！(1)」

ジョウゼフは何故急に日記を書き始めたのか。彼は職を辞して九か月も経った今、突然日記を付け始める。日記を書き始めるに当たって彼は「僕の現在の堕落した状況においては日記を付けることが必要である」（九）と述べている。この文中の"demoralization"という語が示しているように彼は現在混乱し、堕落している。また自ら孤立した状況に身を置いているにもかかわらず孤独を託ち、召集を待ちつつ死の恐怖に怯えている。このような様々な困難を解決するために彼が日記を書き始めたとすれば、一見、日記（及び書く行為）は問題解決の一助足りえているように思われる。日記という内省の場を確保することで「自己とは何か」を問うことができ、自らと語りあうことで孤独感を多少なりとも和らげることができる。また職もなく論文も書けず読書すらもできない今、日記を書くことはその代替行為であり、自己欺瞞的ではあるが何らかの満足感を得ることができよう。そして物語行為は時間の操作を可能にし、時間の束縛から逃れる可能性も与えてくれる。しかしこのような表層的効果とは裏腹に、日記（／書く行為）は問題解決どころか逆に問題をさらに悪化させる要素を孕んでいる。本章においては日記の持つ様々な相矛盾する特質を考慮しつつ、主人公ジョウゼフが何故現在の自由を放棄し、自ら志願して、戦争に参加していくのかを検討してみたい。

(一)　自我の分裂

ジョウゼフが日記を書き始める直接のきっかけは恐らく自己の存在に対する不安であろう。というのも、彼は日記を書き始める直前に銀行で妻アイヴァ（Iva）の給料の小切手を現金化しようとする際に自己のアイデンティティを証明することができず、プライドを著しく傷つけられているからである。その悔しさは余りにも大きかったのだろうか。彼はそのことについてすぐには触れず、かなり時が経ち、日記も終り近くになってから告白している。以前の彼はアメリカ国内交通公社の社員というアイデンティティがあった。しかしこれはあくまでも社会と自己という二項対立のなかでのアイデンティティであり、単なる記号に過ぎない。それゆえに彼は社会という自己投影の場を失ったとき、初めて自己の存在に対する不安を感じ、それまで自分が自己と呼んでいたものがあくまでも記号に過ぎないということに気付く。そこで当然「自己とは何か」という問題が生じてくることになる。

この問いに対してジョウゼフは日記という内省の場で自己と対峙することで真実の自己を見出そうと考えたのであろう。しかし日記は自己の鏡となりえるだろうか。『日記論』の著者ベアトリス・ディディエが指摘しているように「日記には常に語られることのない部分がある」(2) このことについて『宙ぶらりんの男』の下敷きとなっていると言われている『地下室の手記』と『嘔吐』の主人公がそれぞれ示唆に富む発言をしている。「地下室」の主人公は言う。

せめて自分自身にたいしてぐらい完全に裸になりきれるものか、ぜひともそれを試してみたいと思う。ついでに言っておくが、ハイネは正確な自叙伝なんてまずありっこない、人間は自分自身のことについてはかならず嘘をつくものだ、と言っている。……ぼくはハイネが正しいと思う。……しかしハイネが問題にしたのは、公衆の面前で懺悔した人間のことである。ところがぼくはただ自分一人だけのために書いている。(3)

「地下室」の主人公は読者が自分一人の場合は真実を語れるはずだと言っているが、一方ロカンタンの場合はそれほど単純ではない。

奇妙なことだ。私は十ページも書いたのに真実を記さなかった。——少なくとも、真実の全部を語らなかった。私が日づけのあとに「変わったことは何もない」と書いたのは、私がやましい心を抱いていたからである。事実は恥ずべきでもなく異常でもない簡単な話が表現されるのを拒んだのである。「変わったことは何もない。」人間が自分の理性を籠絡しておいていかに偽ることができるかに、私は驚嘆する。……

なぜ私がその話を語ろうとしなかったのかそれは自尊心のせいであり、それからまた、少しは不器用にもよるはずだ。私は自分に起こる出来事を自分にむかって語るという習慣を持っていない。……内面生活とたわむれるほど、私は童貞でもなければ聖職者でもない。(4)

ロカンタンが述べているように、たとえそれが自分自身に対してであろうと自己の経験を率直に語ることは難しく、特にそれが自己の内面と深く関わっているような場合は想像以上に困難である。それは自己の真実を知ることを無意識に避けようとしているという単純な理由だけではない。自己の経験と自己の内面についての断片的認識とを関連づけ、さらにそれを明確に言語化することは相当の思考訓練を必要とし、ゆえに日記の中に自己の真実を見ることは稀であろう。

このような表層的問題以上に、日記に限らず書くことで自己の存在を確認したり、あるいは自己の何たるかを知ろうとする際に非常に重大な問題が生じる。しばしば指摘されることだが、エクリチュールによる自我の分裂である。ディディエが述べているように「日記のなかで常に根本的なのは、作者がいつでも自分の言説の主体であり同時に客体であるということだ」[5]ジョウゼフの場合、主体としての自我と客体としての自我の分裂のみならず、客体としての自我がさらに分裂を起こしている。例えば、二月三日付けの日記は「もう一つの心（"The Spirit of Alternatives"）との一時間」という出だしで、ジョウゼフと分身との対話が記されており、この分身にはさらに「もう一つの道理（"*Tu As Raison Aussi*"）」とか「だが一方（"But on the Other Hand"）」という名前が与えられ、二重にも三重にも分裂している。客体としてのジョウゼフとこの分身は様々な問題について激しく言い争い、話し合いは全くの決裂状態で終る。三月一六日の分身との二度目の話し合いにおいては現在の自由を放棄して戦争に参加すべきかどうかという問題について話し合っており、「もう一つの心」から「お前は全く要領がよく、変り身の早い奴だ」という言葉を投げつけられ、和解というよりもむしろ分身に激しく打ちのめされている。この主体と客体の自我の分裂、さらには客体としての自我の分裂は自己の存在を確認するどころか自己の存在そのものに対する危機感を強めるものであり、書くことによる自己認識を放棄させ、自己との対峙を避けさせるものである。実際ジョウゼフの日記はこの後、四月八日を例外として四月九日の最後まで自己の内省的記述は殆ど無く、隣人のことや自己の行動の記録のみになっている。

さらにまた客体としての自我は現在の自我と過去の自我という分裂を引き起こしている。ディディエは日記のなかでの人称の変化は自我の分裂を引き起こすと言い、自己を三人称で呼んだり他の名前で呼ぶときは自己の同一性が危うい と指摘している。(6) ジョウゼフの場合、現在の自我を「私」、過去の自我を「彼」と言い、さらに「彼」には「昔のジョウゼフ」という名前を与えていることからもわかるように自我の分裂は明らかである。

この問題に関してはジョウゼフは過去と現在の自我をなんとか統一しようと試みている。というよりはむしろ過去の自我から現在の自我を認識しようとしている。まず彼は自伝作家が利用する物語性を導入し、一つのパースペクティブから客観的に語ることで過去の自我についての一つの認識を得ている。この物語性についてディディエは次のように述べている。「自伝とは後から構築された物語なのだ。したがって語られる事柄に、もしそれらがその日その日に記録されるなら獲得できないはずの構成と『論理』を、与えることが可能なのである。なぜなら後になってから、多少なりとも距離をおいて書くからである」(7) ジョウゼフの場合も一二月二二日付けの日記で九か月も前のサーヴェイティアス (Servatius) 家での出来事を主に語りながら「昔のジョウゼフ」の一面を認識している。他の人間一般に関しては「父親または兄弟の殺戮者」という獣性をある程度認めつつも自分自身に関しては「そのような憎悪の虜になったことがない」と自己の善性を信じていた、善人ぶった「昔のジョウゼフ」そして「善良なる人間はいかに生きていくべきか」という問いに対して、「規約により怨恨、暴虐、残虐さが禁じられている集団」すなわち「精神の植民地」なるものを建設するという計画のなかにその答えを見出しうると考えていた「昔のジョウゼフ」ここで彼はさらにこの過去の自我像から現在の自我を認識しようと試みている。「彼［昔のジョウゼフ］」はそのような人々［「精神の植民地」に住むべき仲間］を見出したと思った。しかしサーヴェイティアス家でのパーティの前でさえも彼は（あるいはむしろ僕は）その［計画の］進行に不安を感じていた。僕は自分の考えているような困難な計画あるいはプログラムには退廃も含めたあらゆる自然のものを考慮に入れる必要があるということがわかり始めていた。僕は真実に忠実でなければならなかった。そして退廃も真実の一つだった」（四〇）この「彼」から「僕」への移行、また「彼（あるいはむしろ僕は）」という表現からわかるようにジョウゼフは「彼」と「僕」を明確に区別したうえでさらに両者の断絶を埋めようと僅かな試みを見せている。しかし現在のジョウゼフにわかっていることは「善人はいかに」という問いに対して「精神の植民地」なる計画は無効であるということだけであり、彼は「いまだにその答えを探し求めている」結局過去の自我をいかに語ってみたところで明らかになるのは過去と現在の自我は違うということだけであり、現在の自我像は浮び上がってこない。

(二)　死の恐怖

ジョウゼフが自己の存在に対して危機感を抱いていることの象徴的現われとして、姓が決して明らかにされないということが指摘されよう。彼は銀行でマネージャーから「今どこに勤めているんですか、ジョウゼフ」と姓ではなく名前で呼ばれたことに対して「移民か子供か黒人でも呼ぶように名前で話しかけられたので」つい理性を失ってしまった。彼の怒りの言葉からも推測できるように姓というのはその人独自の存在を証明する一要素である。ただしあくまでも一要素であり、たとえフルネームであろうと名前はその人の実在を確定するものではない。確かにリオタールが指摘するように「名詞はそれを担っている指示対象の実在を証明するものではない」[8]が指示対象にまつわるほかの名詞を明らかにすることで、ある程度実在性を限定することができる。また、彼によれば「固有名詞の消去による自己同一性の破壊および経験の殺戮が意図的に為される」ことが近代性の特徴である。そして推理小説こそが近代あるいはポストモダン時代における存在論的問題の原型的な一形式であると言う[9]。

「推理小説では犯人は名前（日付、場所、人物、測定）による探知を欺くためにこれらの名詞を消去していこうとする」[10]が、これとは対照的にジョウゼフは自己の経験を語る際に時と場所を明確に記している。彼の日記のなかには固有名詞が多く見られ、また時に関しては特に敏感であり、日付や時間を必要以上に細かく記している。日記の終りに近づくと単に日付を記すのが日記の目的ではないかという感すらある。ブランショが「日記は書くという運動を時間のなかに根づかせるのだ」[11]と言っているように、ジョウゼフにとって日記（／日付）を書くことは時の流れのなかにしっかりと自己を根づかせる作業であり、時間のなかに存在している自己を認識させてくれるものである。またこれは時間に対する彼の幻想癖を意識した対処策でもあるように思われる。一二月一六日付けの日記で語っているように、彼は真冬のさなかに今は夏であると自分自身に思い込ませたり、夏を冬に変えたり、一日の時間に関しても同様の時の操作をすることができる。それゆえに彼は現在の他から隔絶された状況において「このまま行くと現実感を損なってしまうのではないか」と大いに危惧しているが、これはまさに彼にとって非常に危険な状態である。なぜならば現実感を失うということは現実における自己の存在すらも危うくすることになるからである。

このように日記（／書く行為）は現実における自己存在の確認という点では確かに貢献しているが、日付は現在のジョウゼフにとって非常に重要な問題を孕んでいる。人間の一生は限られたものであり、日付が進んでいくことは我々が確実に死に近づいていることを示している。つまりジョウゼフにとって日付は時の経過を明確に示すものであり、確実に死に近づいていることを認識させるものである。ましてや彼は現在軍隊からの召集を待っている。極端に言えば死を待っている状態であり、彼が死の恐怖に怯えているのは明らかである。実際多くの批評家が指摘しているように彼の死に対する恐怖は日記の至る所に現われている。[12] 例えば一月二〇日付けの日記は町で中年男性の倒れているのに出くわしたことについて長々と語っており、その男に自分の姿を重ね合わせていく。「予告なしに倒れる。ある石か大梁か弾丸が頭に命中する。骨か安物の窯から出してきたガラスのように粉々に砕ける。あるいはずるい敵は長年の拘束から逃げ出す。暗黒が降りてくる。我々は倒れ、大きな重圧が顔の上にのしかかってきて、重たい車輪に踏みつけられた小石の軋みのような最後の息を吐く」（一一六）このように一般市民の倒れた姿からすぐに戦争で虫けらのように殺される自分の姿を連想してしまうということは彼がいかに戦場での死を恐れているかを明確に示している。またしばしば夢は人の無意識を表わしていると言われるが、ジョウゼフは一月二六日付けの日記の中で自分の見た、いくつかの夢について語っている。それらの夢には大虐殺の犠牲者である多くの死体や、家々にしかけてある手琉弾を撤去している兵隊姿の彼自身が現われたりして、細かい分析を待つまでもなく彼の死に対する恐怖は明らかである。死を「あらゆる姿をとる殺人者」と呼び、その恐怖に怯えているジョウゼフにしてみれば、日付が彼の恐怖をさらに強めたとしても無理からぬことであろう。

また日付は「花も実もなく」無為に過ぎていく日々を認識させ、ジョウゼフが自己の「堕落」と呼んでいる苛立ちをさらに募らせている。彼は「今や曜日の区別がなく、すべてみな同じであり、火曜と金曜の区別もつかず新聞を読み忘れたら今日が何曜日かもわからない」（八一）状態であり、このような状況が彼の動揺を生みだし、姪のエッタ（Etta）との大人気ない争いやアロウ・レストランでかつての同志ジミー・バーンズ（Jimmy Burns）に無視されたといって大騒ぎを引き起こしたことの一因となっていることを彼自身もはっきりと認めている。そして「一日を規定するのに『二杯目のコーヒーを頼んだ日』とか『ウエートレスが焦げすぎのトーストを取り替えるのを拒んだ日』という言い方しか出来ない」ことに嫌気がさしてきており、「一日にもっと明確に印づけをしたい」と願っている。このような彼にとって日付は曜日と違って確実に彼の苛立ちを募らせる。曜日は円環をなしており、常に繰り返しであるがゆえに時の経過を知らせるものではない。それゆえにあれほど時に敏感な彼が曜日に無関心であることも納得のいくことである。すなわち直線的に経過する日付は日記の空間を明確に区切り、そこに時間の空間を作り出す。そしてその空間を埋められない苛立ちこそ彼の現在の「堕落」を悪化させているのである。

(三)　社会との断絶

既に述べたようにジョウゼフの日記には彼が意図した「自己との語り合い」よりむしろ他者及び社会に関する記述が多く、それゆえに「エピソディック」[13]で「レポート的」[14]なものになっている。それはあたかも日記のなかに社会を造り出し、そのなかに現実の彼に欠けている社会との繋りを求めているように思われる。現在彼は孤独感に苛まれており、「僕は孤独だ」(一〇)、「僕は本当に独りぼっちだ」(一二)「孤独が深まる」(一三)というように日記の初めの部分で繰り返し自己の孤独感を訴えている。しかし彼は「部屋に入るとすぐに外出の口実を探しにかかる」ほど部屋から出たがっているが「知人に出食わすことを恐れて」「下町に行くのを避けている」このことからもわかるように彼はただ単に感傷的にさみしいと嘆いているわけではなく、部屋に閉じこもっているのが耐えられないのであり、社会との断絶を恐れているのである。

ジョウゼフにとって社会がいかに意味のあるものかということは彼の新聞の読み方に明確に現われている。彼は新聞を「隅から隅までひとつも見落とすことなく、殆ど儀式のように」読み、「世界を受け入れ」「世界に満たされる」新聞に対する極端な偏向のみならず、「僕の社会、僕の世界」とか、「君が何をしようと世界を捨てることはできない」という記述からも彼の社会に対する姿勢が窺える。彼にとって社会はいかなる状況においても自己と切り離せないものであり、「善は社会のなかで愛をもって達成される」と明言しているように、社会参加は「完全なる自己」になるためには不可欠な要素である。またジョウゼフは現代の流行語である「疎外」という言葉は好きではないと言い、「世界との断絶を宣言したり、嫌ったりするのは余りにも狭量すぎる」とし、それは現代人の「ばかげた弁解」と語っているように、様々な問題を抱えた社会からの逃避とも言える、現代人の社会に対する安易な指向性を非難している。

したがって彼にとって社会の一員として活動していないということは「現在の［自らの］堕落した状況」の大きな原因であると考えられる。「一日中何もせずに座っている」「しかし自由の使い方を知らないと思われたくない」このような怠惰な状況は明らかに彼に罪悪感を抱かせているが、しかし彼は社会の一員として働いていずとも現在の自由と彼自身の個性を生かすことで社会に何らかの貢献ができると考えていた。恐らくそれは啓蒙時代の哲学者たちに関する論文を書くことであろう。だが彼はそれを再開することができないし、読書を始めてもすぐに止めてしまう。

このような状況で日記を書くことはその代替行為であり、自己欺瞞的ではあるが多少なりとも充足感を与えてくれる。「手記を書くというのは見るからに仕事らしい(15)」と『地下室の手記』の主人公が語っているように、ジョウゼフも日記を書くことで何らかの充足感を得ようとし、また得ることができたかもしれない。それは彼の日記の長さから窺い知ることができよう。当初は精力的に日記を書き、内容も様々なことに触れているが、徐々にその量は減り、終りに近づくにつれ殆どメモ程度のものが多くなっている。

しかし「日記は監獄的状況から生れやすく、また逆に監獄的状況を作り出す」[16]とディディエが指摘しているように、日記を書くことはジョウゼフが最も恐れている社会との断絶を助長することになる。ジョウゼフは言う。「僕にはこの八面体の箱があるだけだ。……僕の視野は壁に突き当たって終ってしまう」「何処に彼らのチャンスがあるか正確に知っている人達がいる。彼らはそれを追及するために脱獄し、シベリアを横断する。僕はこの一部屋に閉じ込められている」（九二）彼の「監獄」という言葉が明確に示しているようにジョウゼフは今まさに「監獄」的状況にあるわけだが、オプダールはこのような状況を評して「増し続ける孤独、徐々に狭まっていく輪。この小説は社会から自己へと狭まっている」[17]と言う。この外部から内部への動きは日記作者の持つ恒常的動きである。即ち、日記は外部社会、醜い現実、うまく折り合わない他人からの逃避場所であり、「安心感を与えてくれる場所であり、自分以外の世界、空虚、いつ襲ってくるかもしれないめまい、そして未知と多様性と分散への堕落に対する避難所なのだ」[18]ジョウゼフの場合、現実の醜さはアルムスタット（Almstadt）家の台所の汚さ（こぼれたオレンジ・ジュース、鶏の内臓、飛びはねた血）や窓外の光景（「醜くて密生した、広告板、道と車輪の跡、家々」）によって象徴されている。また彼の日記は回りの人々との衝突の記録ではないかと思わせるほどであり、彼自身、他人との諍いを自己の「堕落」の一要素としてあげている。このようなジョウゼフにとって日記はまさに格好の逃避の場であり、避難場所となっていると言えよう。

しかしジョウゼフは徐々にこのような監獄的状況に居続けることが苦痛になり、自己の現在の生き方に疑問を持ち始めている。彼は言う。「……人類が絶滅の危機に瀕しているときに自分だけ助かろうと考えるほど僕は堕落もしていないし、ハードボイルド派でもない。しかも、一方では、この部屋にいる価値が日に日に減少していく。まもなく僕にとって不快なものになるかもしれない」（一六八）そして最後には社会との繋がりをなくし、孤立することとの危険性を明確に記しているが、それは単に社会に対する貢献という積極的な問題ではなく、自己存在に関する基本的問題である。「僕は思うのだが、そのようなリアリティというのは非常に危険であり、当てにならないものである。それは信頼されるべきではない。……まさに常識的事物のなかに常識に反逆する要素がある。我々は一般的な取り決めを通してしかそれら「リアリティ」を信頼することができない。そしてそのような取り決めから自分自身を切り離すことは完全な正常さに必要な信頼から自己をはるかかなたに隔絶することになり、それは非常に危険なことである」（一九〇）彼は一二月一六日の日記のなかで以前から自分は「幻想に陥りやすく」、これが進むと現実感を損ねてしまう」と危惧しており、この危惧がまさに現実となってしまった今、このまま社会から隔絶された状態に身を置き続け、社会の取り決めを無視することは彼自身の存在そのものすら危ういものにしてしまうことに気づいたのである。彼から真の自由を奪ってしまう社会の取り決めこそが彼の存在を確認させてくれるものであり、現在のところは社会と自己という二項対立のなかでしか自己を確認できる方法はないと考えたのであろう。

しかし社会というのはあくまでも掟であり、言語であり、社会の取り決め（／掟）が認められなくなったとき社会は崩壊する。そのような実体のない社会に写し出された自己も当然実体のないものであり、単なる記号に過ぎない。ジョウゼフ自身も必ずしも社会が自己の何たるかを教えてくれるという確信はない。しかし、「戦争は恐らくその暴力によって、自分がこの部屋で数か月の間に学び得なかったことを教えてくれるだろう。恐らく他の方法で創造の深さを計ることができるであろう。多分」（一九一）と言っているように現状況に居続けることの不毛さだけは確信しており、これからの自己の経験と行動のなかから何かを学びとっていこうとしている。

結局ジョウゼフは自ら徴兵志願し、宙ぶらりんの状況にピリオドを打つことになるが、もちろん彼は積極的に軍隊を選択したわけではない。「自由」を放棄し、「束縛」を選択するというこのような結末に関してはこれまで知識人の「敗北」であるとか、「自ら課した孤立に対する勝利である」といった両極端の批評が為されてきたが[19]、この結末は「勝利」とか「敗北」という二者択一的問題ではない。入隊が社会復帰の一方法、孤立した現状を脱するための唯一の道であると考えるならば彼の採った行動は当然の成り行きであろう。ただ現状にそれ以上耐え切れず、未解決の問題を引きずっての戦争参加という必ずしも理想的とは言えないかたちでの社会復帰を彼に決意させたのは「日記」であり、「日記」を書く行為であったのではないかと考える。

内省により自己の何たるかを知ろうとするジョウゼフにとって、日記は自己の鏡たりえないし、逆にエクリチュールによる自我の分裂を引き起こし、統一した自己のイメージ獲得を不可能にしている。日記の日付は時間の経過を意識させ、自分自身が確実に死に近づいていること、人間は時間からは決して自由になれないことを認識させることになる。たとえ、現実から逃避し、幻想のなかで時間を自由に操ることができたとしても、そのことが自己存在そのものを幻想的なものにしてしまう。また日記の閉鎖性が孤独をさらに深め、社会からの孤立を助長することになる。つまり、日記を書くことはその形態的自由にもかかわらず、時間と空間のなかに自己を閉じ込め自らを監獄的状況に追い込むことである。また、日記は思考の完結を要求しないがゆえに「円環と際限のない繰り返しのイメージ」を持ち、日記の非決定性という特徴に繋る。ゆえにジョウゼフにとってこの「監獄」からの脱出、すなわち日記にピリオドを打つことこそが早急に必要なことであり、日記という「避難所」を飛び出し、死を含めたあらゆる暴力に身を曝していこうとする姿勢は評価すべきものがある。ただこの結末は一見ヘミングウェイのヒーローたちの姿勢であり、「行動」に対する「内省」の敗北のように映るが、「宙ぶらりんの男」ジョウゼフの決断が「日記」という「内省」の場を経た後のものであるということを見逃してはならない。

第二章　『犠牲者』論

2 真の犠牲者とは

ベローが一九四七年に上梓した『犠牲者』はこれまで多くの批評家がレヴァンサール（Leventh-al）とオールビー（Albee）の二人を主に取り上げて論じてきた。確かに彼らはこの作品における主要登場人物であり、彼らに焦点を当てることはごく自然の批評行為であろう。だが「犠牲者」というタイトルに目を向けると、このタイトルは彼らのためのものなのか、さらには、誰が「犠牲者」かという疑問が沸き起こってくる。多元的な解釈を許容するこの問いに対して一つの視点を与えてくれるのはジャン・フランソワ・リオタールである。リオタールによれば、「犠牲者とは自分が受けた不当な被害を証明することができない人のことである」[1]言論の自由及び「損害」を証言する権利を奪われたり、証言する文そのものの権威が奪われているような場合、犠牲者は不当な被害を被っているということになる。

言語中心の社会において、強いられた沈黙が犠牲者の一つの象徴であるならば、物語というテクストのなかで沈黙も犠牲者の構図と何らかの関連があると思われる。『犠牲者』のなかにはこのような沈黙を強いられている人物が幾人か登場するが、彼らはその沈黙ゆえに語りのうえでの犠牲者となっている。この物語は三人称の語り手により、レヴァンサールの視点を通して語られているために、彼の意識のプリズムによって語りの内容に歪みが生じているが、犠牲者と考えられる人達にはこの歪みを直す言語の力が与えられていないからである。[2] 本章では彼らの沈黙の背景を探ることで真の犠牲者像が浮かび上がってくるのではないかという予測のもとに、個々の場合を検討したい。

(一) 大人の言語を話せないことによる沈黙

レヴァンサールが甥のフィリップ（Philip）に二五セント硬貨を与えたとき、彼は"Thanks."と呟くが、「しかし恩義を拒否する表情をしていた」[3] これをレヴァンサールは母親が小銭を自由に与えているからだと暗にエリナ（Elena）を非難しているが、後になると次のように彼自身に対する非難として受け取っている。

フィリップがおしゃべりなのはさいわいだった。というのは、もし彼がおとなしい少年だったら、レヴァンサールはこれまで彼の相手をしなかったことを非難されているような気になったことだろう。たった一回、午後に会うぐらいでは埋め合わせできないと。彼は先週二五セント硬貨を与

えたとき、黙りこくったフィリップにそのような非難めいたものを読み取ったのだった。(一〇〇)

また、彼はオールビーとのいさかいのあと、フィリップが急に無口になったのをみて、「彼がその事件であまりにも動揺しているのがわかったので、気を利かして彼の感情を隠しているのだ」(一〇八)と解釈する。

このようにフィリップの沈黙はレヴァンサールの意識を通すといういわゆる戦略としての沈黙として解釈されているが、はたして子供の沈黙はそれほど意図的なものであろうか。ハーカヴィー(Harkavy)の娘リビー(Libbie)の場合も同様である。七才のバースディ・プレゼントをレヴァンサールから貰った彼女は、「彼をちらっと見て」すぐに包みを開け始める。この時母親のジュリア(Julia)は「有難うとおっしゃい。駄目な子ね。(“you little animal”)」と言って彼女を叱りつけるがハーカヴィー老婦人は「恥ずかしいんですよ。神経質になってるだけですよ」(二四七)と言って孫の弁護をする。老婦人の言葉がフィリップやリビーの気持ちを正確に代弁しているかどうかは別にしても、二人の子供に共通して言えることは彼らは社会と言語の関係を知らないということである。大人の社会では慣習的言語を発さないことはジュリアが“Little animal”と言ったように、人としての礼を失することであり、さらにレヴァンサールが感じたように相手に対する反抗的な意思表示と解釈される場合がある。

このような言語のルールを子供たちは経験によって教えられるのであるが、彼らは経験によって言語そのものも獲得していくために未知のものに対する言語を持たない。フィリップのもう一つの沈黙にしても「何でもないよ。足が疲れたんだ」（一〇八）と彼が言っているようにひとつには疲れのせいであろうし、また何か驚きや当惑を感じていたとしても、自分が理解できない大人の社会での出来事であり、それに対する適切な言語表現を知らないゆえの沈黙である。

"infant"という語は語源的には"unable to speak"という意味であり、法律上は二一才以下の未成年を指す。(4) 子供は大人の言語を話せず、また話す権利のないものなのである。しかし子供には子供の言語があり、泣き声や笑い、表情や身振りなども含まれるが、これを代弁してくれる大人が必要になってくる。ところがこの異なる体制の言語を大人はしばしば大人の体制内の規則に基づいて解釈したり、子供の言語に気付かなかったり、無視することがある。

ところで、一般的にも法律的にも子供の正当な代弁者は"guardian"すなわち保護者あるいは後見人ということになる。彼らは子供の権利を守ってくれるものという意味で子供にとっては正当でかつ最良の代弁者となるはずである。しかし、彼らが陥りやすい危険は自分達が子供の気持ちを良くわかっているという幻想を持つことであり、特に子供を自分の分身とみている母親にはこの傾向が強い。また、"guardian"（「監視者」）という語が暗示しているように、彼らは子供に対して権威をもち、子供はそれに服従する存在である。そしてこの権威は国王が自らの臣民に対して持つ生殺与奪の権力にも匹敵する。

例えば、エリナは子供のミッキー（Mickey）に対してこの権力を行使したと言える。彼女は医者の勧めにもかかわらず、自分の病院に対する不信感から子供をすぐに入院させず、結局ミッキーは死んでしまう。この時彼女は高熱に苦しんでいる子供が発していたであろう子供の言語には気付かず、むしろ、気付こうともせずに自分の言語でひたすら押し通そうとする。親は子供の正当でかつ最良の代弁者であるという思い込みこそがこの悲劇を生み出したのであり、その思い込みの犠牲者となったのが子供である。しかし、正当でかつ最良の代弁者という言葉に「母の子に対する愛」が付加されるとき、母親は絶対的代弁者となる。この「愛」という言葉こそ真の犠牲者の姿を覆い隠していると言えよう。

(二) 疎外され、発言の機会を奪われることによる沈黙

マックス（Max）の妻、エリナも沈黙の犠牲者である。レヴァンサールは頑なに反対し続けるエリナを説得しミッキーを入院させるが、子供の容体はさらに悪化し、予断を許さぬ状況に陥る。この時、「エリナは冷やかに押し黙っていた」（一五二）のだが、「明らかに、彼女は責任は彼にあると考えていた」（一五三）とあるようにレヴァンサールはこの沈黙を彼に対する非難として受け取っている。そしてミッキーの死後、チャペルでの彼女の「激しい怒りの表情」や、彼女の顔の「白さのなかに燃えるような表情」を見たとき、「彼女は気違いだ。／気違いに違いない」（一八二）とレヴァンサ

ールは彼女の狂気を確信する。それまでも彼は彼女の目や動きのなかに「狂気の徴し」を感じ取り、しばしば彼女のわめき声に精神病院でなくなったと聞かされた自分の母親との類似を見たりして、兄の真意を摑めぬ彼女の狂気を疑っている。そして、弟のマックスに彼女を医者に見せることを勧め、兄の真意を摑めぬ弟に「ママのことを思い出せ」（二三八）と言う。これに対してマックスは確かに彼女は病院のことを言い続けてはいるが、一時的に参っているだけで、「いざとなったら彼女は自分より強」く、苦しみを克服できる強さを持っていると不況のときに自分を支えてくれた妻を弁護し、彼女の狂気を否定する。子供のことでは自分も妻も兄にとても感謝していると言い、エリナのレヴァンサールに対する怒りは彼の誤解であることがわかる。

しかしこの誤解は必ずしも彼女自身の沈黙が生み出したものではない。マックスがエリナを弁護するまで、彼女にもレヴァンサールの誤解を解く機会はあったはずであるが、レヴァンサールは彼女を疎外することで彼女から発言の機会を奪ってしまったからである。彼は彼女の沈黙を非難として受け取ったあと、それ以上彼女の前に座っていると「自制心を失ってしまうのではないか」と台所に逃げ込んでしまう。これは子供の容体を心配するエリナの苦しみに対する同情心を欠くものであり（＝alienate）、彼女を疎外する行為である。彼女の「怒りの表情」を見たあとも、彼女の狂気に満ちた非難を恐れ、彼女と「目を会わさないように、彼女から顔を背け」細い路地の奥に逃げ込んでいる。レヴァンサールはミッキーの病気に対する彼女の異常な取り乱し様を「イタリア人特有の興奮しやすい性格」と決めつけ、初めから彼女を心理的に疎外しており、自己の犠牲者意識から、そして最後は彼女の狂気に対する恐れから彼女を疎外し、彼女との接触を避けている。この結果、彼女は言語的にも疎外され、自己釈明の機会を奪われてしまうことになる。レヴァンサールはエリナを疎外によって狂人に仕立てあげたと言えよう。

"alienation"という語は「疎外」という意味のほかに「精神錯乱」、「狂気」という意味を合わせ持ち、フランス語の"aliener"という語には"aliener l'esprit"で「狂わせる」という意味がある。この言葉が暗示しているように、またエリナの被った被害が示しているように、狂人は疎外によって生み出されると言えよう。ハーカヴィーの叔母とエリナの場合との比較が狂人誕生の構図を明らかにしてくれる。ハーカヴィーによると、「僕の父方の叔母は更年期のときにおかしくなったんだ。全ての時計が彼女に『気を付けろ、気を付けろ、気を付けろ』って言ってると言うんだ。まさに彼女は狂ってしまったんだ」（九〇）このように彼女は非現実的発言のせいで即座に気違い扱いされてしまう。そのほかにも彼女には様々なおかしな発言があるにしても、結局彼女が「精神病院」に行かされてしまうのは彼女は家族にとって恥あるいは厄介者に過ぎず、家族から疎外されてしまったからである。「夫が生きているにもかかわらず」自分は誰それの未亡人だという彼女の妄想が夫婦間の疎外を暗示しているように、夫も彼女から心が離れてしまっている（alienate）ためである。もしもエリナのように夫の愛情に守られていれば一時的な心の病で済んでしまったかもしれないものを「精神病院」に入れられてしまうことで、彼女は本当に狂人になってしまったと言えよう。

家族から疎外され、「狂人」のレッテルを貼られた人々は社会的にも疎外された存在になる。狂人は未成年者や禁治産者と同様、法律的な権限を持たず、「彼らの言葉は無価値で、無効なものと看做され」る。(5) 彼らは言語的に疎外されているだけでなく、精神病院に隔離されることで二重に疎外された存在であり、自己の被っている「損害」を決して証明することができないことになる。この典型的な犠牲者像を体現しているのがレヴァンサールとマックスの母親である。彼らが幼い頃突然母親がいなくなったとき、父親は彼女が「子供たちを捨てていったという含みを持たせて、『出ていった』」(一三) と言う。それゆえに彼らが大きくなって母親は精神病院で亡くなったと聞かされるまで彼女は非情な母親という汚名を着せられてしまう。彼女は夫からも子供たちからも疎外された犠牲者的存在だったわけである。

しかし精神病院で死んだという「未確認情報」によって非情な母親という汚名は消されたとしても逆にその情報が彼女を犠牲者にしてしまう。レヴァンサールの限られた記憶のなかの母親のイメージが精神病院という言葉によって狂気のベールで覆われ、狂った母親像を生み出し、彼は自分に狂気の血を送り込んだものとして母親を疎んじているからである。「精神病院」という言葉が彼女の狂気を実体化してしまったと言えるが、既に死んでしまった母親は決して真実を語ることはできない。“asylum”が「聖域」という意味を持っていることからもわかるように、狂人を社会的に保護し治療するための「精神病院」が逆に真の犠牲者を生み出していると言えよう。

(三) 英語を話せないことによる沈黙

エリナの母親も被害者の一人である。レヴァンサールによれば彼女はユダヤ人を「悪い血、邪悪な血の者たち」として軽蔑し、彼に対して敵意を抱いている。そして、孫のミッキーが病気になったのもエリナの夫であるマックスの「不純な血」のせいであると思っている。また、レヴァンサールはこの老婆がマックスの「家庭の実権を握ろうとしている」と考え、エリナに悪い影響を与えているこの「年とった悪魔」をそこから追い出すべきだと確信する。これに対してマックスは彼女は「ただの疲れ切った老婆にすぎない。僕は彼女を見るとときどき可哀想になります」（二四一）と彼女を弁護する。

レヴァンサールが老婆に対してこのような悪いイメージを持つに至った原因の一つは彼女の言動というよりはむしろ沈黙にある。初対面のときの彼女の一瞥がその沈黙ゆえに彼にとっては「鋭い一瞥」となり、彼女とエリナとの間の意味不明の会話、そしてその後の彼女の彼に対する沈黙が彼女を不可解で恐ろしい人物にしている。人はしばしば未知のものや不可解なものに不安とも恐れともつかぬものを感じるが、レヴァンサールはこの種の脅威を彼女に感じたのである。彼女の黒いドレスが彼女の不気味さの一因となっていることも否定できない。

彼女のレヴァンサールに対する沈黙は彼女が英語を自由に操れないということに大きく起因してい

る。これは“Go out. I alone”という彼女が発した唯一の片言英語からもわかる。また「母はすべてにおいて故国のやり方で通しているんです。今でもシシリー島に住んでいるつもりなんですわ」（六〇）というエリナの言葉が示しているように、イタリア系移民一世であるこの老婆はいまだにアメリカ社会に同化できずにいるが、このことも彼女の沈黙の一因となっている。

この老婆に代表されるように、多くの移民一世は言語的ハンディキャップのために社会的に不利な状況にある。彼らは英語を話せないためにアメリカ社会に同化できないばかりか、彼らの異なった言語や文化は彼らを社会のなかで浮き上がらせ、差別、疎外の対象とされてしまう。『犠牲者』の中にもこのような犠牲者の姿が見られる。例えば、“Three minutes. Don't pester, don't shtup. Buy or beat it.”（一〇二）と言って人々に笑われている、汚い身なりをした、おもちゃの大道売りがいる。（因に“shtup”はイディシュ語で「押す」という意味以外に「性的交渉をもつ」という意味がある。）また、オールビーはニュー・ヨークのユダヤ人を「キャリバンの子供たち」と呼び、彼らの覚えた英語の酷さを揶揄している。シェイクスピアの『テンペスト』の中で醜い化け物のキャリバンは純粋無垢なミランダに向かって言う。「お前さんは俺に言葉を教えてくれた。おかげで人を罵る方法を覚えたよ。お前なんかペストに罹って死んじまえ。それが俺に言葉を教えた罰さ」[6] オールビーはこの比喩によって彼らがいまだに文化的に野蛮人であり、ユダヤ人の英語のみならず彼らの文化が伝統的なアメリカの文化を汚していることを示唆している。これはその他の移民独自の文化に対しても与えられる非難であろう。

『犠牲者』には二の腕まで白くふやけたフィリピン人の下働きの老人の哀感をそそる姿が見られるほか、イタリア系、ユダヤ系、ヒスパニック系の移民や黒人の姿が見られる。このなかで四〇年代にニュー・ヨークに大挙してやって来たのがプエルト・リコ人であり、四六年に流入のピークを迎えている。[7] 彼らの大半はハーレムの東側にある「スパニッシュ・ハーレム」やブロンクス南方に住み着いたが、他の移民や黒人と同様、人々から敵意や恐怖の眼差しで見られている。このような移民に対する不信と恐怖感を反映した論評はそれ以前にもしばしば聞かれたのであるが一九四七年に頂点に達している。それらの論評によれば彼らの多くは英語が話せず、職も持たず、ニュー・ヨークの生活保護費を上昇させたと非難され、[8] また、プエルト・リコ人地域の高い売春率がプエルト・リコ人女性に対する不名誉な評判を形成していく。[9] レヴァンサールがオールビーの連れ込んだ娼婦を一瞬ではあるが、管理人のヌーネース夫人（Mrs. Nunez）と見間違えたのもひとつには彼女がプエルト・リコ人であり、彼の頭の中にこのステレオタイプがあったからであろう。

彼らのなかの有色の者は黒人と同様の差別を受け、また、英語を話せない他の移民一世と同様に外国人として差別されているにもかかわらず、彼らは自分たちの被っている「損害」を証明することはできない。彼らは一九一七年以降法律的にはアメリカ人であり、アメリカという国家からは差別を受けていないからである。アメリカ人であってアメリカ人でない彼らこそ真の犠牲者と言えよう。物語の結末においてレヴァンサールはよりよい職を得、新しい住居、（「セントラル・パーク・ウェストの北の外れ、六〇番から七〇番ストリートあたりの立派な飾りのついたひさしの玄関が並ぶ場所よりも、プエルト・リコ人のスラム街に近い場所」）に移るが、レヴァンサールを挟んで両側に位置する富裕なアメリカ人と貧しいアメリカ人というこの構図こそ真の犠牲者は誰かを物語っている。

(四) 男性の力によって強いられた沈黙

力により沈黙を強いられる場合がある。例えば街角で騒ぎを引き起こしている女性の場合がそうである。レヴァンサールが明け方の自室の窓から見た光景を写実的に描写すると、二人づれの女性の一人を捕まえようと「気違いのように飛び掛かっていこう」としている男性をもう一人の男性が押しとどめようとしている。それを通りの反対側で二人の兵士が見ているという光景である。その場ではその男性は「女性の夫か兄、恐らく夫であろう」とか、「二人の女性がそれまで兵士たちと一緒にいたのは明らかである」というように、あくまでも推測の形で語られているが、数時間後には「自分の限界を試す」というテーマのもとに次のような夫を裏切った浮気女の物語がつくり出されている。

今朝、あの女は亭主と向かい合ったが、たぶん亭主は一晩中彼女の行きそうな酒場をしらみつぶしに探し回って、ついに彼女が浮気しているところをつかまえたのだろう。現場を押さえられた女は言い訳することもできなかったんだ。彼女は亭主と向かい合ったとき、胸の中でこう言っていたんじゃないか？「私はこれでも精一杯のことをしているつもりよ。」この場合は、精一杯に無節操な女、娼婦（"a whore"）ということだ。彼女は自分自身について思い違いをしていたのかもしれない。（九八―九九）

この語りでは細かい事情については推定であることが示されているが、この女性は男性の妻であり、"whore"であることは確定的事実として語られている。

明け方の薄暗がりのなかで、四階の窓から見た男女の争いの光景がこのような語りに変えられた原因の一つは女性の沈黙である。この沈黙は暴力によるものであり、「恐ろしさで全神経を集中させ無言で後退りをしている」という表現や（これにもレヴァンサールのバイアスがかかっているとしても）、「首から腰のところまで引き裂かれた」女性の服が象徴しているように、彼女が男性の暴力に対する恐怖で言葉を失っていることは明らかである。この沈黙が彼女から現実的に自己釈明の機会を奪い、同時にレヴァンサールの想像力に自由を与え、語りの上でも彼女を犠牲者にしてしまったと言えよう。

レヴァンサールの妻メアリー（Mary）も同様の被害を被っている。彼と婚約後も、昔の恋人に「会っている」と聞かされたレヴァンサールは引き止めようとする彼女を押し、足場を失った彼女は倒れてしまう。この暴力的行為は「血の気を失った彼女の唇」から言葉を奪い、釈明の機会をも奪ってしまう。彼女の場合は恐怖というよりはむしろ自分に与えられた屈辱のあまり言語を失ってしまったと言える。ただ彼女は二年後に手紙でその時の真意を語り、自己弁明の機会を得ることができたために犠牲者的存在を免れている。

この二人の女性に共通しているのは男性が力で女性の言語を奪っているという事実であり、彼女達の沈黙は女性の言語を支配している男性の権力に起因している。この男性の権力は「三世紀半にも及ぶ女性の『場所』（place）に対する恒常的態度」[10]に由来している。一七、一八世紀における父親を頭とする封建的家父長制度に始まり、一九世紀の産業革命期の性別分業により経済力のない家庭婦人（特に中流家庭）はますます男性に従属する存在となり、「敬虔、純潔、従順、家庭的」という、ヴィクトリア的理想の女性の美徳が強調された。一九四〇年代のアメリカにおいてもこのヴィクトリア的道徳観は未だ根強いものであり、伝統的女性像が再び強調され、「良妻賢母」が理想の女性像として祭り上げられている。これは三〇年代の恐慌や第二次大戦中に労働力として家庭から出ていった女性達を再び家庭に引き戻すためである。[11]

このような性的抑圧の強い状況において、自己の被った被害を証明できない犠牲者がいる。オールビーがレヴァンサールの寝室に連れ込んだ女性がその典型的な例である。二人を寝室で見つけたレヴァンサールは彼女が着衣の間中その場を外さず、彼女にひどい屈辱を与える。後に彼はそのとき一言も発さなかった彼女に対して済まなかったと反省はするが「たとえ彼女が他の女性より酷い状況に耐えることができたとしても（多くの女性は恐怖と最大の屈辱のために泣き叫んだかもしれない）」（二七六）という条件付きである。これはあたかも彼女が普通の女性の恥じらいや屈辱感が少ないとでも言わんばかりであり、彼女が屈辱のあまり言葉を失っているということは無視されている。彼はこの女性を"whore"、あるいは"tramp"と呼ぶことで彼女の人間性までも奪っている。「娼婦」と呼ばれることで奪われてしまうのは人間性ばかりではない。彼女たちは言語そのものをも奪われてしまう。前述のような風潮のなかでは娼婦は「無法の輩」であり、排除されねばならないものであり、「当然のことながら言葉を持たない」存在である。精神的ショックから立ち直り言語を再び取り戻すことができたメアリーの場合と異なり、彼女たちは回復する言語そのものを持たないのである。

経済力を基盤としている男性の権力にとっては彼女達はある意味では目障りな存在である。彼女達は男性に性を売り渡しているという点では男性に従属する存在ではあるが、少なくとも女性が経済的に自立し特定の男性から自由になれる一つの可能性は示している。それゆえに男性にとっては決して認められてはならないものである。

しかし、彼女達は男性の性的欲望の吐け口であり、社会の性の秩序を維持し、父権社会を持続させるために利用されている。また彼女達の多くは満足な職がなく、自分自身や家族の生活を支えるためにやむなく身を売っているのであり、"tramp"という言葉が示しているように浮浪者と同様、社会が生み出した犠牲者である。彼女達は父権社会によって存在させられ、その社会によって否定される存在である。にもかかわらず、「娼婦」と呼ばれるとその背景は無視され、娼婦＝悪＝本人という単純な図式で捉えられてしまう。「娼婦」という言葉は女性から人間としての権利と言葉を奪い、彼女達を真の犠牲者にしている。

これまで「沈黙」を手掛かりに『犠牲者』の中の犠牲者像を見てきたが、体制の言語を持たないものがいかに犠牲者になりうるか、また体制の言語がいかに犠牲者を生みだし、かつその犠牲者像を覆い隠しているかということがわかる。また、これによってテクストのなかで言語的に疎外され背景に押しやられている犠牲者の姿が浮き彫りにされてきたわけだが、これらの犠牲者は社会が言語的に（＝体制として）巧妙に排除してきた者達である。と同時にレヴァンサールが心の奥底に持っている不安や恐れが無意識に排除している者達でもある。幼くして母親に「捨てられた」子供としてのトローマ、自己の身体に流れている狂気の血に対する恐れ、妻の不貞に対する不安、ユダヤ人としての被迫害者意識が、それらの不安や怒りを生み出した当の本人達に対してではなく、彼の身近にいる社会の弱者に対して向けられ、彼らを無意識に排除していると言えよう。彼のトローマの原因を作り出した父親、狂気の母親、婚約時代の妻、そしてユダヤ人を差別している社会に向けられるべきものをレヴァンサールはそれぞれフィリップ、エリナ、街角の女やオールビーが連れ込んだ娼婦、エリナの母親に向けているのである。これこそルネ・ジラールの言う「犠牲者＝社会の周縁者」の構図と同様である。[12] とすれば、レヴァンサール自身が体制内の意識に支配された者であり、犠牲者というよりはむしろ加害者側の立場にあると言えるのではないだろうか。

視点を変えればレヴァンサールを含めてあらゆる人間が何らかの意味で犠牲者であると言えるが、敢えて加害者としてのレヴァンサールを強調すると、この作品に新たな意義を付加することができるのではないかと思われる。そうすることで、作品のなかだけでなく批評のうえでも疎外され、背景に押しやられている犠牲者たちの姿を浮き彫りにし、彼らの沈黙を言語化することによって大きな物語のなかに隠された、いくつかの小さな物語が生み出されるからである。

第三章　『オーギー・マーチの冒険』論

3　都市とテクノロジーと自由

　近代においてテクノロジーは様々な意味において人間を束縛から解放した。中でも大量交通輸送機関の発達は人々を空間的、時間的束縛から解放し、移動の自由を大幅に拡大した。シカゴはまさにこのテクノロジーの発達とともに発展した都市であり、特に鉄道網の全米における網羅、拡大はその地の利とともに、大商工業都市シカゴの繁栄に大きく貢献した。鉄道は原料、製品のみならず、国内外からの移住者、移民を大量にシカゴに運び込んだ。『オーギー・マーチの冒険』には二〇年代、三〇年代のシカゴを背景としてこの移民の姿が力強く描き出されていると同時に、鉄道、バス、トラック、車など、様々な乗り物が溢れており、まさに交通博物館の観を呈している。しかし我々の自由の拡大に大きく貢献した交通輸送機関、特に車に関しては負のイメージが付きまとっている。このことを踏まえて、本章においてはオーギー（Augie）の四つの旅を通して、都市とテクノロジーと自由について考察してみたい。

(一) 第一の旅　ミシガン湖

全米に失業者が溢れている大恐慌の最中、高校を卒業したオーギーは運よく、シカゴ北部の高級スポーツ用品店で働くことになる。彼はオーナー夫人に気に入られ、彼女の関節炎の鉱泉湯治にレンリング（Renling）家の乗用車、パッカードの運転手として同行することになり、ミシガン湖畔でゆったりとした時を過ごす。彼らが滞在していたホテルは広大なレンガ造りの「お金の脂肪がみなぎっている雰囲気で、洗われた砂利の上にリムジンが駐車している」まさに贅の限りを尽くしたものだった。大恐慌の最中、多くの人々が飢えで苦しむなか、スラム街出身のオーギーはたっぷりとした朝食の後、南北戦争時代の裁判所の前の静かな緑の広場に座っていた。

彼は楽しかった。日差しのなかで腹とすねを暖めた。その間、小さなバッタの様な路面電車がチンチンと鳴らしながら、沼地に架かる橋のうえを港の方へ這うように進んでいた。……ベンチは白く塗った鉄で、ゆったりとしたスペースがあって、沼地のにおいのする甘い暖かい空気の中で、老人が三、四人が居眠りをすることもできた。この暖い空気は、赤い翼の黒鳥を猛々しく活気づかせ、花々を開かせるが、他の生き物は鈍くさせ怠惰にする。僕は重い滋養豊かな空気のなか——愛を鼓舞し、さまざまな情感の穏やかな苦痛をもたらすような——豊満な生命のケーキのよう

な、この優しさにあふれた雰囲気の中に浸った。それは自分自身の個別の重力のなかに憩うような状態。(1)

この光と色彩に溢れるミシガン湖畔の情景は想像力に満ち、非現実的とも言えるほどである。そして現在我々がいるのがアメリカであり、時はまさに大恐慌時代であるという現実を忘れさせ、別天地へ迷い込んだ感を抱かせる。また、この情景はあらゆる点でこれまでオーギーが見てきた大都市シカゴと対照的である。貧しい人々がひしめきあい、屠殺場の臭いのする、「黒くて、くすんだ大都市シカゴ」それに比べ、ここは明るさと豊かさ、健康的イメージに溢れ、時がゆったりと流れている、緑の農村地帯である。この視覚的、嗅覚的にも余りにも異なった場所での経験はオーギーの想像力を呼び覚まし、彼に「未発見の土地」の存在を強く意識させ、彼を「冒険者」に変えるのである。この旅の後、レンリング夫妻からの養子の申し出を断ったことが冒険者誕生を象徴的に示していると言えよう。

(二)　第二の旅　デトロイト

第二の旅は第一の旅とはまさに対照的な、大恐慌時代のアメリカの悲惨な現実を教えてくれる、文字どおり、現実的な旅である。

工場の煙が立ち上って風に散らされていた。僕達は準工業地帯に入っていた——戦場、墓場、ごみ捨て穴、溶接の紫色の火傷跡、崩れかけたタイヤの山、蒸気船の前の波頭の様に泡立つ灰、失業者救済のバラック村落——全ての略奪行為とナポレオンのモスクワ焼き打ちをすらしのぐ、沸き立つ頂点のような、疫病と戦火。（一七〇）

このシーンはオーギーが第二の旅で出くわす、デトロイトから二〇マイルの地点の描写である。彼はこの旅でデトロイトに偶然立ち寄るはめになり、この大都市で自動車部品の盗みのギャングの一味と間違えられ、ポケットの中のものを全部取り上げられた後、留置場に押し込められてしまう。そこは「大きなライトが常時つけっ放しになっている」、まさに足の踏み場も無い、満員の船底室の様な所で、「そのライトには、墓の前に転がしてきた石みたいに何か重い感じがあった」そして明け方には「大きな鈍い、首を締め付けてくるような、転がる音」、「トラックのタイヤチューブを締め付ける音、重い機械独特の騒音、針を立てて電気を食って進む、とんぼのように早いトロリーバスの音が聞こえ始めた」（一七四）

オーギーは何故このような留置場で囚人の体験をするはめになったのか。レンリング夫妻の養子の申し出を断わった後、彼は悪友のジョー・ゴーマン（Joe Gorman）に車の運転手の仕事をもちかけられる。それはカナダからニュー・ヨークまで移民を運ぶ仕事だった。しかし彼の黒のビューイックは盗んだ車で、ゴーマンはバッファローで捕まり、所持金わずかのオーギーはここからシカゴまで放浪の旅をすることになる。彼がその間見たものはハイウェイでヒッチハイクをしようとしている放浪者の群れ、あるいは貨物列車に無賃乗車をしたり、有蓋貨車に寝ている失業者の大群だった。途中、行き先の違う貨物列車に乗った為にこの節の冒頭のシーンに出くわすことになる。

このようにして彼はバッファローから五日間もかけてようやくシカゴに帰ってくることになるが、この旅はアメリカの悲惨な状況を現実的に描写すると同時に、廃車となった、有蓋貨車での一夜でオーギーが経験した惨めさがアメリカの悲惨な現実を象徴的に物語っている。この浮浪者で一杯の貨物列車は「廃棄物特有の物凄い悪臭」がしており、「うめき声」、「病人くさい咳」、「悪質な食事の屁」、そして「不満の息使い」の中でオーギーは隣の男ににじり寄られ、卑猥な行為をされる。それは「ひどい夜だった――雨がばんばんと、最初は片側、次に反対側を打った。……僕の気持は大きく、悲しく、慰めなく膨れ、考える動物のそれらみたいになっていた。……あの男に対する嫌悪からではなかった。……そうではなくて、感じたのは一切を含む全般的な惨めさだった」（一六九）

第二の旅は大恐慌時代のアメリカの悲惨な現実を露骨なまでに我々に見せつけている。そしてその悲惨さは第一の旅との様々なコントラストを通してさらに一層強く印象付けられる。第一の旅における明るい太陽の日差しと暖かさ、色彩豊かな自然、花々、鳥、広々とした開放的空間、優しさ、甘い匂い、ここではあらゆるものが生命感に溢れ、生き生きとしている。一方、第二の旅は暗闇、夜、雨、狭く、閉じ込められた場所、息苦しさ、悪臭、人工的、機械的騒音に満ち、ここでは前者とは対照的にあらゆるものに死と捕われのイメージが付きまとっている。この二つの旅はアメリカの現実における光と陰を象徴的に物語っているというよりはむしろ、前者の光が後者の暗闇をさらに一層深いものに感じさせていると言うべきであろう。

さらに第二の旅が冒険者オーギーの眼を通して語られる時、デトロイトという街に対する示唆に富んだ語りがある。前述の如く、オーギーは留置場に入れられる前にポケットの中を空にさせられる。それは危害になる様なものを持ち込ませないという一見当然の配慮と思われるが、オーギーはその真の狙いは別にあると言う。「自分より、大きな存在に自分の小さなものを保管されてしまうこと、そしてこの没収によって、自分がもはや自分自身の主人ではなく、街を歩くにしても自分のポケットの中身は誰に相談することもない事柄とはもう考えることができないのだと、それとなく知らせること、これが彼らの目的だったのだ」（一七四）即ち、この街の人々は何か「大きな存在」に管理されているということだろう。

この支配者と被支配者の関係についてオーギーは第二の旅を象徴している「暗闇」という言葉を用い、意義深い示唆を与えてくれる。彼は留置場の中で感じた。「僕がペンシルベニア州のエリーに入った途端に感じた様に、暗闇はあるのだ」そして「それは全ての人に対してあるのだ」（一七五）その町を彼は「それ自身だけで、自分自身だけで、自分の為に存在している町という感じがしなくて、……他の町に仕えることで自らに生命を与えているといった感じの町だった」（一六六）と評している。さらにこの旅の後、この「暗闇」は人間とテクノロジーの関係に対する深い洞察に繋がっている。

彼は言う。

僕のプライドはずっと傷つけられてきたんだ。自分という人間の説明を提供することができない為に、そしていつも他人に牛耳られている為に。……彼が権勢をふるっていたときは身分の卑しい人々は彼［オジマンディアス（Ozymandias）］の陰で生きなければならなかった。それと丁度同じ様に、今僕達は発明品の機能に対して信仰心を持っている為に、その影に覆われて生きている。……人間の存在を必要欠く可からざるものにするのは何か。当然、人間の存在はそうあるべきなのだが。人をその技術的やり方で存在させようとする、こういう技術的な達成、発明品がそれだろうか。（四五〇）

すなわち、現在、人は存在の基盤をテクノロジーに置いている為にそれに支配されており、まさにエリーの町と同様、技術的革新に奉仕することで自らに存在の意義を与えているということである。そして、そのテクノロジーの発展に寄与できないものは、テクノロジーという支配者の下で無意味な存在と見なされるのである。

(三) 第三の旅　メキシコ

脳味噌の細胞よりも、バベルの塔の煉瓦よりも数多い単位。人骨をくべるエゼキエルの怒りの大釜。そのうちに大釜も熔けるだろう。不可思議な震え、塵、蒸気、とてつもない力闘の発散物——これらが空気とともに漂い、すでにこれらで充満しているこの病院の大きな建物の上にいる僕の上を流れ、診療所、監獄、工場、安宿、死体置場、ドヤ街の上へと移っていった。エジプト、アッシリアの遺跡を前にしているように、大海原を前にしているように、人はここでは無だ。無。
(四五八—五九)

これはオーギーがメキシコの「冒険旅行」から戻り、メキシコでの事故が原因の鼠蹊ヘルニアの手術をする為に入院した病院の屋上から見たシカゴの描写である。

マグナス（Magnus）家の婿の地位を自ら棒に振ったあと、オーギーはシイア（Thea）に誘われてメキシコへの旅に出る。彼女の目的の一つはワシという野生動物を飼い馴らし、巨大なトカゲを捕り、それで金儲をするというものだった。彼らはその「猛々しい動物」の飼育に成功する。しかし、実地ではそのワシ、カリグラは足を掛けたイグアナに逆に首に噛み付かれた時、「血を岩にぎらつかせながら逃げ」るイグアナを追い詰めようとせず、「逃げる為に、翼を力強く震わした」だけであった。

オーギーがローマの残酷な皇帝[2]の諢名を冠し、見る者に言い知れぬ恐怖を感じさせたほどのカリグラがいかに凶暴とはいえ、地を這うイグアナに何故恐れをなしたのか。約言するとオーギーの手から肉を食べ、頭巾を受け入れ、さらにシイアに対して「猫のような」仕草を見せた時、カリグラは本来持っていた野生のエネルギーと闘争心を失ったのである。

巨大トカゲが棲息しているというメキシコ山中の熱帯のその地は、緑の熱い毒液と凄惨なクチナシに囲まれており、「まるで爬虫類時代にいるようだった」熱気が岩の間に淀み、層を成し、岩は雨の酸で洞窟の様になっていた。この様な原始的世界に住む野生の動物はいかに小さくとも、必死に戦って生きているのであり、トカゲが尻尾を切らせて逃げ、またその尻尾が再生するように、したたかに生き延びているのである。また、たとえ追い詰めても、岩の洞窟の中に逃げ込み、彼らは逃げおおせるのである。ここに棲息している小動物は、弱肉強食のジャングルの百獣の王ライオンに象徴される野生の強さとは異なる、いわゆる生きるための「粗野なエネルギー」を持っているのである。

このメキシコでの原始的世界を見た後、冒険者オーギーの眼で見たシカゴが冒頭のシーンである。この光景はまさに熱気溢れる原始的自然の中に地を這う爬虫類が潜んでいる、混沌としたメキシコの熱帯地を想起させるものであり、彼はシカゴの情景の中に原始的世界が発している粗野なエネルギーを感じ取っている。それは「メキシコの青い空も押し返されている」程の、「生命には余りにも強すぎる要素」であり、あらゆるものを熔かしてしまう強大なエネルギーである。この様な世界では人間や人間の造り出した歴史的構築物など無力であり、まさに「無」である。

シカゴが発散しているこの原始的エネルギー、「押さえようとしても押え切れない」「敵意を含んだエネルギー」はどこから来ているのか。オーギーはそれをシカゴの「未発見の土地」で感じ取っている。そこは「一部屋に十人もの人が詰まっており」市がその住民の実態を正確に把握しえていないような場所だった。


象になれているインド人のようにスラム街に慣れている僕にとってさえ、これは未発見の土地だった。……そして人間が心に抱くことができる一切の想像、情欲、いや殺意までも、見たところ単純素朴、あるいは平凡陳腐の装いの中に、ごく初歩的な粗暴さとともに包まれていたのだ。その粗暴さとは、例えば、ポーランド人の店でキャベツに触っている家庭の主婦とか……婦人用のブルマーやゴム紐製品を吊している商店主とかが身に着けている粗暴さのことだ。（二八七）

このようなスラム街に住んでいる人々の発している粗暴なエネルギーこそ彼が病院の屋上で感じ取った熱気であり、またメキシコの熱帯の原始的世界が発散しているエネルギーである。

メキシコへの旅はカリグラが人間に飼い馴らされた結果、彼が本来持っていた野生のエネルギーを失ってしまったことを糸口にして、「暗闇」に象徴される二つの都市の対照的相違を明確にしてくれる。即ち、人々が支配され、管理されている、デトロイトの生気のない暗闇と、管理されえない、野生的エネルギーの充満した、混沌とした暗黒の都市シカゴの暗闇の対照的実態を明らかにしてくれた。都市学におけるシカゴ学派の代表的人物であるR・E・パークはアメリカの大都市をギリシャの都市国家ポリスに準え、都市のエネルギーはまさにこの「混沌」から生じると言う。彼が一九二八年に発表した論文「人間の移住とマージナル・マン」によると、エーゲ海地域への北方人種の侵入により、既存の秩序が破壊され、様々な人種や言語が入り交じり、混沌状態となり、その中で社会の世俗化、人格の個人化が起こる。その結果ギリシャ文明という、迷信や神々に対する恐れから比較的自由な文明が生み出されたのである。パークによればアメリカにおいても様々な民族の移動や移住により、また貿易や商業の拡大により同様の現象が見られ、さらに人種の坩堝とも言われる大都市の成長が都市の自由を生み、「このような大都市では情熱や人種のエネルギーの全てが解放される」のである。(3) オーギーの語る三〇年代のシカゴはまさにこの解放されたエネルギーに溢れており、それが三三年から三四年にかけて行なわれた世界大博覧会に大恐慌のどん底時代にもかかわらず三千九百万人以上もの人々を引き付けたシカゴの強さを生み出したと言えよう。(4)

また、このメキシコへの旅はオーギーがカリグラを「あの残酷な機械」と呼んでいることが示唆している様に、比喩的レヴェルで機械と人間とのアイロニカルな関係を我々に示している。オーギーはカリグラを飼い馴らす際に彼の爪で手の皮膚を傷付けられ、狩猟用の鳥に不可欠の頭巾を受け入れさせる為に四〇時間以上も不眠不休で彼を腕に止まらせておく。最後には「しびれが［彼の］半身全部を襲い、肩にまで、骨の深さにまで食い込んできた」(二三四) さらにイグアナの棲息している場所は車の通れない山中にある為、馬かロバを使わなければならない。「意志の力で空の高みにまで昇れる」カリグラを腕に止まらせてオーギーが馬に乗っている構図はまさにアイロニカルである。というのも彼は車の運転には熟練しているが、乗馬は金持ちのスポーツである為、富裕者階級に属するシイアほどには得意でない。彼は落馬し、さらにその馬に蹴られ大怪我をしてしまう。前述の鼠蹊ヘルニアはこの事故が原因だったのである。このオーギーとカリグラの関係はまさに人間と機械のアイロニカルな構図を象徴している。人は自らの持つ様々な限界を超越し、さらに快適さを得る為に機械を発明し、テクノロジーを発展させてきたはずであった。しかし、その機械に逆に使われ、被害を被るという逆転の構図がここには見られる。またオーギーは現実的にも「機械」によって災いを持たされる。シイアの反対を押し切って、ステラ（Stella）という女性をメキシコシティの近くまで送っていく際に車が故障し、運転はできても修理ができない彼は彼女と山中で一夜を過ごすことになる。これが引き金になってシイアは彼から去っていく。このメキシコでの車に関する一連の出来事は文明の利器に対するオーギーの信頼を大きく揺るがすことになり、メキシコで感じたこの疑問と第二の旅で実感した「暗闇」とが結び付き、前述のようなテクノロジーに関する深い洞察へと繋がっていくのである。

㈣　第四の旅　巡礼の旅

メキシコからシカゴへ帰る途中、オーギーは弟と母親の施設を訪ねる。この二つの施設への訪問を彼が「回遊旅行というよりむしろ巡礼の旅」と言っていることからも推測できるように、この旅は自由探究の旅であり、メキシコの旅が示唆しているテーマ、「管理」、「目隠し」、「自由の束縛」に関する寓話ともなっている。

知的障害者の弟は施設で靴屋の訓練を受けており、地下鉄にある作業場で靴の張り替えをしていた。彼は久し振りにあったオーギーに対して昔のように「ハイ、オーグ！ハイ、オーグ！」と呼びつつも自分から寄って来ようとしない。二人が施設の壁に沿って散歩している時、その壁は「最初は壁でしかなかった。しかし突然［オーギーは］ジョージィ（Georgie）は可哀想に囚人同様の身分で外に出られないのに気付い」た。そして許可無く構外に連れ出された弟は「慣れない道路に出て、自分の足を見つめた。足が何処に行くのか見守っていたのだ。怯えていたからだ」（四二〇）彼はオーギーが買ってやったクッキーも食べずにポケットに入れ、夕食の鐘が鳴ると「すぐに応えるように訓練されている為、［オーギー］を置いて妙に細長い緑色のカフェテリアにさっさと行」き、ブリキの食器で「お互いに喋ったり、見やったりすることもなく、てんでばらばらの他の連中と一緒」に食事をした。オーギーはこの時「生き物をこのように管理し、着物を着せ、宿舎に入れておく計画を立てることは、綿布の枕の青と白のように単純なことに違いない。おそらく何の問題もないだろう」（四二〇）と思う。

この弟ジョージィの場合は、人が時間的に管理され、自らの意志で行動する自由を奪われた時、即ち、監獄的状況にある時、人はいかにその人間性を失い、無感動、無気力になり、さらには自己に対する信頼感を失ってしまうかということを寓意的に示している。また「地下室」、「壁」という目隠しを外され、その管理体制から出された時、新たな状況に戸惑い、不安を覚え、「怯え」さえも感じるということを端的に物語っている。これはカリグラがワゴン車の後部に閉じ込められ、紐を付けられ、肉という餌で飼い馴らされた時、野生的エネルギーを失い、頭巾を受け入れた時、柔軟になり、その結果、彼の首に噛み付いたイグアナに対して、立ち向かっていこうとする闘争心を持たなかったこととまさに相通ずるものがある。

オーギーはこの後すぐに、目の不自由な人の為の施設に母親を訪ねる。

ママはもう台所とすぐ続きの部屋には居なくて、ガリスタンじゅうたんが床に敷いてあって、窓には掛け布が掛かっている、ほとんどアパートメントと言っていい部屋に納まっていた。……サイモンはママがこのブルジョワ風の客間にどんなふうに安楽にしているかを見て満足するのだった。ママも自分が結構な待遇を受けていることを心得ていた。腕には銀のブレスレットをつけ、ハイヒールを履き、スピーカーに大きなジグザグ形のステンレスのついたラジオを持っていた。

……［サイモンは］ひどく口やかましかった。ママの押し入れを開け、衣服が全部洗濯してあるか、ラックから無くなっていないか調べるのだった。（四二一）

オーギーは母親のこのような状況を見て、「ジョージィとママの二人を囚人として見てしま［い］、そして二人が閉じ込められているのに、自分が自由にほっつき歩いていることを後ろめたく思った」（四二二）また「じゅうたんと掛け布はおりの正体を隠すためのカムフラージュだと想像した」（四二一）これは即ち、弟同様母親も家族から見捨てられた状況にあり、さらに兄サイモン（Simon）は物質的豊かさを与えることで彼女を監獄的状況に閉じ込めている事実から眼を背けていることを意味している。また、「窓の掛け布」が象徴しているように、彼女自身もその現実に目を向けていない。というよりむしろ、物質的豊かさが現実に対する目隠しの役割をし、真実を覆い隠していると言えよう。

(五)　冒険者の旅

これまでオーギーは四つの旅の物語、即ち、第一の想像力に溢れるロマン主義の旅の物語、第二の現実の悲惨さをまざまざと見せつける、自然主義の旅の物語、第三の様々な象徴性に富んだ、象徴主義の旅の物語、そして第四の寓話の旅の物語を語ってくれた。確かにそれぞれの旅の背景は異なってはいるがこれらの物語の真の背景となっているのは三〇年代のアメリカの現実であり、その主要なテーマは「自由」であると考えられる。そこでこれらの四つの物語を総合し、アメリカの歴史的現実を背景とした、冒険者オーギーの語る真の冒険物語に語り直してみたい。

三〇年代のアメリカを特徴づけているのは大恐慌であり、その恐慌時代の社会の実態を最も端的に表わしているのは失業者の数である。その数は一九三三年には一二六三万四千人とも一一八四万二千人とも言われているが、少なくとも「三三年の三月には労働者の四人に一人以上が——おそらく三人に一人が——どんな仕事にもついていなかったということは確かにわかっている」[5]そして、オーギーの第二の旅で見たように、彼らの多くが無駄とは知りつつも職を求めて、貨物列車やヒッチハイクで国中を放浪した。多くの者が家族を遺棄したり、幼い放浪者が、彼らの多くはハイティーンであるが、よりよい生活を求めて家族から離れていき、多くの家族がその経済的貧窮ゆえに崩壊するという悲惨な社会状況が生じた。この労働者の窮状の一因として、当時、失業保険もなかったことや政府の救済策が不十分であったことが指摘されている。

このような社会状況の中で時の大統領フーヴァーが採った政策はまさに資本家達に厚く、労働者には冷酷なものであった。彼のこのような姿勢を最も端的に表わしているのが三二年に設立された公団「復興金融公社」であり、その貸付金の多くは銀行、信託会社、そして鉄道、保険会社に流れていった。「フーヴァー政府は公社を通して、実業界を援助するのにやぶさかではなかったが、貧困に打ちひしがれた家庭にまで援助の手を伸ばすことには、どうみても乗気ではなかった」[6]即ち、フーヴァー政権の政策が第一と第二の旅で見た貧富の差の一因となっていることは明確である。

このような労働者の窮状を生み出した大恐慌の引き金となったのは周知のごとく一九二九年一〇月のニューヨークの株式市場の崩壊であるが、真の原因はアメリカにおける「真の経済」の不健全さにあると言われている。この不健全さの原因となっているのが「富の分配の不均衡」であり、また、テクノロジーの管理体制の不十分さである。すなわち二〇年代のアメリカはテクノロジーの発展および科学的管理法による、大量生産システムのおかげで国内に物が溢れ、一見豊かな国アメリカの観を呈している。だが大量生産システムによる大幅な労働生産性の向上は人々の賃金にはほとんど反映されず、一般大衆には生産性に応じるだけの購買力が付いていなかったのである。約言すると「健全な資本主義経済においては『真の経済』への資本投下率は、消費水準と同じように、拡大していかねばならない(7)」という経済学の鉄則が守られていなかったのである。特に二〇年代にはラジオ、自動車という新しい産業に対する資本が膨脹したが、二〇年代末には工業消費は飽和状態に近づいている。また、景気の衰退を進めたのは少数独占産業の「統制価格」である。一般にアダム・スミスの資本主義経済理論によれば、需要が落ちると価格が下がり販売を刺激するのだが、アメリカにおいては価格はあまり下がらず、逆に生産を切詰め、その結果、工場閉鎖や就業時間の短縮に繋がったのである。即ち、大恐慌で最も被害を被ったのは失業した労働者ということである。

前述の如く、皮肉にも、大恐慌の一因となったのがテクノロジーの発展および科学的管理法による大量生産システムであるが、これはその革命的とも言える生産性向上ゆえに労働効率を高め、さらに社会に物質的豊かさをもたらす、一見まさに科学的福音書とも言えるものである。しかしこれによって益を得たのは資本家達であり、労働者はその経済的恩恵に浴していない。それどころかむしろ様々な不利益を被っている。

この「大量生産システム」の最も典型的例として挙げられるのがいわゆる「フォード・システム」と言われるものであるが、フォードは独自の自動車組み立てラインを考案し、大量生産方式を車に導入し、大衆車T型フォードを大量に生産し、一台当たりの生産コスト、および販売価格を大幅に下げることに成功した。しかし、この自動車組み立てラインが労働者に与える精神的、肉体的悪影響はしばしば指摘されている。(8) まず、作業者は作動ラインの速度に合わせて自分の動作時間を決めなければならず、また、一般に車の組み立てラインは他の産業に比べて非常に速く動く為、極度の緊張を強いられる。また、最もしばしば批判されていることであるが作業が繰返しであり、単調である。しかし、このような労働形態以上に作業者に対して精神的悪影響を及ぼしているのはその労働環境である。このようなシステム下においては労働者は仲間、監督者、経営管理者との人間的接触を制限され、また、下級管理者は「自分の責務を非人間的に実行しがちである」為、労働者は「自分が単に一つの歯車か機械の付属物」のような考え方をもつことになる。このシステムはまさに労働者を疲労困憊させ、無気力、無感動にし、さらに自己の矮小化をもたらしている。テクノロジーのもたらしたこのような悪影響についてオーギーはこれまでの旅の中で語っているが、特に弟ジョージィの場合がこのことを寓意的に物語っている。実際、多くの自動車工場の労働者は彼らの仕事を嫌悪しており、これが「高い転職率、欠勤率、労働の質に現われている」

しかしこのようなシステムにおける非人間的状況を容認させ、存続させているのは非熟練労働に対する比較的高い賃金である。また、職長制の廃止による、工場内秩序の民主化や、熟練を要しない、作業の単純化は賃金の標準化を生みだし、一見労働環境の向上のように思われる。しかしこの科学的管理法が労働管理に利用される時、その「民主化」はまさにカリグラの頭巾、あるいは母親の窓の掛け布の役割をすることになる。労働者は均一な賃金により自らの労働が仲間と同等に評価されていると感じ、また管理者側が見えなくされている為、反抗する具体的対象を持たず、その結果、彼らの反抗心は剥がれることになる(9)。

フォードはこのような労働者管理に長けていた。彼は日給をこれまでの約二倍の五ドル、労働時間を八時間に短縮するという破格の待遇を提供することで高い転職率を押え、労働者の士気を高めた。しかしこの待遇には「清廉な道徳観と健全な家族生活、大酒を飲まない、などの節制と合理的消費能力」等が条件付けられた。また、この待遇には従業員はその余剰のお金と時間で車を購入、利用することが可能になり、量産された車の捌け口の拡大に繋るという企業の思惑も働いていた(10)。オーギーはこのフォードの管理法について、物質的豊かさで母親の置かれている真の状況を覆い隠し、同時に彼女の私生活にうるさく干渉したサイモンの例で寓意的に語っている。

しかしそれ以上に指摘されなければならないのはフォードの組合運動に対する弾圧である。彼は元ボクサーを頭とする「フォード・サーヴィス機関」を用い、暴力的手段で組合運動を阻んだ。また彼はフォード社の本拠地であるミシガン州のディアボン市の市政を牛耳っていた為、従業員にビラを配ろうとした自動車労働者組合の指導者二人は地方警察の目の前で、会社に雇われた暴漢達に叩きのめされたのである。[11] この事件は、その名が権力者の残酷さを暗示している「カリグラ」が自分の足に嚙み付いた、練習用の紐付のトカゲを完膚無きまでに叩きのめしたことが象徴的に示しているように、被支配者側の反抗は決して許さないという、フォードの専制君主的姿勢を露呈している。「フォーディズム」は一見、労働者に対する福音の如く思われるが、その実態は物質的豊かさで人々を管理統制し、さらに絶対的服従を要求する、まさに独裁者の統治法と言えよう。

終りに

テクノロジーの革新による大量輸送機関の発達が近代産業都市の形成と発展に大きく寄与したことは既に指摘した。しかしテクノロジーが資本主義経済において富の獲得に利用される時、人々は逆に自由を奪われ、さらに人間が本来持っていた生命力までも希薄なものにされてしまう。ただ我々はテクノロジーのもたらす物質的豊かさと快適さの陰でこのことに気付いていない。また敢えて目を向けようとしていない。確かに社会学関係の書物を繙けばこの様な指摘は随所に見られるが、このような本を手にする人の数は限られており、また、たとえ手にしても抽象的理解の域に留まることがしばしばである。これに比して文学は、まさにオーギーが我々を導いてくれた様に、文明社会におけるテクノロジー信仰が崩壊してしまうような別の社会「未発見の地」を現実的に我々に見せてくれる。我々の視野を拡大し新たな視点を与えてくれる、この現実的描写こそが文学の特筆すべき一つの意義であろう。特に冒険小説は文明社会の歪みを実感として教えてくれるが、その語り部である、都市を自由に行き来し、マージナル・マンの眼を持った冒険者の存在こそが我々の社会を解放し、活性化させるのである。

第四章　『この日を摑め』論

4　トミー・ウイルヘルムの再生

「自己とは語りである」とロイ・シェイファーは言う。[1] 故に、我々が自己についての様々な物語を語るとき、様々な自己が構築される。同様に、他者も語りによって構築される。また、このような「物語行為」によって我々が自己の人生史（life history）を語るとき、たとえそれを過去形で語ったとしてもそれはあくまでも「現在の語り」であり、物語行為を行なっている、そのときの自己の状況の変化にともなって、我々は自己の物語を変容させることになる。また、逆に自己の物語を意図的に「語り直す」ことも可能になると言う。

ところで、「語り直し」とは如何なる行為であろうか。もし「語り直し」(retelling)を、re-tellingであると考えるならば、語り直しをするということは、一つの物語をもとにして、改めて物語り行為を行ない、新たな物語を語ることになろう。このとき、初めの物語は様々な物語に変形されうる。というのも、我々がある経験や出来事を物語るとき、様々な要素がその物語を規定するわけだが（例えば、語りの順序、視点、相、調子、及びスタイル、興味の焦点、言葉の選択等）、語り直しの際も同様に、それらの要素が新しい物語に変化をもたらすことになるからである。逆に、語り直しの際、語りの順序（因果関係）や、視点その他を変えることで物語を意図的に変容させることが可能になるとも言えよう。

シェイファーはこの「語り直し」を精神分析に応用している。分析者は被分析者の語る物語を解釈し、「語り直す際に、ある面を強調したり、或は目立たなくさせる。また、或る面と別の面を初めて結びつけたりする。……分析者の語り直しは徐々に被分析者の語りの内容、方法に影響を及ぼしていく(2)」そして、被分析者自身も語り直しに参加していく過程において、「現在の困難の源と意味と重要性を理解し、その困難から抜け出すことが可能になるような形で物語を語り直すことを試みる(3)」そして、最終的には「分析者、被分析者共著の全く新しい物語」が生み出される。この新しい物語のなかで被分析者は別の自己に生まれ変わり、現在の困難から脱することが可能になると言う。

この「語り直し」の過程において分析者はいくつかの点に留意する。例えば、分析者は被分析者の「示されたこと」（showing）にも「語られたこと」（telling）と同様に分析を加えなければならない。そして、これら両方を手掛かりに、被分析者が「信頼できない語り手」（unreliable narrator）であることにも注意を払い、彼を「信頼できる語り手」（reliable narrator）に変えるべく導いていく。また、分析者は被分析者がいくつもの役割をもち（例えば犠牲者、英雄、ペテン師等）、それぞれの物語を組み合わせたり、対立させたりして語る場合に、それらを「今、語る意義のある、唯一の物語」に語り直していこうとする。（なぜならば、「多元的自己というのはそれ自体、論点をたくみにかわすための物語構造にすぎない」からである。）

人は苦境にあるとき、しばしば自己を哀れみ、他者を罵り、自己を取り巻く状況を呪う。そして出来ることならば生まれ変わりたいと思う。一見、不可能に思えるこの願いもシェイファーの語り直しの方法を用いることで実現可能になる。即ち、自己や他者や状況を語り直すことにより、登場人物の性格も背景も異なる新しい物語が生まれ、同時に全く異なった人生を歩む主人公が誕生するからである。

『この日を摑め』の主人公トミー・ウイルヘルム（Tommy Wilhelm）も現在苦境にあり、人生をもう一度やり直したいと切に願っている。この苦境のなかで彼は「僕をこのピンチから救い出し、別の人生へと導いてください」[4]と神に祈る。さらに「彼はひそかにタムキン博士（Dr. Tamkin）が彼に有益なアドバイスを与えてくれ、彼の人生を変えてくれることを願」う。（七二）最後に彼は自力で人生をやり直したいと願う。「僕はどの時点からやり直したらいいのだろう。僕を途中まで引き返し、やり直させてくれ」と。（九九）

ウイルヘルムのこの言葉は一見、苦し紛れに発されたもののように思われる。しかし彼にとって別の人生を望むということは全く不可能なことではない。彼はかつて自分の人生を変えたいと思い、名前をウイルヘルム・アドラー（Wilhelm Adler）からトミー・ウイルヘルムに変えている。「種族の称号」であるアドラーを捨て去り、「個人の自由」であるトミーを選択したのだ。つまり、父親が主役として君臨している物語から、自由人トミー・ウイルヘルムが主役の物語に変えようとしたのである。この物語のなかではトミーは楽をして「名声と財産」を手に入れることができるはずだった。しかし、彼は「トミーとして成功しなかった」(二一五)

そして現在彼はトミーの物語をこれ以上続けてはいけないと思いつつも、どうしたらいいのか途方に暮れている。ウイルヘルムは父親に言う。「お父さんは僕に僕自身を変えてほしいんですね。だけどもしそれができたとして――いったい僕は何になればいいんですか」(五四) しかし、この直後、彼はタムキンとの会話のなかで新しい物語の糸口をつかむ。タムキンは人間の心のなかには真実を愛する「本当の心」と、虚栄心に満ち、自己中心主義に陥っている「見せかけの心」があると言う。そして、この俗社会のなかで「本当の心は苦しみ、病んでいく。しかし見せかけの心は愛され得ないのだと悟る……その時、本当の心は見せかけの心を殺したいと思うのだ」(七一) と説く。「[この] 見せかけのものをウイルヘルムはトミーのなかに見た。……[そして、自分] の本当の心の名前は祖父が彼を呼ぶときに使っていた名前、ヴェルヴェル (Velvel) ではなかろうか」(七二) と思う。ここに、ウイルヘルムが「みせかけの心」をもったトミーから「本当の心」をもったヴェルヴェルに生まれ変る可能性が暗示されている。

さて、トミー・ウイルヘルムがいかに切実で生まれ変わりたいと願っているかは明らかになったが、どのようにして彼は生まれ変わっていくのか。筆者はトミーが「精神分析医」タムキンの助けを借りて、自分自身の人生を語り直すことにより、新しい自己を生み出していくと考える。この「精神分析医」タムキンの存在に関しては評価が様々であり、全く問題にしない批評家もいる。[5]作中でも「ペテン師」であるとか、「頭がおかしい」とか言われており、彼に精神分析医としての役割が果たせるかどうか疑問視する向きもあろう。しかしトミー自身が彼を「精神分析医」として認めており、彼の言葉に対して適切な判断を下していることを考慮すれば、タムキンは「分析者」として十分な役割を果たしうるだろう。また、シェイファーの語り直しにおいては分析者に絶対的主導権が与えられているわけではなく、最終的には被分析者も共同分析者になることを考慮すると、タムキンに帰されている性格的問題と彼の分析者としての能力とが相反するものではないと考える。

それでは、「被分析者」トミー、「分析者」タムキン博士という登場人物が揃ったところで実際にトミーの物語の語り直しの過程を辿ってみることにしよう。

先ず最初に被分析者トミーの語りによる自己及び他者の物語を見てみよう。トミーは自分自身は常に「敗者」であり、自分の人生は「間違いの連続」であると言う。トミー・ウイルヘルムに改名し、俳優を志してハリウッドに行ったのは「間違い」だったし、マーガレット（Margaret）と結婚したのも「間違い」であり、今また、タムキンの口車に乗せられて株に手を出したのも「間違い」だった。彼は職もなく、父親にも疎んじられ、妻は離婚に同意せず、お金ばかり要求してくる。そればかりか彼を「破滅させようとしている」おまけに愛する子供たちからは引き離され、一人で孤独に耐え、ホテル暮しをしている。そして、今日はまさに「審判の日」であり、彼は全てを失おうとしている。

このような人生の苦しみ、悲しみを全て一人で背負ったような、犠牲者及び敗者としてのトミーの物語の内容及び語り方は、タムキンの語り直しにより徐々に変形を受けていく。

先ず、父親に疎んじられている息子としてのトミーの語りに注目してみよう。哀れな息子トミーによれば、父親が彼を嫌っているのは彼が「若く」もなく、「優秀」でもないからであり、また、もしも彼にお金がありさえすれば父親も彼のことを嫌ったりしないだろうと言う。しかし、タムキンはトミーと父親のいさかいについて、それを「何も特別なことだとは受け取らず」、「親と子の基本的な葛藤」であり、「永遠に同じ物語」であると言う。一方、トミーは「父は僕の感情に反感を持っているんだ」と自分は嫌われているんだと言ってはいるものの、「僕が父を精神的に混乱させてしまうので彼はカッカとしてくるんだ」と一応自分の非を素直に認めたそぶりをみせるが、すぐに「だけど年寄りってみんなそんなものかもしれませんね」と今度は父親の年のせいにして、自分自身の責任を回避しようとする。これに対してタムキンはすぐに「息子たちだってそんなものさ」と切り返し、さらに父親を弁護する。「それでもやはり君はあんな老家長的な素晴らしいお父さんを誇りに思うべきだよ。……お父さんが長生きすればそれだけ君の寿命も長くなるんだから」(六二)ここで父親に不当に嫌われているのだというトミーの語りは変形を受けることになる。まずタムキンは父親が息子に対して色々と文句を付けるのはありふれたことであり、別にトミーに金がないからというわけではないと示唆している。またアドラー氏の年齢を考えるとトミーに残されている年月は長く、何かを成すのに「自分は年をとりすぎている」というトミーの嘆きは適切ではないし、それゆえに年齢のせいで父親に嫌われているというトミーの語りも信頼できるものではなくなる。さらにトミーの方でも父親に反感をもっていることを指摘している。つまり、一方的に父親に疎んじられているという、被害妄想的な語りは「親と子の基本的葛藤」の物語に変形されたのである。

この変形された物語は「抵抗」と「転移」の面から考察されることで、さらなる語り直しが可能になる。精神分析的には、「無意識への到達を妨げるような、被分析者自身の全ての言動が抵抗と呼ばれる」(6)わけであるが、シェイファーによると、この「抵抗の物語」は三通りに語り直すことができる。(7)第一の方法では、抵抗は正、負両方の転移の物語に変換され、そのうち負の転移の場合においては、分析者は「権威主義的父親と見なされ、反抗の対象とされる」第二の方法においては、抵抗を「分析者の間違いだらけの解釈から自己を守るため」、或は「分析者に対して悪感情を抱くことを避けるため」のものと考える。第三の方法においては、被分析者の「出来る」、「出来ない」という言葉に注目する。分析者は被分析者の「出来ない」を「しない」と言い換え、「否認された行為」として語り直すことが可能である。

例えば、「僕はずっと君に関心を持っていて、暫く前から君を治療しているんだよ」(七三)というタムキンの言葉に対するトミーの次のような反応は「負の転移」としての語り直しが可能である。「僕の知らないうちにですか。……知らないうちに治療されるのはあまり気持ちの良いものではないなあ」と言いつつ、「タムキンが自分のことを心配してくれるのは嬉しい」が、「頼まれもしないのに何の権利があって人のことに介入してくるのだ」と「やや怒りを感じる」ここでトミーは自分の無意識の部分が暴かれることを恐れると同時に、分析者タムキンを父親と見なしている。即ち、トミーは父親に求めている「親切さ、慈悲」をタムキンに求めつつも、彼を「強権的父親」と見なし、反抗的感情を抱くことになる。

また、タムキンの「君はお父さんや奥さんは何と言うだろうかということを気にしすぎるのじゃないかい。彼らはそんなに大事な人達かね」（九二）という、率直な質問に対するトミーの反応も抵抗と見なされよう。トミーはこの問いに対して、「人は自分のことを何度も振り返って、自分を立て直すのにうんざりすることだってあるんですよ」と一見、全く関係のないことを言う。この解答拒否は自分の心のなかに踏み込んでほしくないという気持ちの現われと見ることができる。また、いつまでも自分の失敗を責め続ける父親に対する反抗的態度とも受け取れる。即ち、「自分は過去の失敗に対して十分反省しているのに、お父さんはいつまでも僕のことを許してくれないのだ」と語り直すことができる。

しかしタムキンはトミーのこの抵抗を認識しながらも無視し、さらにトミーの無意識を暴き、新しい物語を生み出すことが可能になるような語りかけを続ける。タムキンは「たしか、君のお父さんは君に残すお金がいくらかあると僕に言っていたがね」（九二）と言う。トミーはこのことは認めながらも、「僕がそのお金を手に入れる頃には体が弱って何にもできないでしょうよ」と言い返す。さらにタムキンはトミーの心を見透かしたように、「もし、お父さんが今、君に贈与してくれたら、君は相続税を払う必要がないのだがなあ」と言う。ここでタムキンはトミーの「抵抗」の物語を暗に次のように語り直していることになる。「君は今、金が欲しい。だから無意識のうちに父親の死を願っている。そして君はその罪の意識にさいなまれている」と。

タムキンのこの語り直しをトミーはすぐに察知する。というのも、タムキンはこの語り直しの前段階として既に、自分の経験を交えつつ、「金／殺意／罪の意識」という図式をトミーの意識に植え付けているからである。そこでトミーはすぐに「苦々しげに」反論する。「もちろん僕は金のことは考えますよ。だけど……父に死んでほしくないと思っていることは確かです」（九二）しかし「タムキンの鋭く光る目」から、自分の言葉が信用されていないことを感じたトミーはさらに抵抗を続ける。「貴方は信じないでしょう。恐らくそれは心理学的ではないでしょうから。……父が死んだら僕は何かを奪われたような気がするでしょう。僕にとってはただ一人の父ですから」（九二）

ここでトミーの「苦々しげ」な態度や「心理学的でない」という言葉が示しているように、トミーは「あなたの解釈は間違っている。人の心は心理学では説明できないこともあるんですよ」と訴えている。つまり、これは「分析者の間違った解釈から自分自身を守るため」の抵抗と考えられる。

この抵抗は作者ベローの抵抗であるとも考えられる。しかし、シェイファーの精神分析的語り直しはベローの意図と相反するものではない。なぜならばシェイファー自身、従来の既に作られた物語を被分析者に適用する方法をよしとしていないからである。即ち、被分析者の現実の問題を解決する際に、被分析者の語る人生史のなかに予め予定されたものだけを拾い集める方法は、既に「物語形式」が定められていることになり、「このようにして構築された連続的人生史の物語は二級の語り直しにすぎない」と言う。シェイファーは先ず被分析者の語る現在（「自伝的現在」）の検討から始めるべきであるとし、「自伝的現在」をあらゆる角度から語り直すことにより「最も現実的」現実（「第二の現実」）を呈示することが重要であるという。

トミーの場合、この第二の現実はタムキンの「君はお父さんを愛しているのかね」という質問で明らかにされる。「彼はこれにとびついた。『もちろんです。もちろん僕は父を愛しています。僕の父。僕の母――』こう言ったとき、彼の心のなかで何かぐいと引っ張るものがあった」（九二）父親に対する自分の愛を確信したこの時点でトミーは第二の現実に気付かされる。即ち、父親が自分に金を残してくれる意志があり、自分も父親のことを愛しているという現実である。そして、この第二の現実をふまえて、次のような新しい語りが生み出される。「お父さんは僕の困難にというより、僕の混乱に対して背を向けているのだ。……ただ必要だからといってすぐに人が同情してくれるなんて考えるのは僕の子供っぽい考えなのだ」（九三）この新しい語りのなかでトミーは父親に援助を拒否され、お金がないせいで父親に嫌われている、哀れむべき息子の物語の語り直しに成功している。お父さんは僕を愛していないからでなく、情けない息子の僕の自立のために援助を拒否しているのだというように。

同様に、トミーと妻のマーガレットとの関係も再検討の余地がある。トミーの語りによると、彼は「マーガレットと結婚しないと決心したのに、駆け落ちし」、今は彼女に虐待されている哀れな夫の役を割り当てられている。しかしタムキンはトミーのこの語りに鋭いメスを入れる。

タムキンは「『君のお父さんは君のことを羨んでいるんだよ』『妻のもとを去った夫というのは常に

嫉妬されるものだ』」と言いつつ、トミーの方が妻を捨てたのだという事実を指摘している。これに対して、トミーは「軽蔑したように」、「女房の話だったら、父は僕を羨む必要はないですよ」と反論する。この抵抗は「負の転移」として語り直すことができる。トミーは同様の事を父親に指摘されたばかりでもあり、タムキンを強権的父親と見なし、反抗的になっている。また恐らく、実際に父親に向かって言った「お母さんとマーガレットじゃ比べものになりませんよ」（四九）という言葉を心のなかでタムキンに投げつけながら、「貴方は僕の妻がどんなにひどい女なのかわかってくれない。同情されるのは僕のほうなのだ」と暗に語っている。

しかしタムキンはさらにトミーの無意識を表面化していく。「いや。君の奥さんも君のことを羨んでいる。君が自由に若い女たちと出歩いていると思ってるよ。彼女、段々老けてきてるんだろう」（九五）このタムキンの言葉によりトミーの抵抗の物語は次のような語り直しが可能になる。「君は僕に同情しろというけど、君は実際自由だし、恋人だっている。君は奥さんが老けてきたので若い女に乗り換えたんだと思われたくない。それに奥さんはもう若くないから男たちと出歩くことはできない。だから君は奥さんに対して罪の意識を持っている。そしてそれを知られたくないのだ」と。そして、彼女が若くて生き生きとして奇麗だった頃の思い出はトミーに現在の彼女の年齢を強く意識させ、「彼女は四四歳である」ことをはっきりと認める。従って、「彼女は男たちと出歩いているくせに僕から金を巻き上げているのだ。彼女は僕を罰するために生きているんだ」（九四）と言うときのトミーは「信頼できない語り手」であると言えよう。また、ここに彼の妻に対する罪の意識を認めることができる。

しかし、トミーの妻に対する罪悪感を認めさせたあとのタムキンの言葉には注目すべきものがある。彼は罪深き人間についての既に語り古された物語などしない。逆に彼はトミーをこの罪悪感から解放すべく、二人の妻を持っているというラパポート（Rappaport）老人の話をする。そして、「僕は病的な罪悪感から自己を解放し、本能のままに生きている人々もいることを君にわかってほしい」（九七）と言いつつ、トミーの罪悪感の異常さを指摘する。タムキンはさらにトミーのなかにある息子達に対する罪悪感を暴く。「君は本能に従いたいのだが、まだびくびくしている。例えば、子供さん達のことだが――」とタムキンが言ったとたんに、トミーは「足を踏み鳴らしながら」、「お願いだから子供達のことだけは持ち出さないでくれ」と嘆願する。このときトミーは「強権的父親」タムキンから無責任な親だと非難されたと感じ、まさに子供のように「足を踏み鳴らして」抵抗する。しかしこの話題が「避けられない」と悟ったトミーは別の抵抗を試みる。「『僕は子供を奪われたのだ』ウイルヘルムは唇を噛んだ。……『僕はお金を払うばかり。子供たちには決して会わない。……彼女は彼らを僕の敵に育てるつもりなんだ』」（九八）この語りにおいてトミーはマーガレットを悪者にし、自分自身を犠牲者に仕立てあげることにより、罪の意識から逃れようとしている。しかし、この語りを「父親」タムキンはさらに次のように語り直すことができる。「君は僕に対して父親らしく優しくしてくれと要求している。それなのに君は自分が父親らしいことをしていない。けれどもそれはしていないのではなく、機会を奪われてしまって出来ないのだと訴えているのだろう。つまり君は自分が父親に嫌われたくないという単なる自己愛から子供たちに嫌われたくないだけなのだ」と。

また、この語りにおいてもトミーは明らかに「信頼できない語り手」である。というのも、彼は自分から家を出たのであり、また野球観戦に連れていくことで子供たちとは定期的に会ってもいるからである。

そこでタムキンはトミーを「信頼できる語り手」に変えるべく、彼のコンプレックスの原因となっている自己愛を認識させ、本当の自己に気付かそうとする。タムキンは「何故君はそんなに奥さんに苦しめられっぱなしなんだい」と言いつつ、トミー自ら自己を犠牲者にし、そうすることで自己愛を隠そうとしていることを示唆している。また、「苦しみと結婚するな」と言いつつ、自己と対峙することを恐れ、「苦しみ」を常に自己正当化のための隠れ蓑にしていることを認識させようとしている。

そして、トミーが本当の自己を認め、子供たちに愛される父親を演じることを止めようとしたとき初めてこの隠れ蓑を剝ぎ取ることができる。即ち、犠牲者の役も降りることができ、マーガレットに対して異常に卑屈になる必要もなくなるわけである。実際に彼はマーガレットに電話をしながらこの隠れ蓑を取り、自分自身の本当の感情を彼女にぶっつける。恐らくこのとき彼は本当に自己の本能に従おうと決心したのであろう。そしてその結果として、「もう一度オリーヴ（Olive）とやり直そう」と思う。

ところでトミーが現在抱えているもう一つの問題について検討してみよう。彼は確かに現在失職中である。トミーはこれまで勤務してきたロウジャックス社に関して、会社側の彼に対する非道義的仕打ちに対する抗議の意味でやめてやったと言う。会社が彼の販売区域を狭めたうえに、重役のポストの約束も反古にしてしまったと言うのだ。しかし、彼はタムキンに言う。「父は僕が元の職場に戻れないのは何か理由があるのだろうと言うんだけど、実際あるんですよ。僕は皆にその会社の重役になるんだと言ってきたし、また実際そう思われていたんだ。だけど、社長の娘婿のおかげで彼らはその約束をごまかしたんだ。僕は自慢し、偉そうな顔をしていたんだ」(七四) これに対してタムキンは「もし君が謙虚になれば戻れるんだね」(七四) と言う。ここで犠牲者トミーの物語は変形を受けることになる。すなわち、「僕は会社にひどい仕打ちを受けて、会社に戻れないんだ」という語りが「僕はみんなに重役になると言ってきたのになれなくなってしまった。そんなところに今更帰るのは僕のプライドが許さない」という見栄っ張りトミーの物語に語り直されたことになる。

さらにタムキンはトミーの仕事に対する複雑な気持ちを明らかにする。「一ポンドの社会的権力の引き換えにでも一オンスの心を磨り減らしたくないと思っている君のような人はこんな世の中でやっていくのは無理だ」(八〇) タムキンはこう言いつつ、暗に「良心的にやっていたんじゃ商売なんてできない。君だって自分の心に恥じるようなことをやってきたんだろう。そしてそれがいやになったんじゃないのか」と語っている。実際「ロウジャックス社の製品の悪いところを心得ており」ながらセールスの仕事をしてきたトミーにはこの暗示ははっきりと理解できるはずである。

また「彼らの多くの連中がユダヤ人を好きじゃないんだろう」というタムキンの誘導的質問に対し、トミーは「そんなことに気付いている余裕なんてないですよ。仕事があれば幸せですよ」とその問題に拘泥しようとしない。この抵抗の語りは第三の方法で語り直すことができる。即ち、「出来ない」を「しようとしない」と言い換えると「私はそれに気付く余裕がない」は次のように語り直される。「私は彼らの差別に気付こうとしない。そんなことを気にしていたら仕事はなくなってしまう」と。

これらのことを総合的に見ると「元の職場に戻れない」という語りはさらに別の語り直しが可能になる。シェイファーはこの「出来ない」という語りを「その語りにおける当の行為の否認」であるとし、「否認された行為の再生利用」によって新しい物語が可能になるという。そこでトミーの語りをそのような見地から語り直すと次のようになる。「私は元の職場に戻らない。なぜならばお互いの信頼関係のない、人が皆孤独に耐えねばならない大都会でのビジネスは私には向かない。だから私はこの非人間的社会から出てゆこうと考えている」シェイファーによると、このような語り直しによって「物語は意識的に苦痛である現状をかばうための、無力さと失敗の意識的物語から別の現実における無意識の活動の物語へと変化したのである。そして今やより信頼できる語り手によって語られた新しい物語は個人的行動の物語となり、それゆえに変化の基盤として役立つだろう」(8) そして実際トミーは「自分は間違いを犯した。しかしこれらは見逃すことができる。自分はバカだった。しかしそれも許されるだろう。……回復は可能だ。先ず最初にこの町を出ていかなくてはならない」(七八)と考え、新しい人生の舞台を求めてニュー・ヨークを出て行くはずだった。

しかしここでまた科学では割り切れない愛という感情が介入してくる。トミーは何日か前に「日頃彼がもっとも嫌っている」タイムズ・スクエアの地下道で突如として人間愛に目覚め、回りの人々に兄弟愛を感じる。そしてこの時彼の心に「より大きな本体」という概念が閃く。トミーによると、この「より大きな本体」から人間は切り離されることがなく、そこでは「タムキンが本当の心と呼ぶものが全ての人に明白でわかり易いことを話」し、お互いの意志疎通に苦しむことはないし、人はもはや孤独ではなくなる。そして「今日、最後の審判の日」、「自分はあの考えに戻らなくてはならない。あれこそ自分の悩みを解決する正しい鍵であり、自分に最も役に立つものかもしれない」(八五)とトミーは考える。このやや唐突な感のある「より大きな本体」という概念に拠り、トミーは大都会ニュー・ヨークにおける人間的生活の可能性を信じ、ここに留まる決心をする。そして彼はマーガレットに言う。「『明日、人に会いに行くつもりだ。一人はセールス・マネジャーで、もう一人はテレビ関係の人だ。だけど演技をするためじゃないよ』彼は急いで付け加えた。『仕事のことでだよ』」(一一一)つまり、彼は演じることを止め、本当の心をもった人間としてニュー・ヨークでやっていこうとしている。

これまでの様々な語り直しの過程においてトミーは自ら語った「自伝的現在」の誤りに気付き、「最も現実的現実」を把握するに至った。この「第二の現実」こそ新しい物語の糸口となるものであり、この現実を踏まえたうえで過去の真実を整理し、さらに現在、未来と語っていくことによってトミーは全く新しい物語を語ることが可能になる。

そして最終的にトミーは次のような物語を語ることになろう。「僕は俳優になろうとして失敗した。しかしこれは結果的には良かったのだ。なぜならばトミー自身『偽りの心』を持った人間であるから、

『トミーとして成功しても本物の成功とは言えないからだ』（二一五）マーガレットと結婚したのも父親の反対にもめげず、自分の本能的愛の感情に正直に行動した結果である。彼女は病気のときは優しく看病してくれ、本を読んでくれたりしたっけ。会社をやめたのも良心に恥じるようなセールスをしたくなかったからである。自分は今迄、他者の圧力に屈することなく感情に正直に生きてきたのだ。そして現在僕は一文無しになってしまったけれど、父親に援助を求めることはすまい。それは僕自身のためにならない。『取敢えず車を売ってホテル代を払おう。』そして明日になったら仕事を探しに行こう。また自分の感情に正直になり、『何とか妻と離婚し』『オリーヴとやり直そう』」この新しい物語のなかには「見せかけの心」を持った、「敗者」トミーは存在しない。ここでの主人公は本能のままに行動する、「本当の心」を持った自立した自由人ヴェルヴェル（とでも呼んでおこう）である。

この新しい物語はラストシーンの見知らぬ男の葬式の場面で完成する。一人の男の死を目の前にして、異常なくらいに取り乱し、現在の苦悩をさらけ出すトミーの姿はまさに断末魔の苦しみにあえいでいる姿とでも表現できよう。恐らくトミーはこの男の死に自分自身の死を見たのであろう。このトミーの象徴的死は必然的に主人公の交代、ひいては新しい物語の誕生を意味している。

第五章　『雨の王ヘンダソン』論

5　文明社会におけるエロスとタナトスの共生

はじめに

高度文明社会と言われる現在、我々の生活は一世紀前には想像だにできなかったほど便利なものとなった。しかし、一方では世界各地での紛争による多くの死、および、環境破壊、原発問題等、様々な問題を抱えている。元来、文明とは個人では弱い人間が結束し、自然や動物の脅威から自らを守るために発展させてきたものであるが、その人間の生命を守るべきものが逆に人間の生命を奪う、それも文明の発展に伴い、大量の死をもたらす結果となった。その最大の要因は文明が我々に与えた巨大な破壊力であり、それは戦争という歴史的事実における文明の発展と破壊力の関係が如実に物語っている。しかし戦争という事実のみを見て文明批判をするのは妥当ではなかろう。ローマ神話の戦いの神マールスの存在からもわかるように、戦いは神話の世界から存在しており、問題は文明をその戦争に利用しだした人間の根源的性質であると考えられる。この攻撃、破壊欲動（死の欲動）について、シグムント・フロイトは多くの論文で論じているが特に「文明への不満」（一九三〇）の中で人間の生来の二大欲動である生の欲動（エロス）と死の欲動（タナトス）と文明との関係について詳しく論じている。

第二次世界大戦後の五〇年代のアメリカは物質的豊かさに溢れた、未曾有の大好況の時代であった。しかし一方では激動の六〇年代を予見するかの如く様々な物質文明批判が為されている。文学において、文明批判の典型的作品としてしばしば取り上げられるのがヘミングウェイの『老人と海』（一九五二）である。その七年後の一九五九年にベローは『雨の王ヘンダソン』（以下、『ヘンダソン』）を上梓した。両作品ともに文明を主テーマとして取り上げ、その背景が非文明社会であることで似通っている。また『ヘンダソン』の主人公であるユージーン・ヘンダソン（Eugene Henderson）は文明社会を脱出しアフリカに行くが、そのイニシャルEHからも想像できるようにヘミングウェイを彷彿とさせる人物である。ただ現実のヘミングウェイが自殺してしまうのに対し、ヘンダソンは自殺願望が強かったにもかかわらず、最後は生きることに対する希望と期待をもってアメリカに帰っていく。本論においてはこのヘンダソンの前向きの行動に着目し、フロイトの文明論を踏まえつつ、文明社会におけるエロスとタナトスの共生について検討してみたい。

(一)　文明と死の欲動の因果関係

フロイトは「文明への不満[1]」の中で「[文明]とは、我々の生活と動物だった我々の祖先の生活を隔てており、かつ自然に対して人間を守ることおよび人間相互の間の関係を規制するという二つの目的に奉仕している、一切の文物並びに制度の総量を意味する[2]」と述べ、文明というのは人間の生の欲動に奉仕するものであり、人間が生きるために発展させてきたものであると言い、あくまでも文明を擁護している。しかし、フロイトは文明批判の大きな要因の一つとして神経症と文明の関わりを挙げている。すなわち「神経症の原因は社会が文化理想達成のために我々に課する欲望断念の量に耐え切れなくなることにあ[り][3]」特にその欲望断念の中の最大の対象となるのが人間の本能的欲動である死の欲動（攻撃、破壊欲動）である。フロイトによれば、文明とは「人類を舞台にした、エロスと死の間の、生の欲動と死の欲動の間の戦いなのだ。この戦いこそが人生一般の本質的内容であるから、[文明]の発展とは、一言で要約すれば、人類の生の戦い[4]」であり、文明社会の維持、あるいは発展のためには死の欲動は押えられねばならない。この死の欲動の一部であり、自己の外側に向けられたものが攻撃欲動や破壊欲動であり、これが制限されるとその欲動は内側に向かい、「自己破壊の促進」という結果を生じることになる。つまり、文明社会維持のために攻撃、破壊欲動が抑圧され、その結果、自殺や自殺願望が増加するという単純明快な構図である。

しかしフロイトのこの文明批判がいかに妥当なものであろうと、まさに文明社会の崩壊をもたらす危険性をはらんだ攻撃、破壊欲動を文明は統制していかなければならないのであり、また実に巧妙に抑圧してきたと言える。フロイトはこの文明の抑圧装置としてまず宗教を挙げ、その代表例として隣人愛を説くキリスト教を挙げる。また「倫理」も抑圧装置の一部となっており、この宗教や倫理により、人間の中に良心や罪責感が生まれる。また最も直接的で具体的なものが「法」であり、警察機構であるが、この中で神経症の最も大きな要因となるのは前二者が生み出す「心の法廷」である。というのも現実の国家の法組織に関しては、実際に法を犯さない限り「罪」に問われることはないが、宗教や倫理の生み出す良心は外からは見ることのできない心の中の欲望や罪をけっして見逃しはしないからである。その結果、宗教心や倫理感が強ければ強いほど罪の意識に苛まれることになる。

(二) 攻撃欲動の象徴的人物、ヘンダソン

これまで文明と死の欲動(攻撃、破壊欲動)との関係についてのフロイトの見解を述べてきたが、前述の『ヘンダソン』の主人公ヘンダソンにこの両者の関係を具体的に見ることができる。彼は五〇年代のアメリカという文明社会で生きる、まさに攻撃、破壊欲動の塊とも言える人物であり、年齢五五才、身長六フィート四インチ、体重二三〇ポンドのかなりの巨漢で、いわゆる名門の出であり、彼自身も名門の大学を出て、現在は二度目の妻リリー(Lily)と双子の息子達と共に一見、何不自由の

ない生活を送っている。その彼がなぜ家庭を捨ててアフリカ旅行に出かけていったのか。表面的には幸せそうな生活を送っているヘンダソンであるが実は心の中は満たされておらず、そのために様々なビジネスにも手を出すが満足感を得ることができない。さらに現在彼は“I want, I want”という心の中の叫び声に悩まされており、この叫び声が日毎に大きくなってきている。

この悪化する事態にはヘンダソンの攻撃欲動が大きく影響している。彼は第二次世界大戦で名誉戦傷章を授与されたことからもわかるように攻撃欲動の強い人物である。妻に対しては事あるごとに怒鳴りつけ、酔っ払ってのけんかは日常茶飯事で警官に身柄を拘束されたこともある。骨折した際は松葉杖で人間であろうが動物であろうが目の前を通るものをひっぱたいたりもした。また借家人が置き去りにした猫に対して発砲するなど、その攻撃性がエスカレートしてきている。さらに重大なことはこの攻撃欲動が自己の内側に向かってきたことである。彼は常日頃「俺の頭を吹きとばしてやる」と「自殺」を口にし、また「涙を見るとかっとなる質で」リリーと議論をして彼女が泣き出すと「俺の頭を吹きとばしてやる！自殺してやる」(5)と怒鳴ってしまう。また実際に彼の攻撃欲動が間接的にではあるが一人の女性を死に至らしめてしまう。彼が朝食の席でリリーと激しく口論し、コーヒー・ポットをひっくりかえしたりした後、台所に行くとお手伝いのおばあさんのミス・レノックス（Miss Lenox）が驚きのあまり床に倒れて死んでいたのである。その後彼女の部屋を訪れたヘンダソンは思う。

「ああ、何ということだ。泥の小部屋が待っている。……死がおまえをぼろぼろにし、何一つ残りはしないんだ。そう、残るのはがらくたばかり。……まだ何かが残っているうちに、今だ！とにかく脱出するんだ。」（四〇）

しかし脱出先が何故アフリカなのか。また"I want, I want"という彼の心の中の叫びは一体何なのか。これは彼の攻撃欲動とその心的エネルギーであるリビドーとの関係から説明できる。(6) リリーが「彼はメンタル・エナジー過多」（二四四）と主張しているとおり、彼は生来リビドーの強い人間であり、またリビドーがラテン語で"want"を意味することから考えると彼のリビドーが適切に発散されず、さらに心の叫びが「何を欲しているかを言わない」ために、そのエネルギーが鬱積している状態であると思われる。その増大したリビドーが彼の攻撃欲動に大きく配分されてしまったことがアフリカ行きの一つの要因である。

ヘンダソンはこのリビドーを何とか処理しようとして様々な試みをしている。ある心理学者は彼に次のようにアドバイスをする。「あなたの怒りを無生物に向けなさい。そうすれば、文明人として当然のことですが、生き物を傷つけなくてすむし、あなたの中にある毒素を取り除くことができますよ」（二三）重量上げ、鋤による耕作、セメントのブロック積み、コンクリートの注入、豚の餌作り。しかし満足のいく結果は得られない。また彼にとってけんかは日常茶飯事であるが、人と争うことは倫理的にもキリスト教的宗教観からも非難されるべきことであり、さらにはむき出しの暴力行為は

「野蛮」な行為であり、文明維持装置の典型である「法」および「警察」により規制され、罰されることになる。またリビドーを麻痺させるためにアルコールに頼ってみたりもするが心の中の叫びを押えることはできない。不似合いながらもバイオリンに挑戦するがこれも効果がない。

以上のような経緯で彼のリビドーは攻撃欲動に向けられ、最も決定的なことはその外部に向けられた攻撃欲動がミス・レノックスという一人の人間を死に至らしめたことである。その結果彼の中に罪の意識が生まれ、その罪責感が彼を苦しめ、その攻撃欲動が彼の内部へ向けられ、以前から強かった自己破壊欲動がさらに強まっていく。ヘンダソンはこの自己破壊欲動が彼自身を死に至らしめるまでに増大してきていることを実感し、現在の自己存在の危機的状況からともかく脱出しなければならないと本能的に察知したのである。しかし脱出先が何故アフリカなのか。先ず第一に野生の王国アフリカには文明社会からの抑圧がないと考えられているからである。特に社会的秩序を保つための様々な抑圧機構がないことから自由に活動でき、特に彼の強い攻撃、破壊欲動は自然や無機物に向けられることで実害を生じることはない。また野生の地アフリカには文明社会の宗教や倫理、慣習による抑圧がないように思われていることから、彼を悩ましている粗野や野蛮さに対する批判がなく、精神的に解放されると考えられる。しかし最も重要な点は文明社会でしばしばやっかいもの扱いされる攻撃欲動は原始的社会においては人間を守り、生の欲動に奉仕するものであり、ここでは生の欲動と死の欲動の対立は存在せず、むしろ相互補助的なものであるという点である。すなわちヘンダソンの攻撃欲動はアフリカでは生の欲動に貢献できると考えられるのである。

(三) エロスとタナトスの村

ヘンダソンはアフリカで二つの部族社会を訪れる。これは明らかにベローが創り出した虚構の象徴的社会であり、最初に訪れたアーニュイ（Arnewi）族の村はエロスを、次に訪れたワリリ（Wariri）族の村はタナトスを象徴している。この対照的な村での体験を通してベローはヘンダソンの内なる叫び "I want, I want" の実態を明らかにし、さらに今や自己破壊欲動（死の欲動）にまでエスカレートしている彼の強い攻撃欲動の理想的昇華法を提示している。

アーニュイ族の村人達は善良の民であり、ヘンダソンが訪れたときは旱魃の真っ最中であり、彼らにとっては「親類」同然である牛が次々と死んでいくのを嘆き悲しんでいるにもかかわらず、女王をはじめ人々は皆彼を大歓迎してくれる。彼らは争いや殺生を好まず、牛のミルクは飲んでも決してその肉を常食とすることはなく、牛が死んだとき、儀式としてその肉を口にするだけである。

またこの村はフロイトの言う文明とエロスの相互補完関係を具現している。前述の如く、人間は生きるために、すなわち生の欲動を満足させるために文明を発達させてきた。まず「個」では弱い人間が自らの生命を脅かすものに集団で立ち向かうために共同社会を作り出した。その共同社会を維持するためには「秩序」が必要であり、人間のもう一つの本能的欲動である、攻撃、破壊欲動は抑えられねばならない。さらに人々を「一」にまとめ上げるために母子間の愛、男女の愛が利用される。つまり、人々は自らと自らの愛する者を守るために共同社会維持に積極的に取り組んできたのである。アーニュイ族の村でその男女間の愛を象徴しているのは女王の妹ムタルバ（Mtalba）であり、彼女のヘンダソンに対する求愛ぶりを見るとまさに愛の権化とも言える女性である。また彼に対する歓迎の印として赤ん坊を高く差し上げる母親たちの仕草は母子間の愛を象徴している。

さらにヘンダソンがこの村に入る直前に見たまるで「絵」のような光景はまさに人々が共同社会を作り出した意味を象徴的に表わしている。

するとアーニュイの部落が見え、先の細くとがった円錐形の屋根が見えてきた。藁を葺いただけの屋根で、もろくて多孔性で軽いものに違いない。まるで羽のように、でも重そうだ。そう、重い羽のように見える。その屋根屋根から、静かな光の中へと煙が立ち上っていく。古びた屋根からさえ、独特の輝きが放たれていた。（四七）

すなわち、一本ずつでは軽い草を束ねて「一」にまとめ上げて「重厚な」円錐屋根を作り上げるという作業は「個」では弱い人間が集団社会を作り出した、文明発祥の起源を象徴的に示している。

しかし一見平和で安定したこの村も攻撃、破壊欲動と無関係というわけではなく、この社会を崩壊させる欲動を抑えるためにこの村には一つの習慣がある。それはこの村の訪問者は無敗を誇る強者である、女王の甥イテロ（Itelo）とレスリングをしなければならないということである。これは訪問者の攻撃欲動を事前に昇華させ、外部からの攻撃欲動の侵入を防ぐためであり、また、この戦いを楽しみにしている村人達にとってはその戦いぶりに熱狂することで攻撃欲動を発散させる機会にもなっているのである。

また、この村でもすでに攻撃、破壊欲動を抑えるための文明社会維持装置として利用されている宗教や慣習が大きな問題となっている。前述の如く、この村は現在水不足のために人々の「生命の糧」そのものの牛が次々と死んでいる。水源地には水が満々とたたえられているが、イテロによると「呪いにより」水の中に生き物が発生しており、「飲み水の中の生き物に手を触れてはいけない」という彼らの村の掟によりこの水を飲むことができない。ヘンダソンは、土曜日には反撃しないという掟のためにローマ人に破れたユダヤ人の例を引いてイテロを説得するが彼は蛙退治はできないという。しかしよそ者であるヘンダソンが退治することは構わないというイテロの暗黙の了解から、シリアのミッション・スクールで教育を受けたというイテロ自身、その不合理性を認識していると思われる。確かに現在の高度科学文明社会においてはこのような非科学的な状況は考えられないが、逆に自らの生命を守るために攻撃欲動が不可欠であった原始の時代に遡って考えると、蛙退治は簡単にできたであろうし、水不足に悩む必要はないのである。

このような状況の中でヘンダソンは自らの攻撃欲動の理想的昇華法のための一つのヒントを女王ウィラテール（Willatale）から学んでいる。女王は「善良さ」に溢れ、「明るく」、「優しい」人物であり、また女王がヘンダソンの手を彼女の乳房の間に導き入れたとき、彼は彼女の穏やかな心臓の鼓動を感じ取る。「それは地球の回転と同じくらい規則正しい鼓動だった。僕にとってそれは驚きの体験だった。まるで生命の秘密に触れているかのように、僕は口をぽかんと開き、じっと見つめていた」（七二）このように女王は「愛情」「優しさ」「明るさ」「善良」「安定」「規則正しさ（秩序）」を体現している、まさにエロスの象徴と言える人物である。彼女は自らの心臓の鼓動をヘンダソンに直接伝えることで、人間は生きており、その心臓の鼓動を維持するためには自然と調和した、秩序ある、安定した生き方が必要であることを示唆している。

また女王は直接的言葉でヘンダソンにエロスの存在を認識させている。「手に触れるものはすべて破壊してしまう」ヘンダソンが歌うヘンデルの *Messiah* の一節を聞いたあと、女王は“Grun-tu-molani”（Man want to live）という一言を発する。それに対してヘンダソンは「そう、そう。モラニ。僕もモラニ。女王はそれがおわかりだろうか。僕にその言葉を教えてくれて、神が彼女に英知をささげ、神の報いがありますように。……僕があの井戸から一匹残らず蛙を吹き飛ばし、全滅させてみせます……。僕のためだけじゃなく、みなさんのために」（八五）と“I want”の実態、すなわち自らのエロスを強く認識し、さらに彼が望んでいる真の生き方とは「皆のために生きる」、すなわち人の役に立つ生き方であることに気付く。そしてイタリアで爆破された橋を一人で持ち上げ、工兵が来るまで崩壊を防いだことがあったことなどを思い出し、彼自身の中の強い奉仕精神を強く認識させられる。これは攻撃、破壊欲動の象徴的人物として自らを見ており、これまで自己嫌悪、自己否定を繰り返してきたヘンダソンにとっては新たな自己発見であり、自己存在の意義を追及するための重要な一歩となったことは明らかである。さらに村人たちの暖かい歓迎ぶりに加えて、女王の「幸福そうな笑いぶり」や「ただ眺めているだけで気分が休まる」ような存在感が彼の中に沸き起こした「幸福な興奮とも言うべきもの」が彼のエロスのリビドーを高めたことは言うまでもない。このあと彼は水不足の元凶とも言える蛙退治を即、実行に移すのである。

ヘンダソンはここで自らの攻撃欲動を生の欲動に奉仕させる絶好の機会を得たのであるが、しかしまたここで攻撃欲動がいかに文明社会崩壊の危険性をはらんでいるかが明確に示されている。ヘンダソンはHMマグナム銃の薬莢から取り出した火薬から爆弾を作り、池の蛙を吹き飛ばそうと考えるが、余りにもその威力が大きく、「ヒロシマとまではいかなくても大した噴出」を引き起こし、池の土手の仕切り壁を破壊してしまい、水が全て流出してしまう。この時彼は弾丸一ダースかそこらにこれほどの破壊力が潜んでいようとは予想できなかったのであるが、この一件は文明の利器の不適切な利用がいかに大きな惨事を引き起こすかを端的に示している。

次にヘンダソンはロミラユ（Romilayu）と共にワリリ族の村を訪れるが、村に入る直前に出会ったのは一団の旧式銃で武装した男たちである。彼らに捕えられ、銃を取り上げられたヘンダソンが連れていかれた小屋で彼が見たものは死体であり、彼はその死体を運びだし、谷底に落とすが、翌朝目を覚ますとその死体は再び小屋の中に運びこまれていた。このようにアーニュイ族には全く無縁の兵士や死体との最初の出会いに加えて、「まるで死体の卸売りをしているようだ」、「たくさんの死人がいるようだ」という彼の言葉が端的に示しているように、この村がタナトスを象徴しているのは明らかである。

また死と同様、この村を象徴しているのは攻撃欲動である。この村の人々はアーニュイ族とはあらゆる面で対照的であり、攻撃欲動に溢れている。「方々で一家の口論らしきもの」や「老人の凄じい毒舌」が聞かれ、子供たちは互いに石をぶっつけ合ったり、取っ組み合いをしており、女たちは子供たちを怒鳴りつけ、平手打ちを食らわしている。またアーニュイ族の人々は動物の殺生は好まなかったのに対し、この村の人々は鶏を絞め殺し、王宮で出された、「二十日鼠の足」や「牛乳に新鮮な牛の血を混ぜた飲み物」が象徴しているように文字どおり血の気の多い部族である。

そしてこの攻撃欲動を視覚的に強く印象付けているのが「赤」である。赤い惑星、火星はギリシャ神話の好戦的神であるマールスに因んで命名されたと言われていることからもわかるように、元来赤は戦いの色であり、血、情熱、エネルギーを象徴する色である。ワリリ族の村には赤が溢れており、彼らの攻撃欲動を強く印象づけている。先ず一番大きい赤い建物が宮殿であり、その前には真っ赤な花が植えてある。王の叔父は真っ赤な服を着、真っ赤な目をしており、大きな分厚い舌も真っ赤である。始終、訴訟が行なわれている、この村の裁判官のガウンもまた赤である。また真紅は「ワリリ族の祝祭の色」であり、雨乞いの儀式の際には天空のポンプの迎え水として、顔を傷付けて血を流すのである。そのほかにも攻撃欲動の象徴としての赤が執拗なまでに強調されている。

またこの攻撃欲動が具現化されたものとしてアフリカの自然の中では不似合いな、軍隊とも言える、訓練の行き届いた武装した男たちの存在がある。ヘンダソンの最新式の銃も勝てないことからもわかるように、彼らは攻撃欲動の集団的組織化による威力の増大を如実に示している。また宮殿内には逞しい身体をした女アマゾン兵がおり、王の警護に当たっている。またこの村では他国人の武器の携行は許されておらず、守りの対策も万全である。このようにワリリ族の村は人間の攻撃欲動と武器や軍隊との因果関係を明らかにし、さらに前述の「ヒロシマ」への言及に引き続き、攻撃欲動の国家的組織化の問題を提起している。これに関連して、文明維持装置によって抑圧された攻撃欲動が、愛する者や大義を守るための戦争という形で比較的に罪悪感無しに発散されうるというフロイトの指摘も看過することはできないであろう。

このように文明社会ではやっかいもの以外の何物でもないように思われる攻撃欲動であるが果たして何らの貢献も為しえないのであろうか。ヘンダソンはこの答えのヒントをワリリ族の雨乞いの儀式から、そして特にダーフ（Dahfu）王から学んでいる。

ヘンダソンは雨乞いの儀式で村人の誰も動かすことのできなかった巨大な雲の神を見事に動かし雨の王になる。この挑戦が成功し、儀式を完結させ、ワリリ族の役に立てたことで彼は自らの力に誇りをもち、自己存在の有意性を確認できたのである。ここで役に立ったのが彼の持ち前の攻撃欲動である。ワリリ族は彼が「立って居られないほどの不安さ」を感じたほど神に対して不遜である。儀式の際には神々の像を踏みつけ、転がし、鞭打ち、ひっぱたくという有様である。このような野蛮な儀式に参加するということはキリスト教文明に対する挑戦とも言えるが、この宗教的抑圧からの解放のエネルギーを与えてくれたのが彼の攻撃欲動である。フロイトはこの宗教的抑圧から生じる罪責感を自殺の原因の一つとして挙げているが、ヘンダソンがこの儀式から得たものは一つの社会の宗教的倫理観からの解放であり、さらにある社会では存在意義を認められないものでも環境や意識を変えることで新たな意義を見い出しうるという、自己肯定への糸口であろう。

ヘンダソンに攻撃欲動の究極的意義を教えてくれたのはワリリ族の王、ダーフ王である。彼が攻撃欲動の強い人物であることの一つの証は印象的な眼光を放つ、彼の赤黒い目であり、さらに優に六フィートはあろうかという背の高さとその引き締まったスポーツマン風の肉体である。ダーフ王とヘンダソンは大男という点と攻撃欲動の強さという点で共通性があると思われるが、ダーフ王の優れている点はその欲動を向ける対象の適切な選択とそのリビドーの経済的配分である。イテロの学友である彼はシリアをはじめ他国で学問を修め、医学の道を志したこともある理論派のインテリであり、冷静沈着な人物である。また彼は先王の生まれ変わりのライオン以外は飼ってはならないというワリリ族の掟に背き、王宮の地下に雌のライオンを飼っており、自らの生命と地位を危険にさらしてまでも信念を貫くという勇気のある王である。

ダーフ王からヘンダソンが学んだことの一つは攻撃欲動の有効な使い方である。それは様々な恐怖、特に死に対する恐怖の克服に攻撃欲動を向けることである。ダーフ王は雌のライオンを飼っている地下にヘンダソンを連れていき、恐怖のために「死にそうになっている」彼を勇気づけ、彼の攻撃欲動をその恐怖の克服に向けさせる。さらに百獣の王ライオンの動作を真似させることで、何物も恐れない、自信にあふれた、堂々とした強さを彼に身に着けさせようとする。「恐怖は人類の支配者である」

とヘンダソンが言っているように究極的に人間を抑圧しているのは死に対する恐怖であり、この恐怖心が人間の自由な言動を妨げているのは歴史的に見ても明らかである。すなわちダーフ王はヘンダソンに死の恐怖心に縛られることなく、信念に基づいた言動を貫くことを教えようとしたのである。ダーフ王の自らの信念を貫き通す、その泰然自若たる態度や大僧正や回りの奸計に立ち向かう強さはまさに彼の強い攻撃欲動から生じている。約言するとこの攻撃欲動は生命力の源であり、究極的には生の欲動に奉仕するものである。

またこの攻撃欲動こそアメリカの歴史的発展に大きく寄与し、現在のアメリカの繁栄を生み出した源である。大西洋の荒波を乗り越え新大陸にやって来て、厳しい自然や病と戦い、独立を勝ち取り、さらに西部開拓時代、大自然と戦ってきたヘンダソンの先祖たち。そして新天地アメリカに夢を託し、大都市のスラム街でアメリカの資本主義経済の発展を支えた多くの移民達。彼らの生の欲動に貢献し、彼らのフロンティア・スピリッツの原動力となってきたのはまさにこの攻撃欲動である。ヘンダソンは王の鼻歌を聞いた時、

それを聞くと、ニュー・ヨークの夏の夜、発電所の前を通るときに聞こえてくる音を思い出す。……小さな電灯の下で光っている真鍮や鉄でできた機械が動き、デニムの作業服を着て、厚手のスリッパを履いた老人が、巨大な発電装置を背にパイプをふかしている。（二一〇）

と言い、太陽の照りつける王宮の中庭での王の行列の際、「まるでニュー・ヨークの夏の日のようだ」と言っているようにダーフ王にアメリカの大都市の持つ巨大なネルギーと、さらにテクノロジーの発展に翻弄されない人間の真の強さを感じ取っている。後者の強さこそ今最も求められているものであり、高度文明社会の中で抑圧されている人間の尊厳とアイデンティティの回復のため、また真に人間らしく生きるために社会の様々な抑圧に対してこそ攻撃欲動が向けられるべきであろう。すなわちヘンダソンはダーフ王から現代社会において攻撃欲動がいかに生の欲動に貢献できるかということを学び取ったと言えよう。

このようにヘンダソンはワリリ族の村で自らの真の姿を肯定的に認めることができ、さらに自己信頼を獲得し、自らの存在価値を確認することができた。またダーフ王から生の欲動に貢献する攻撃欲動の本質について、また「多すぎるメンタル・エナジー」の効果的配分について学び、これまで自己の内側に向かっていた攻撃欲動のエネルギーを伝道医師として奉仕活動に向けるという将来の展望も見つけることができた。また年令のせいで医師の道を志すことを諦めていたが、それも社会的習慣を打破ることとで解決できた。

確かにヘンダソンは彼自身の致命的欠点であった攻撃欲動を前向きに捉えることで再生を果たしたと言えるが、ここで最も強調すべき点は「もう一度、言いたい。僕がこれまで手に入れていたものは全て、いつも愛のおかげであり、それ以外の何物でもないということを」（三三九）と彼が言うように「愛」の力である。彼の夢の実現の一歩を踏み出すべくヘンダソンを帰国に駆り立て、瀕死の病から彼を救い出したのは彼の家族に対する強い愛情であろう。またワリリ族の見張りを殺そうと「殺意」に駆られている彼を思い留まらせたのは「あなた、私の友達ね」という献身的ロミラユの言葉である。つまり彼の強い攻撃欲動の悪弊であり、彼に快感と罪悪感をもたらしていた殺意を愛の力で抑えることができたのである。そしてダーフ王に対する深い愛情と信頼と共感なくしてはヘンダソンの再生は困難であったであろう。約言するとヘンダソンのエロスが高まりタナトスが弱まった結果の、両者の適切なバランスがもたらした再生と言えよう。

終わりに

戦争や社会秩序破壊の根源として現代社会でやっかいもの扱いされている攻撃欲動であるが、二つの村での体験を通してヘンダソンが見事にその解決策を提示してくれた。すなわち生の欲動に貢献するものとしての攻撃欲動の役割、そしてその役割を果たす際に愛の力が不可欠であるということを我々に強く認識させてくれた。これは人間の歴史の中で、文明社会以前の生の欲動と攻撃欲動の相互依存状態やアメリカの歴史を振り返ってみる時得心できることである。しかし第二次世界大戦後の五〇年代の豊かなアメリカ社会において、この豊かさを生み出している管理、統制的資本主義体制を維持していくためにはこの攻撃欲動は抑制されねばならない。このような状況においてベローは人間性の復活の原動力として攻撃欲動の再評価を見事に行なったと言えよう。

ただ『ヘンダソン』においては、五〇年代のアメリカ社会における人間性の回復の原動力としての攻撃欲動の役割実現には多少の疑問が残されていた。というのも攻撃欲動の肯定的象徴としてのダーフ王が大僧正をはじめとする側近の奸計により殺されてしまったからである。しかしベローはここでも希望を残している。物語のまさに最後でヘンダソンはダーフ王の生まれ変りというライオンをつれてアメリカに帰っていく。途中給油のためにニュー・ファウンドランドに立ち寄った際、彼はネヴァダ州の祖父のもとにいくというペルシャ語しか話せない男の子を抱いて、凍りついた大地に降り立ち、彼は思う。「僕にとってはこの子も空気も、服用される薬のようであり治療法でもあった。それから、アイドルワイルドでリリーに会えるという期待から生まれてくる幸福感も。ライオンは?もちろんそれも含まれている」(三四〇)すなわちここで暗示されているのはヘンダソンの祖先がフロンティアで戦ってきたように、次世代の若者たちが現在のアメリカの様々な問題を解決すべく、ニュー・ファウンドランドという精神的フロンティアで戦ってくれるであろうということであろう。この予見は市民権運動をはじめとする様々な解放運動が戦われた激動の六〇年代が見事に証明している。

6 高度文明社会における罪と罰

一九五〇年代のアメリカ社会は「豊かさと協調」の時代と言われているように、豊かで安定した時代であった。様々な電化製品が溢れた、庭つきの郊外の一戸建ての住宅に住み、ショッピング・モールで買い物をする。夫はマイカー通勤し、家庭では美しく聡明な「良妻賢母」の妻が家族のために家事にいそしみ、健康管理をする。このようなホーム・ドラマの典型的シーンがまさにこの時代のアメリカの豊かさを象徴している。しかし、この豊かさの背景には様々な政治的、経済的、社会的統制があったことも事実である。「冷戦時代」において、資本主義体制を維持するためにいわゆるマッカーシー旋風が吹き荒れ、赤狩りが行なわれた。政府は経済の安定のために様々な公共規制をし、価格決定や投資に大きく関与した。また企業の合同化が進み、電子技術を導入した大企業が出現し、小企業は市場から閉め出されていった。組合員の数が増え、組織率も高まった巨大労働組合は大企業との間で合意を成立させ、賃金、労働条件等の決定に大きな力を有するようになり、労資間の対立を減少させた。つまり、アメリカ社会はビッグ・ガバメント、ビッグ・インダストリー、ビッグ・レイバーの三者間の協調により、資本主義体制を支え、アメリカの経済的繁栄を促進していったのである。

ジェイムスンによれば、この戦後の後期産業資本主義社会は「貧困と飢餓が決定的に廃絶される可能性」と「社会生活におけるこれまでにない統御と全面的組織化が行なわれる技術的可能性」が生じた時代であり、この「豊かさと全面的統御」という逆説的コンテクストにおいてマルクーゼはマルクスとフロイトが問題にした「個人の幸福と社会組織の古典的対立」の再評価を行なっている。(7) マルクーゼの文明論はフロイトが「文明への不満」（一九三〇）で展開した文明論の「一種のアイロニカルな転倒」であるとジェイムスンが指摘しているように、マルクーゼは『エロス的文明』（一九五六）の中でフロイトの言う文明の進展と個人の抑圧、不幸の不可避的関係について考察しているが、後期産業資本主義社会においてフロイトの本能論がもはや機能しえないことを指摘し、フロイトの文明論の脱構築を行なっている。

マルクーゼのフロイト理論の見直しの論拠の一つは社会の変容に伴う「超自我」の変容であるが、フロイトは「文明への不満」において、この超自我が生み出す罪責感が個人を不幸にしているという。フロイトの言う「超自我」とは自我に対する「心の法廷」とも言えるもので、自我に対する禁止、検閲の役割を果たしている一方、自我の「理想」でもある。(8) 子供は前期オイディプス・コンプレックスの消滅、あるいは抑圧による潜伏とともに、父親あるいは両親との同一化により、彼らの超自我を自我に取り込んでいく。超自我はさらに社会的、文化的要求（教育、宗教、道徳、倫理）によって堅固なものになっていく。この超自我こそが文明社会維持のために重要な働きをしているのである。人間は元来強い自由への憧れを持っており、これが「既成社会の不正に対する反抗としての意味をもち、その意味では文明の発展の一翼を担い、文明との共存関係にあったとも言える」しかし、文明社会を維持していくためにはこの社会に内在化されている「集団の意志」に対する「個人的自由への要求」の対立は抑圧されなければならない。ゆえにこの個人の自由への憧れを社会に顕在化させ、社会の秩序を破壊するエネルギー源となっている人間の本能である攻撃、破壊欲動は抑圧されなければならない。フロイトはこの文明の抑圧装置として、まず宗教をあげ、その代表例として「隣人愛」を説くキリスト教をあげ、さらに道徳や倫理もその一部となっており、ここから人間のなかに良心や罪責感が生じるといい、未開社会における、いわゆる「原父殺し」が人間の罪の意識の源であるとし、ここから宗教や倫理が生れたという(9)。また、抑圧装置の最も直接的で具体的なものが「法」や警察機構であるが、問題となるのは前二者が生み出す「心の法廷」である。現実においては実際に法を犯さないかぎり罰されることはないし、また罪を犯しても罰されるために罪の意識は軽減される。しかし超自我は宗教や倫理の生み出す良心として心のなかの罪を決して見逃しはしない。その結果、宗教心や道徳心が強ければそれだけ一層超自我に責められ、その攻撃に耐えられず神経症や自殺を引き起こすのである。さらにこの欲動はいったん大義名分を与えられると戦争やその他の争いにおいて残酷な行為を生み出すことになる。このように文明社会維持のために抑圧された人間の本能的攻撃欲動が個人だけでなく、文明にも不幸をもたらしているとフロイトは主張している。

マルクーゼがフロイトの文明論で問題にしているのは文明の進歩に伴う罪悪感の増大により、文明は幸福を失うという点であり、とくにこの主張が本能の理論から分析的に引き出されている点である。約言すると人間の罪悪感を増大させるという、超自我、自我、イドの三者間のメカニズムは後期産業資本主義社会における、社会経済システムの変容による「超自我」「自我」の変容により、もはや機能しないということである。すなわち家庭の個人の成長に対する影響力の減少、さらにオイディプス・コンプレックスの弱化、教育や倫理、宗教観の変容によってフロイトの「超自我」はもはや機能しなくなっているのである。子供はまだ自我の確立していない早い時期から、テレビ、ラジオ、家庭以外の人々によって社会化され、社会の作り出す「超自我」を取り込み、彼らの価値観はマス・メディアのエキスパート達によって作られる。大企業の出現による個人企業の激減という新しい経済システム、新しい価値観の社会のなかで、富、技術、経験の伝達者としての父親の権威は弱まり、与えるものが少なくなれば当然禁止する力も弱まっていくことになる。すなわちオイディプス・コンプレックスの弱化である。父親はもはや抑圧するものではなく、反抗の対象ではなくなる。また、知的、物質的進歩、大衆文化の隆盛は宗教、倫理観を変容させ、様々な抑圧から解放された個人のなかで罪悪感は減少する。さらに社会化が進み、個人の意識が調整され、感情が画一化されていくなか、個人は罪悪感に対抗する自我を発達させていき、自分の「良心」に基づいて生活する「心の余裕」をもたなくなる。「彼の自我は縮小してしまい、イド、自我、超自我の間の様々な敵対関係はもはや古典的な形で展開されることもなくなるのである」[10] 今や、かつての支配者、抑圧者であり反抗の対象であった父親、首領、首長という超自我に取って代わったのは行政機構という客観的存在である。この高度に能率的体制は確かに個人の高水準の生活を保証してくれるが、同時にこの体系が個人の苦痛、欲求不満、不能を生み出す。この個人生活を組織化し、自由を奪っているものは目に見えない制度全体であり、攻撃欲動はしばしば同僚や競争者、ソーシャル・ワーカーといった見当違いのものに向けられる。何よりも、この制度に反抗することは社会全体の豊かさを失うことになり、人々を不幸にする大罪を犯すことになる。そしてこの行き場を失い、社会のなかに蓄積された攻撃欲動は新たな罪を見つけて攻撃する。その対象となるのが社会全体からはずれている人々である。彼らはいつでも、どこにでも存在しており、彼らの偏在は社会の否定を意味しているがゆえに総動員で対抗していかなければならない。そして歴史的退行というものがあるなか、「この退行が国家的、国際的な規模でサド・マゾヒスティックな段階を再活性化させる。しかし、この段階における衝動は新しい『文明化』された形で再活性化されている。すなわち、この衝動はほとんど昇華されることなく、捕虜収容所、強制労働収容所、植民地戦争、内乱、討伐等において社会的に『有用な』活動となっているのである」[11] このようにマルクーゼは従来のフロイトの本能論を解体し、そのうえで、後期産業資本主義社会において、「解放」されたはずの攻撃欲動が再び社会の超自我によって抑圧され、個人や文明に不幸をもたらすという本能論の皮肉な再構築を行ない、文明と人間の幸福について新たな視点を提示している。

ディクスタインはこの「豊かさと統制」の五〇年代において「激動の六〇年代」のアメリカ文化に大きな影響を与えた理論家のひとりとしてはマルクーゼを高く評価しているが、マルクーゼだけでなく、フロムをはじめとするフロイト修正主義者たちもまた、時代の変化に伴う、フロイト理論の見直しをおこなっている。文学においてもベローは一九五九年に上梓した『雨の王ヘンダソン』においてフロイトの本能論について一つの見方を提示している。本論においては罪悪感、攻撃欲動、オイディプス・コンプレックスをキー・ワードに、フロイト、マルクーゼの本能論を踏まえつつ、ベローのフロイト理論の見直しについて考えてみたい。

物語の主人公ユージーン・ヘンダソンは年齢五五才、身長六フィート四インチ、体重二三〇ポンドのかなりの巨漢でいわゆる名門の出で、名門の大学を出ており、現在は二度目の妻リリーと双子の息子と大邸宅に住み、父から譲り受けた大きな遺産のおかげで生活のために働く必要もなく、何不自由のない裕福な生活を送っている。しかし一見、幸福そうなこの生活を捨て彼は突然のアフリカ行きを決心する。「どうしてこのアフリカ旅行をすることになったのか？　簡単には説明できない。事態はさらに悪化し、まもなく手が付けられないほど複雑な状況になってきた」(三)と物語のまさに冒頭でヘンダソンが言うように、物質的に豊かで、自由な生活のなかで彼は日々、“I want, I want”という心のなかの叫びに悩まされており、ほとんど一睡もできないという「涙と狂気の日々」を送っている。このアフリカ行きの直接の原因となったのがお手伝いの老婆ミス・レノックスの死である。

彼は自らの性格を「むら気で荒っぽく、わがままで気が狂っている」と言うように、また第二次世界大戦で名誉戦傷章を授与されたことからもわかるように元来攻撃欲動の強い、癇癪持ちの人物である。妻リリーに対しては事あるごとに怒鳴りつけ、酔っ払ってのけんかは日常茶飯事であり、警察ざたになったこともある。また、足を骨折し、何か月も松葉杖を使っていたときは目の前を通るものを人間であろうが動物であろうがひっぱたいたり、借家人の置きっぱなしにした猫に発砲したりもしている。さらにこの攻撃欲動は外側にむけてだけでなく自らにも向けられ、一度ならずピストルを持ち出し「自殺してやる」と口走ったりもしている。この攻撃的性格が事件に大きく影響している。朝食のとき、彼は妻と激しく口論し、激昂した彼はテーブルのポットをひっくりかえしたりし、癇癪を爆発させる。そのあと、台所に行ってみると老婆はおそらく驚きの余り、床に倒れて死んでいたのである。そのあと、彼女の部屋を訪れてヘンダソンは思う。「何ということだ。泥の小部屋が待っている。……死がお前をぼろぼろにし、その後には何も残らないだろう……何かが残っているうちに、今だ！とにかく脱出するのだ」(四〇)

自らの攻撃性が間接的とはいえ一人の人間を死に至らしめたという罪悪感、そしてその後、抑圧された攻撃欲動が内側に向かい、自らの死をもたらすであろうという恐怖、これが彼をアフリカ行きに駆り立てた理由であろう。何故アフリカなのか。文明社会においては攻撃欲動を発散するのは野蛮な行為であり、最悪の場合、他の人間に向けられると殺人の罪を犯すことになり、自らに向けられると自殺ということになる。そこでまず第一に彼は攻撃欲動を比較的無害に発散できる場所としてアフリカを選んだのであろう。すなわち、アフリカの自然のなかで多くのアメリカ人達同様、狩猟に興じたりする事で攻撃欲動が満足させられることになり、また自然と戦うことで欲動エネルギー自体を昇華させることもできる。

しかし、事態はそれほど単純ではない。確かに差し迫った問題は彼の攻撃欲動であるが、ヘンダソン自身が言うように事態はもっと複雑なものである。彼はアフリカ旅行の理由を説明しようとして様々なエピソードを語っているが一見断片的であり、彼自身がそれらを関連づけることができない。しかし彼の断片的語りにアフリカ旅行中での出来事や追想を関連づけることで彼の「涙と狂気の日々」の実態とその原因を探り出すことができる。ヘンダソンの苦境の大きな原因は"I want, I want"という心のなかの叫びであるが、これはラテン語でリビドーが"want"を意味することからもわかるように欲動の叫びである。つまり、彼はリビドーが適切に昇華されていない、欲求不満の状態にある。リリーが言うように元来「彼はメンタル・エナジー過多」（二四四）であり、さらに心の叫びが「何を欲しているのか言わない」というように、そのリビドーを昇華させる対象が見つからない。彼はこの叫びを止めさせるためにあらゆることを試しているがそれでも心の叫びは止まない。この欲求の満足が阻止されることでそのエネルギーが攻撃欲動に転じられ、回りのものや自らに対する攻撃的行動として現われているのである。彼のけんかやリリーに対する態度や、自殺願望はまさにこの現われである。

ここでより問題になるのが後者の場合である。これは彼の適切に排泄されず増大した攻撃欲動が彼の内側に向かい、彼を苦しめている状況であるが、約言すると彼はフロイトのいう神経症の状態に陥っているのである。(12) ヘンダソンの強度の癇癪や失神は明らかに神経症の症状を示している。彼は数年前から突然の失神が習慣となっており、専門医は「てんかん」ではないという。彼自身はこの原因は「自らの精神の邪悪さ」であると言い、心の叫びに悩まされているときに、たまに失神することは精神の一時的救済になっているという。フロイトによると精神的エネルギーの配分管理がうまく統御されていない場合、「欲動排泄規制」としてこの「癇癪的反応」が利用されるということであり、ヘンダソンの失神は彼の自己診断のとおり、攻撃欲動の排泄の機能を果たしているものと思われる。しかし何故ここまで彼の攻撃欲動は彼を苦しめるのか。それには彼の心のなかの強い罪悪感が影響している。つまり彼の超自我が彼の心のなかの罪を責め、彼の自我を強く攻撃しているのであり、その結果彼は神経症に陥っているのである。

そしてヘンダソンがいかに強い罪悪感に悩まされていたかは明らかである。冒頭で彼は自分が父親から大きな遺産を受け継ぎ金持ちであると述べたあと、事態が悪化していくなか、自分を助けてくれる言葉を見つけるために本をあさり、父親の残した数千冊の本のなかに「罪の許しは恒久的なり、まず正しき行ないが要求されるのではない」という文句を発見したという。彼は「この文句にひどく感動し、口癖のようにつぶやいていた」そしてどの本にあったか忘れてしまったためにその本を探そうとして、結局彼が午前中費やしてやったのは父親がしおり代わりに使っていた大量の様々な紙幣を集めただけであった。後になって彼はこの時のことを回想し、この文句を読んだとき「岩で頭を殴られたような気がした。しかし自分はその本の題も忘れてしまった。おそらく罪についてそれ以上聞きたくなかったに違いない」（二四四）と言っている。また彼は借家人の置き去りにした猫を殺そうとしたことについて異常な程の罪の意識を持っている。アーニュイ族の村での蛙退治の前夜、彼は「自分の心と良心に重くのしかかっている」出来事としてこの猫騒動について回想している。さらにワリリ族のダーフ王が飼っているライオンに対する異常な程の恐怖の一因はこのライオンが彼のこの"intended crime"を見抜いてしまうのではないかという心配であるが、これは彼が実際に犯した罪だけではなく、心のなかで犯した罪にまで罪悪感を感じていることがわかる。また、ライオンがダーフ王にとって父親の象徴であり、またライオンが猫族であるとヘンダソンが言っていることから彼の罪悪感は父親と何らかの関係があると思われる。また、彼は雨乞いの儀式の最中に思う。「私はこの肉体に筏やはしけのようにありとあらゆる悪を積み込んでしまった。誰が私をこの死の肉体から救い出してくれるのか」（一八二）そして彼がいかにこの罪悪感に苦しめられているかを最も直接的に示しているのがダーフ王の言葉である。「あなたの身体全体が、ヘンダソン・サンゴー、救いを救いを！　どうすればいいんだ。何をすればいいんだと叫んでいる」（二一七）

また、彼の罪悪感の強さはフロイトが超自我を強化し、攻撃欲動を押さえるための文明維持装置の一つとしてあげている宗教と大きく関わっている。彼は「聖書は万人の必読書」であると言い、また教会の美しさに感動し、敬虔な気持になるなど野蛮な振る舞いとは対照的に宗教心の強い人物である。ワリリ族の村での雨乞いの儀式の際には彼らの神像に対するあまりにひどい扱いに対し、「立って居られないほどの不安を感じ、気持ちが悪くなる」ほどである。また彼はしばしば聖書の文句を引用しているが、なかでも特に彼の宗教観を表わしているのが「父よ、彼らを許したまえ。その為すところを知らざればなり」という文句である。彼はこの文句を「これはやがて暗黒から解放され、理解するに至るだろうという約束の意味にも取れるが、一方時とともに我々の罪、極悪ぶりがわかってくるという意味にもなり、脅迫じみた言葉として響く」（一六二）と解釈しているところから彼がいかに宗教により自らの罪悪感を強く認識させられ、抑圧されているかがわかる。

はたしてこの罪悪感はどこから来ているのか。おそらくその一因はいわゆる「父親殺し」であると考えられる。彼は「とても奇妙なことに僕は人を殺すことを考えると心が落ち着く。それは僕に自信を与えるのだ」（三二三）と言うように「犯罪者」の気質を持っている。フロイトによれば、犯罪者の本能的特色は「飽くことを知らぬ我欲と強烈な破壊的傾向」であり、これらが外に現われる前提となるのが「冷酷さ、つまり対象（ことに相手が人間である場合）を評価するに当たって感情の要素を交える能力の欠乏である」[13]この犯罪者的気質と前述の猫に対する「意図した犯罪」、ライオンに対する異常な恐怖心、そしてフロイトの罪悪感についての解釈等を考慮するとヘンダソンの罪悪感の一因は「父親殺し」すなわち父親を殺したいと思ったことではないかと思われる。

ヘンダソンの父親ウィラード・ヘンダソン（Willard Henderson）は著名な学者であり、体格もよく、服装の趣味もよい、いわゆる名門出のインテリであり、一見粗野で乱暴もののヘンダソンとは対照的な人物のようである。しかしヘンダソンは「おやじは僕と非常に似ている。彼もまた落ち着いて静かな生活を送ることができなかった。時々彼は母にひどく辛く当たった」といい、母親のちょっとした失言のせいで二週間もドアの前でひれ伏させたことに触れているが、このことからも父親もまた短気で冷たい一面があったと思われる。このような父親に対するヘンダソンの思いはまさにアンビバレントなものである。彼のこの感情は五才の頃の夏の経験が物語っている。一家は毎夏アディロンダック山中にでかけており、五才の夏、すでにこの時一二才なみの乱暴者であったと自認しているが、そこで水車小屋の粉袋を叩き破ってそこのおやじにこっぴどく怒られたことを回想すると同時にそのとき二人の息子を両腕に乗せて滝の下に立つ父親をギリシャ神話のトリトーンに例えている。すなわち父親は彼にとって憧れの対象であると同時に、乱暴者の彼にとっては抑圧者であり、反抗の対象でもあったと考えられる。特に父親の母親に対する態度が示しているように彼は相当厳しく、冷たい、権力者の一面もあることからヘンダソンが感じていた抑圧感もかなり大きなものであったと思われる。さらに彼の父親に対するアンビバレントな感情は青年期に達してからも表面化している。「大学時代はけんかを挑発するために金のイヤリングを付けていた。一方、父親を喜ばすために修士号を取ったが、いつも無知で浮浪者のように振る舞っていた」（二二）結婚に際しては「父親を喜ばそうとして同じ社会的階級の女性を選んだ」（四）しかし離婚したときは解放感を感じ、喜んでいる。また父親から受け継いだ大邸宅で、豚を飼い、ひどい服装で、彼曰く「浮浪者」のような生活をしている。このような彼の行動は父親に愛されたいという思いと彼に対する反抗という、まさに「オイディプス・コンプレックスに基く幼児的反応」と言える。

フロイトによると、このような父親に対する憧憬と憎悪、反抗というい わゆるオイディプス・コンプレックスは通常の少年期には正常なものである。ただし自我と超自我という形でこの抑圧は続いていくが、オイディプス・コンプレックスに基く幼児的反応はこのまま消滅することが多い。しかし父親に対する憎悪、反抗は残存するのである。この抑圧された憎悪が青年期に現実の事件をきっかけに表面に現われるとその憎悪はさらに大きなものとなる。ヘンダソンの場合は彼が一六才の時の兄ディック（Dick）の死が「父親との仲違い」のきっかけとなったと思われる。ディックはヘンダソン家では「唯一まともな人間であり」、社交界の人気者で、「真に勇敢な人物（a regular lion）」であり、父親のお気に入りの後継者であった。しかしその彼が人生でただ一度の失敗のために死んでしまう。彼は「ほんの一瞬、弟と同じことをしたために」たった一度のマリファナを吸って発砲事件を起こし、警官に追われて、アディロンダック山中の小川で溺れ死んでしまう。その夏ヘンダソンは車の解体工場で働いており、兄の葬式にも出席せず、父親に強く叱責される。「父親は悲嘆のあまり、僕を殴った。いつもの上品な言葉をかなぐり捨てていたことからも彼が本気で言っていることがわかった」（三三七）このあとしばらくしてヘンダソンは家を出る。ヘンダソンが父親の罵りを“swear”と表現していることからも、また「おやじは兄ディックの代りに僕が溺死すれば良かったと思っていたらしい。いや実際そうなのだ」と言っていることからも、この時彼は父親の言葉で自己存在を否定されたと思われる。恐らくこの時彼は父親に対して憎悪を抱き、父親の死を願ったのであろう。また前述の二人の息子を腕の上に乗せて滝の下に立つ父親像が象徴的に示しているように、ヘンダソンは後継者として選ばれた兄に対して嫉妬し、無意識のうちに彼の死を願っていたのかもしれないという罪悪感もあったと思われる。彼が家を出た動機は父親の悲嘆ぶりを見るに耐えなかったと言っているように、「兄ディックの死後（そのせいで僕が後継ぎとなったのだが）強かった父親は家に閉じこもりバイオリンばかり弾いていた。そして彼の腰は曲がり、彼の髭は老年の振るえんばかりの血のせいで真っ白になり、それは魂の奥底からの抗議のように見えた」（二五）この老いて、変わり果てた父親の姿は彼を苦しめ、彼の無意識の殺意を攻め苛んだと思われる。そして「三人の子供の一人で生き残っているのは僕だけだ。父親はあらんかぎりの慈悲で僕を許そうとしたが、僕は彼が僕を許してくれたとは思っていない」（四）と物語の冒頭で彼が言うように、彼の罪悪感はそれ以来消えることなく続いている。ヘンダソンの父親に対する愛情と罪悪感は彼が心の叫びを止めさせるために試した治療法の一つであるバイオリンが明確に物語っている。彼はこの兄の死後の生気のない、老いた父親の姿を思い出したあと、父親のバイオリンをもってレッスンを始める。彼はバイオリンの練習を一生懸命しているとき「父親の心を追っている気がした」そして父親に「これがジーン、僕だ。あなたに一生懸命追いつこうとしているんだ」と呟いている。また彼は「僕は献身、感情、憧れ、愛の気持ちを込めてバイオリンを弾き、魂の崩壊寸前までバイオリンを弾いた」（三〇）と語っている。

これまでヘンダソンの罪の意識や父親との関係について、フロイトの精神分析理論を援用しつつ詳細に考察してきたが、オイディプス・コンプレックスから生じている罪の意識に強く苦しめられているヘンダソンの姿が明らかになった。そしてこの罪の意識こそが彼の「涙と狂気の日々」の源であり、彼をアフリカ旅行に駆り立てたのである。つまり、彼の昇華されないリビドーが攻撃欲動に転じ、彼の超自我の命ずるままに彼を攻め苛んでいるのである。その超自我は冷たく、彼の存在を認めない父親であり、彼の強い宗教心であるが、その同じ強さで彼の自我を攻撃する。彼は自らの罪に対して贖罪の涙を流しつつも、その攻撃欲動を発散させようと外側に向け、癇癪を爆発させ、その結果、また後悔の念に駆られ、自らの罪深さに涙するという悪循環を繰り返している。さらに彼はこの超自我の攻撃に耐え切れず、父親に許しを乞い、罰を受けようとする。その罰とは死である。すなわち、父親に取って代わってヘンダソン家の当主となった彼が今度は死ぬ番である。彼の失神はまさに擬似的死の状況であり、この失神によって彼は一時的に許され、救済されているのである。しかし、事態がますます悪化してきて、もはや、失神や自殺宣言では解消できない状況になってきたとき、現実の老婆の死を目の前にし、自らの現実の死、つまり自殺を予感したのである。そして「まだ、何かの残っているうちに、今だ！　とにかく脱出するのだ」ということでアフリカへと旅立つのである。

前述の如く、ヘンダソンは自らの精神的病から逃れるためにアフリカに旅立つわけだが、この旅行の意味するものは何であろうか。「世界は精神であり、旅は心の旅である」（一八八）と彼自身が言うように、一言でいうと、この旅行は自己発見の旅であり、心の治療の旅である。つまり精神にはいまだ訪れたことのない未発見の地があり、そこを旅することでこれまで気付かなかった新たな自己を発見することができるのである。これまで、彼の精神状態を分析し、彼の苦悩の原因を明らかにしてきたが、それはあくまでもフロイト理論、および宗教をはじめ西洋の文化に基づいたものである。おそらくダーフ王に出会うまえのヘンダソンの自己分析もこれに近いものであろう。しかし、この分析過程は「ヘンダソンのアフリカ」という異文化社会においては修正を求められるのである。ヘンダソンは旅行中にダーフ王をはじめ様々な人々に出会い、彼らの文化に触れたとき、過去の出来事について新たな面を見出し、再解釈をしている。彼が「心の旅」と言うように彼は旅行中に過去の出来事を回想しているが、旅行以前には見えていなかった新たな事柄に気が付いたり、また、これまで真実と思い込んでいた事柄が自らの知識や価値観に基づくものであったことを認識し、あらためてこれまでの人生を振り返ったとき、自己の新たな面を発見することができ、さらにそれが彼の心の病を直してくれるのである。

最初に訪れたアーニュイ族の村で彼が学んだことは彼の「心の叫び」が欲しているものの一つである。女王の「グランー―テュー―モラーニ」（人間は生きたい）という言葉から彼は「僕は生きたい。それも自分のためだけではなく、他の人々のために生きたいのだ」（八五）と自らの強い生の欲動を認識し、さらに他人のために生きるという、彼の多すぎるメンタル・エナジーの適切な昇華法の糸口をつかんでいる。そしてこのあと、「僕は奉仕の精神に駆られているのです。ウィルフレッド博士(Doctor Wilfred) を尊敬し、夢中なんです。僕も恵みの使命の旅に出たかったのです」（一八九）とダーフ王に言うように、彼の中に潜んでいた奉仕の精神はダーフ王に向かって明確に示されている。このような「人々の役に立ちたい」という奉仕の精神から彼はアーニュイ族の村の水不足の原因となっている池のなかの蛙退治を行なう。しかし、彼は水のなかの生き物を殺してはならないというタブーを犯し、蛙を池ごと爆破してしまい、村の人々に不幸をもたらすことになる。

この蛙退治の失敗のあと、彼はガイドのロミラユのいう「闇の子ら」ワリリ族の村に向かうが、その途中「僕はしきりにコロヌスのオイディプスの埋葬について考えていた。――しかし彼は少なくとも死後人々に幸運をもたらした。その時はそれでもいいとほとんど思いかけていた」（一一三）と語っており、自らの犯した罪について考えている。このコロヌスのオイディプスに対する言及は彼が自身の心の病についてどのように解釈しているかを明らかにしている。ソフォクレスのオイディプス悲劇三部作(14)の一つである『コロヌスのオイディプス』でオイディプス王は五五才前後の盲目の老人として登場する。彼は父親殺しと近親相姦の罪でテーバイを追われたあと、娘アンティゴネーに手を引かれ、アテネの近くまでやって来る。彼は罪深き、浮浪者としてそこを追われようとするが、彼は自らの無実を訴え、もし自分を受け入れてくれたらこの町に福徳をもたらすと約束する。彼は自らの不倫の罪はまさに運命のいたずらであり、父親殺しも偶然のことであり、そうしなければ自分が殺されていただろうと身の潔白を強く主張する。そして彼は「闇の娘ら」である復讐の女神であり、また恵みの女神でもあるエウメニデスの社で自ら命を絶ち、昇天することで自らを神聖なものにする。そしてアテナイの守護神となり、テーバイの救世主としての以前の気高い存在以上の高みに達するのである。すなわちオイディプス王はいかに運命のいたずらであったとしても自らの犯した罪がテーバイの町に災いをもたらしたことに対して自らの死をもって償いたいという贖罪の念を示したのである。

このオイディプス王への言及から、ヘンダソンはフロイトのオイディプス・コンプレックスに基づいて自らの精神的病を分析していることが窺える。オイディプス王と自らを重ねあわすことでいかに意図せぬこととはいえ、結果的にアーニュイ族の人々に不幸をもたらしたことに対して死をもって償いたいほどである気持を表明している。また、タブーを犯すということ、さらに「池のなかの生物に死の暴力を加えたいという野望」と期待感、爆破後の興奮と達成感、それに続く大きな罪の意識という流れから、また、蛙退治前夜、猫殺し未遂事件に対して「ほとんど堕地獄の大罪」として猫殺し未遂事件のことを想起し、深い罪悪感を示していること等を考慮すると、彼自身自らの罪の意識の根源は象徴的父親殺しであることに気が付いたと考えられる。実際彼が爆破直後に思った最初のことは「これで母校の者たちは自分を誇りにしてくれるぞ」ということであり、これは父親の正当な後継者としての地位を獲得したということを示している。そしてタブーを犯したことに対する罪の意識、それを死をもってでも償いたいという思いからも自らの罪悪感の深さを認識したと思われる。

このあと彼はワリリ族の村を訪れるがここでのダーフ王との出会いにより、彼は様々な専門的知識からではなく、自らの直観的認識と真の感情により過去の現実を見据え、新たな父親像を見出し、さらに独立した自我を獲得することで精神的病を克服している。また息子との関係を通して、現在のアメリカ社会における父と息子の関係について深い洞察を示している。

ダーフ王に対するヘンダソンの当初の感情は憧れと尊敬と恐れと反感というアンビバレントなものであり、まさに父親に対する気持ちと同様のものである。多くの女性を侍らせた、ダーフ王の王としての地位、彼の威風堂々とした体格、ライオンのような身のこなし、死を恐れぬ勇気、さらに留学中に学んだ様々な知識に対して彼は憧れと尊敬の念を抱く。一方、彼の勧めるライオン療法を拒否するならば、「お別れしなければならないという」彼の抑圧的、支配者的態度に対する反感と彼に見離されるのではないかという恐怖の感情も抱いている。すなわち王は彼にとっては優位に立つ他者であり、ヘンダソンの生命は彼の手になかに握られているがゆえに絶対の服従を強いられるわけである。しかし王はヘンダソンにとっては理想的な父親像も提示している。王はヘンダソンが罪の意識に苦しめられ、自己の矮小化に悩まされていることに気付き、あなたは高潔な人物になれると再三彼に語ることでヘンダソンに「奉仕欲に駆られている」彼自身の新たな一面を認識させている。さらに彼の伝道医師になりたいという希望に対してもその可能性を保証してくれたことは彼の王に対する尊敬と信頼の気持を高め、王のためには死すらも厭わないほどの愛情を彼に抱くようになる。

そして彼の持ち前の攻撃欲動に、王に対するこの強い愛情が加わったときヘンダソンは生まれ変ることができる。ワリリ族では王の生まれ変りとされるライオンを銃を使わず、生け捕りにしたとき初めて真の王の地位を獲得することができるわけであるが、このライオン狩りにヘンダソンは死の恐怖に怯えつつも同行し、王の命を自らの命に代えても守ろうとする。そして王がライオンの生け捕りのためのまさに頼りない仕掛け台の上から梯子を差し出したとき、「その瞬間、病、奇妙さ、そして危険が一緒になり［彼に］押し寄せてきた。返事のかわりにむせび泣きが口から込みあげてきた。それはよほど以前から自分のなかに潜んでいたに違いない。それは巨大で大西洋から湧き上る大きな水の泡のように［彼］のなかに湧き出だしてきたのだ」（二九八）この瞬間こそ彼の再生の時である。この時ヘンダソンは王に対する愛ゆえに死の恐怖に打ち勝ち、自らの命を差し出すという、他者愛に目覚めたのである。すなわち守られる存在から守る存在に変わったのであり、自己の存在を他者に依存するという頼りない自我から、独立した強い自我へと生まれ変ったのである。またこの愛と自己信頼に基づく、独立した自我の確立こそがオイディプス・コンプレックスの克服に繋るのである。すなわち父親に否定された自己の存在価値を父親との同一化によって獲得しようとしていたが、この独立した自我を獲得したことで、超自我に服従することなく、独力で自らの存在価値を確認できる可能性を認識することができたのである。彼は帰国直前の妻への手紙のなかで「バイオリンは諦めた。バイオリンでは自分の目的は達成されそうもない」と言っているように父親との同一化により、自己の存在価値を確認しようとしていたわけであるが、父親から独立し、自我の個別性を認識した今は伝道医師という夢を実現することで自己の存在価値を確認しようとしている。

さらにヘンダソンはダーフ王と父王との関係を通して、彼自身と父親との関係、さらに自分と息子との関係について改めて見つめ直している。王は父親のことをまさにライオン型の人物であったといい、彼に深い尊敬の念と愛情を抱いている。彼らの間には父子間の対立はなく、同じ運命を共有するものとしての相互理解と愛情がある。というのもワリリ族においては王が若さと強さを失ったとき、王は大僧正によって殺され、その生まれ代わりとされるライオンを生け捕りにしてはじめて息子は王位につくことができるのであり、失敗すれば死が待っているのである。ゆえに王の地位を守るために息子を殺したり、追放することもなく、また、息子も王の地位を得るべく父親を殺すという状況は起こりえないのである。かれらは族の掟に自らの運命を定められているという点において同様の立場であり、確実に近い将来に訪れる死に対する心構えという一点をとってもダーフ王にとって、優雅で強く何者も恐れないライオン型の父王は手本とすべき存在なのである。

この父子関係はフロイトのオイディプス・コンプレックスの新たな見直しを迫るものである。フロイトが罪悪感の根源とするいわゆる「原父殺し」は自らの地位を脅かされることに対する恐れから息子たちを追放した父親に対する息子たちの反抗であり、またオイディプス王の悲劇にしても父王が息子に殺され、その地位を奪われるであろうという神託ゆえにオイディプス王を殺そうとしたのである。つまり、原始社会、神話の世界から導き出した、自らの地位を守るために息子を亡きものにしようとする冷酷な父親像、また、反抗した息子を決して許さず、罰を与えようとする父親像は、封建社会はいざしらず、現代社会においては典型的パターンとは言いがたい。前述の如くフロイトは文明社会の維持装置として超自我を挙げ、宗教や倫理というものが罪悪感を利用して攻撃欲動を抑圧していると述べているが、現代社会では非現実的なこの父親像を残存させ、いたずらに罪悪感を掻き立て、自由を獲得するためのエネルギー源である攻撃欲動を押えているのはまさにこのフロイトの理論である。というのもヘンダソンの場合が明確に示しているように、父親の価値観に反抗する息子に対して、父親は罰として彼を罵り、その結果息子は父親の死を一瞬願った。これはいわゆる親子喧嘩の一つのパターンである。しかしフロイトの決して息子の反抗を許さない父親像がヘンダソンに父親の罵りを彼の存在価値の究極的な否定として受け取らせたのであり、その時抱いた罪悪感から決して彼は解放されることがなく、父親の罰を恐れつづけたのである。しかしダーフ王と父王との関係から、改めて父と息子の関係について考えたとき彼は新たな父親像を得ることができたのである。ヘンダソンは息子のエドワード（Edward）が、中南米系黒人の混血の娘との結婚に反対するヘンダソンに対して「彼女を愛している」と言って怒りもあらわに反抗した「その時でさえ奇妙なことだが息子への衝動的な愛を感じた」ことを思い出し、父親は息子の反抗に対して抑圧的な態度を取ったとして、息子への愛は変わるものではないし、むしろ、その反抗を父親からの独立の証としてある種の感動を抱くものであるという思いを再確認する。そしてこの新しい父親像が彼に父親との和解をもたらしている。旅のまさに最後で彼は言う。

僕のおやじは兄のディックがプラッツバーグの近くで溺死したとき、これが兄ではなく僕であったらと願ったらしい。いや、らしいというより、実際そうなのだ。だけどそれがおやじが僕を全く愛していなかったということになるかい。全くそういうことではないさ。僕も彼の息子なのだから、そんなふうに願ったことが年取ったおやじを苦しめたんだ。たとえ兄ではなく僕が溺死したとしても彼は同じ様に泣いてくれたと思うよ。兄はたった一度だけ乱暴なことをしただけなんだ……ぼくはおやじを責めないよ。ただそれが人生というものなのさ。僕達には人生を非難する権利なんて無いんだ。（三二七―一八）

このようにヘンダソンは独立した自我を獲得したことで父親を対等の立場から客観的に見ることができるようになり、同じ血をひくものとして、父親に対して理解と同情の気持を示している。父親とのこの和解によって彼は死者達、すなわち過去から解放され、現実における自己の生を実感することができ、さらに未来へと向かうことができるようになったのである。

またダーフ王と父王との関係はマルクーゼの言う現代社会の父子関係とある面において同様のものである。マルクーゼが言うように一般的に戦後のアメリカ社会においては父から息子への家督継承は自動的なものではない。父親の社会的地位、経済力というものは絶対的なものではなく、個人の掌握しきれない組織の力によって支配されている。そして息子は独力で自らの地位を獲得していかなければならず、父親の存在自体は息子の地位には障害にはならない。同時に父親の息子に対する支配力は弱いものになる。マルクーゼはこれに加えて新しい価値観の社会のなかでの現実原則の継承者としての父親の無力さが父親の権威の失墜、さらにはオイディプス・コンプレックスの弱化に繋り、息子は父親への反抗から得ていた個別性を失い、「超自我の自動化」によって既成社会への反抗心が薄れてくるとしているが、はたしてそうであろうか。与えるだけが父親の役割であろうか。マルクーゼの見方はあまりにも現実におけるひとつの側面のみを強調しすぎているように思われる。

ヘンダソンは代理父としてのダーフ王から新しい父子関係について深い洞察を得、さらに息子エドワードとの関係を通して、戦後のアメリカ社会における新たな父親像を示唆している。エドワードは確かに戦後の若者同様、オイディプス・コンプレックスは感じておらず、「父親よりも自分のほうが優れている」と思っている。しかし豊かさのなかで生きる目的を見付けることができず放浪している息子は「明らかに父親にこの答えを教えて欲しがっている」ヘンダソン自身、旅行以前、カリフォルニアの海岸でこの答えを求められたとき答えることができず、辛い思いをする。「というのは息子は父親から明確な原理を与えられることを期待し、父親はこれに応えたいと思う。父親というのは世間の厳しさから息子を守りたいと思っているものなのだ」（一二四）しかし、ダーフ王から彼は与える父親ではなく、ライオンの父親のように突き放す父親像を学んだことでこの時のことを再解釈している。ダーフ王はライオンのアッティと毎日数時間を過ごすことでライオンの何物も恐れない優雅さを学ばさせようとして、彼に苦痛の時間を強いている。つまり王はたとえ助力はできてもヘンダソンの精神的病は彼自身で苦しみを通してのみ克服できるのだと考え、側で見守っていたのである。この時彼は思う。「息子が自分に生きる目的を教えてほしいと思っているのはわかっていた。これが間違いなのだ」そしてその時海岸にいた見捨てられたアザラシに餌を与えようとして、近くにいた浮浪者から「このアザラシは乞食根性が強く、むやみに餌を与えるとこの海岸の寄生動物になってしまう」（一二四―五）と注意されたことを思い出し、生きる目的というのは息子が世間の厳しさを通して自ら学ぶべきものであることを認識する。同時に彼は息子から教えられる父親像も示している。このあと息子はしばらくして、愛する娘をつれて父親の元にやってきて結婚することを報告する。この結婚に対して相手の素性ゆえに反対する父親に息子はヘンダソンが家柄ゆえにリリーの肖像画を広間に掛けさせないことを指摘し彼のなかの偏見を批判する。このあとヘンダソンは自らの肖像画もリリーのものも広間に掛けまいと思う。彼のこの行動は伝統や過去の価値観に捉われない、新しい家庭作りの一歩を示している。

ベローはこのヘンダソンと息子の関係をはじめとするいくつかの父子関係を通して、戦後の新しい社会におけるオイディプス・コンプレックスの弱化に対してマルクーゼとは異なった見解を示している。ベローはオイディプス・コンプレックスの弱化自体を否定的には捉えておらず、むしろいたずらに罪の意識を増大させたり、彼らの攻撃欲動を抑えることなく、彼らに自らの生き方の自由を与えるという点においては肯定的に捉えている。さらに過去の伝統や価値観を超自我という形で子供の世代に引き継ぐこと自体が既成社会の維持に繋っていくものであり、新たな価値観に基づく超自我の形成こそが新しい社会を作りだす原動力になることを示唆している。確かにマルクーゼが指摘しているように戦後の若者達の中産階級志向は否定できないが、一方、五〇年代の多くの若者が生きる目的を探し求めており、既成社会に対して疑問を抱いていることも事実である。彼らは社会から無言の圧力を感じており、説明のできない欲求不満が彼らの攻撃欲動を駆り立てるのである。しかし、彼らは真に彼らの自由を抑圧しているものが何であるのかわからない。また、旅行以前のヘンダソンがそうであったように、彼らに生の実感を見失わせている豊かさと安楽が幸福をもたらすという西洋文明の価値観にとらわれている両親には彼らの欲求不満は理解できない。そのような若者達に真の自由、生の意義、また彼らの攻撃欲動を向けるべき真の対象は何なのかを示唆できる「代理父」が求められているのである。「戦後、多くのアメリカ人が現在を取り戻し、未来を発見するために世界に飛び出している。……世界に出ていき、人生の智を学ぶことが我々の世代の宿命なのだ」（二七六）とヘンダソンが言うように、自らが代理父を求めて、また多くの子供達の代理父になるべく、多くのアメリカ人が「インドや中国、南米、その他の場所に出かけている」そして最後にベローは未来の世代に大きな希望を託している。ヘンダソンはアメリカへの帰途、代理父として英語の話せない孤児を抱いてニュー・ファウンドランドの地に降り立ち、走り出し跳びはねている。ここにはこの子供達の世代が新たな価値観に基づく社会を作ってくれるであろうという期待が込められている。またベローはこの世代の作家として文学もまたその代理父の役割の一環を担うべきであると考えているのではないだろうか。実際に五〇年代のビート運動の先駆けとなった、ギンズバークやケラワック、メイラーといういわゆる「ビート作家たち」はこの代理父の役割を担い、六〇年代の若者たちのカウンター・カルチャーに大きな影響を与えている。

これまで述べてきたようにベローは「全人類に必要なことは「ライオンのような」どう猛な動物のイメージに自らを改良することである」（三〇七）と言うように、この作品を通してマルクーゼやビート作家たちと同様、体制への反抗精神の必要性を訴えているが、その反抗精神の弱化の一因が女性にあるという主張においてフロムと同様の見解を示している。フロムは一九四九年に発表した論文「オイディプス・コンプレックスとオイディプス神話」においてこのコンプレックスのなかの性的な部分を否定している。(15) フロムによればオイディプス悲劇三部作を通して見られるのは独裁的で冷酷な父親に対する反抗であり、特に『アンティゴネー』におけるクレオンとハイモンの父子間の対立はアンティゴネーへの愛ゆえの冷酷な父親への反抗であり、独裁的支配者に対する反抗だけである。そして『コロヌスのオイディプス』においてオイディプス王が主張しているように王と母親との結婚はテーバイをスフィンクスから救ったものへの報奨としての王位に付いてきたものであり、彼自身が望んだものではない。さらにフロムはこの悲劇を生んだ一因はまさにこの母親の母性の欠如にあるという。つまり王妃は夫の地位を守るために、夫に命じられるまま息子であるオイディプスを山中に捨てさせたのであるが、この権力への追随こそがこの悲劇を生んだという。

この夫、あるいは権力への追随は『雨の王ヘンダソン』の中にも顕著に見られるものである。前述のヘンダソンの母親の、夫に対する卑屈なまでの謝罪の態度やヘンダソンを軽視しているにもかかわらず「自らを守るために」決して彼に反抗せず、さらに離婚後、一人の子供だけつれてスイスで暮し、母親の役目を放棄しているインテリの妻フランシス（Frances）。さらに最も象徴的な例はダーフ王の母親である。彼女は王に対する生殺与奪の権力をもつ大僧正側のもの達に脅され、王が掟を犯しアッティを飼っていることを止めさせようと憐れな態度でヘンダソンにその説得を懇願する。その憐れな母親に対してダーフ王は「母親なんかくそくらえ」「父王よりも五年も長生きしているんだ」と母親に対して批判的である。このダーフ王の母親像こそ息子の信念を無視し、自らと息子の身の保全のために彼の反抗精神を押え、権力へ追随する母親像を明確に示している。この母親像を通して、ベローは五〇年代のアメリカ社会における体制順応志向の一因は社会の権威に順応することが息子や家族の幸福に繋ると信じている母親にあるということを示唆しているのではないだろうか。結婚後もコラージュ・ド・フランスで哲学を学んでいる母親フランシスに似て知性の不足している父親を軽視するエドワード、この母子関係が大卒の肩書きが幸福を得るための必要な条件とされ、大学進学率が急激に高まった戦後のアメリカ社会において、知性偏重の社会に同調している母親像を暗示している。

第六章　『ハーツォグ』論

7　緑と水のモチーフを求めて

時は今。夏の真っ盛り。ハーツォグ（Herzog）は独りバークシャーに住んでいる。一時は自分自身狂気に陥ったのではないかと疑った彼だったが、今は「自信に溢れ、快活で、心は澄み、力強さも感じていた」(1)庭では丈の高い草やせみや木々が彼を取り囲み、

夜中に目覚めると星は聖霊のごとく近くにあった。火はもちろんのこと、ガス、鉱物、熱、そして原子。これらのものが朝の五時には外套にくるまってハンモックに寝ている彼に雄弁に話しかけてくるのだ。（二）

このように『ハーツォグ』のオープニングシーンに描かれているのは、バークシャーの豊かな緑なす自然であり、そして今や自然と一体となり、自然からのメッセージを聞き、いわば超越の境地にあ

る主人公の姿である。

しかしながら、我々がこのバークシャーの自然を満喫し、心穏やかな主人公の姿を十分観察する間もなく、次の節では舞台は突然晩春のニュー・ヨークに移される。ここでは現在とはうって変わった姿の、ただひたすら心の平静を取り戻そうとする混乱した、半狂乱の主人公が登場する。物語の時間と叙述の時間のそれぞれの独立性を利用した、このようなフラッシュバック方式はそれほど斬新なものではなく、むしろ使い古された感すらある。とは言え、この一八〇度の状況転換こそ、最初に我々読者の関心を引くところであるのは否定できない。

この第一節から第二節への劇的転換が端的に示しているように、『ハーツォグ』の冒頭の節は作品全体の語りの構造上、極めて注目すべき特質を持っている。一言で述べると、この部分が作品全体の縮図となっているのである。ここでは先ず最初に現在の主人公の姿が描かれ、次いで僅か九行で本筋の簡潔な要約が提示され、最後に現在のハーツォグの姿が象徴的に描かれている。つまり、第一章第一節が物語全体の要約であると同時に結末にもなっているのである。

ところでこのように本筋の略記のみならず、結末の象徴的シーンを冒頭に掲げているのは如何なる意図によるものであろうか。P・リクールは話の結末について次のように言う。


話の筋を追うということは問題となっている連続した行動、思考、感情がある種の方向性を示すかぎりにおいて、それらを理解することである。つまり我々はこの展開によって後押しされており、その結果と全過程の完成に対する期待をもってこの勢いに応えていくのである。この意味においで話の結末とは全展開が引き付けられる極点である。(2)

リクールのこの言に従うと話の結末を冒頭にもってくることは読み進む勢いをそぐことになり、皮相的に考えるとデメリットであろう。しかし「我々の注意が非常に多くの偶発事によってあちこちにそらされることがなければ物語は存在しなくなる」(3)とリクールも言うように、長編のなかにある種の方向性を見つけることは常に容易であるとは限らない。ましてや『ハーツォグ』のように本筋の展開より、挿入された手紙やそれに続く過去の状況説明、或は主人公のモノローグ的語りといった一見本筋からの脈絡のない逸脱に多くの紙数が費やされているような作品においては、読者が一回目のリーディングで一定の方向性を見つけ出すことは非常に困難であろう。

このように考えるとベローの関心は物語の結末に向けて読者の興味を掻き立てることよりも、作品の中の一つの方向性を冒頭で読者に示すことによって、我々が迷子にならないように、いやむしろ安心して迷子になれるように配慮することにあったように思われる。そうすることで、一見脈絡のない逸脱にも十分目を向けることができ、それらの持つ意義を見つけ出す可能性も高くなる。

では『ハーツォグ』の冒頭においてどのような方向性が示されているのだろうか。前述の如く、明らかに二つの方向性が認められる。一つは反自然から自然への動きであり、もう一つは主人公の精神的混乱から安定への動きである。確かに二つの方向性が存在するわけだが、この二つのベクトルは最終的には重なり合う可能性が暗示されている。というのも、冒頭において（つまり物語の結末において）自然と一体化した心穏やかな主人公の姿があまりにも象徴的に描かれているため、この自然こそ主人公の心の安定を生み出している大きな要因であると思われるからである。ゆえに反自然から自然への方向性を追うことにより、主人公の精神的混乱から安定への方向性も同時に説明されうるのではないかという感を抱く。そこでこのような仮定のもとに、実際に自然（／緑）のモチーフを追ってみることにする。因にこの試みの持つ一つの意義は、冒頭で示された方向性を頼りに物語の筋を追いつつ、自然（／緑）のモチーフの本筋と逸脱部分への効果的配置がいかに物語の展開に貢献し、かつ全体的統一感を生み出しているかを見ることにある。

第一日目。六月某日、ハーツォグはニュー・ヨークのアパートのソファーでマドレーヌ（Madeleine）との離婚に端を発した自分自身の精神的混乱状態を回想している。そして彼は六月の初め、エメリッヒ（Emmerich）医師の診察室を訪れた時のことを思い出す。

ハーツォグは診察室で衣服を脱いだ——波打った、身の毛のよだつような緑色——その暗い壁はニュー・ヨークの古い建物の病気で膨れ上っているように見えた。……彼はブラインドの隙間から……明るく踊るような六月の緑を見た。この緑も夏が来て葉が広がり、ニュー・ヨークの都会の煤に覆われると、やがて色褪せてくるだろう。しかしこの新緑は今が特別に美しいときであり、全ての細部が生き生きとしていた。小さな投げ矢に似た小枝、そしてかすかに膨らんだ緑色の新

芽。美は人間の創造物ではない。（一一）

この診察室のシーンはこの作品の最も重要なシーンの一つであり、ここでハーツォグの五日間の行動の動機付けが為されている。この時彼は医師に「海浜か田園へ」の転地療養を勧められるが、この医師の現実的言葉による直接的動機付けのみならず、深層レベルでの間接的動機付けも為されている。つまり、自然の緑の持つ新鮮な印象による自然志向への動機付けである。

ここで初めてハーツォグは自然の緑の洗礼を受けるわけであるが、その美と再生力は人工的緑とのコントラストによって彼にも我々読者にも強く印象付けられる。つまり、エメリッヒ医師が「この崩れそうな病室」では、「絶望的病のもの」、「死にそうなもの」を診るというように、室内の人工的緑は死、人間の死すべき運命を象徴している。一方窓外の自然の緑は、神によって自然に与えられた力、再生を象徴している。そしてここで「自然／緑＝再生／美」という図式が認められ、自然のモチーフに加えて緑のモチーフも浮き彫りにされてくる。これより先、相互的連想性をもつ、これら二つのモチーフを手掛かりに読み進むことにする。

一日目の午後、ハーツォグはリビー（Libbie）の住むヴィニヤード・ヘイブンの海辺の別荘に出かけるためにタクシーでセントラル駅に向かっていた。エメリッヒ医師は「まだマサチューセッツの別荘はお持ちかな」と言って、ルドヴィルを暗に勧めていたが、彼は「海へ！　海へ！」と向かう。この「刺激のちょっと強すぎるニュー・ヨークの街」を出て、神経を鎮め、体内に燻っている火を消さなければならない。彼は大西洋の海にあこがれた。砂、塩の香り、冷水療法。海水に浸った後、よい考え、より明快な思考能力を回復できるのだ。母親も海水浴の効用を信じていた。……海浜は狂人にとってよいところだ。狂気の度合いがあまりひどくなければの話だが。(二七)

ここでハーツォグは反自然から自然の方向に実際に動き出したわけで、まさにマイナス自然からプラス自然へと向かうベクトルと、精神的混乱から安定へのベクトルが重なり合う可能性を暗示している。というのも、「自然/海=再生力(他を)」という図式がはっきりとここに提示されているからである。(4) そしてここに新たな自然、海(/水)のモチーフが認められ、緑と水のモチーフという、主人公再生劇のための装置が整ったことになる。

しかしタクシーの中からみえる景色は、毒々しい排気ガスと埃と騒音に満ちたニュー・ヨークの街であり、彼は心の中に自然を求めようと、昨年の冬訪れたポーランドに思いを馳せる。白一色の森、田野、「白と茶のダイアグラム」さらに子供の頃の家族旅行のことを思い出す。父親が皮を剝いてくれた果物、きらめく水、泡の渦巻いている早瀬、唾で濡らしたハンカチで顔の汚れを拭いてくれた母。あたかも文明によって自然だけでなく、人間感情も奪われてしまったかのような現在に対して、自然にも素朴で暖かい人間感情にも恵まれていた子供時代。ここでは現実の反自然に対して心のなかの自然という対立パターンを作り出している。

グランド・セントラル駅から汽車に乗り込んだハーツォグは終着駅に着くまでひたすら手紙を書き続ける。実際、第二章第二節から第三章第三節まで実に七つの節の殆どが手紙と回想に費やされている。但し、現実においては自然に向かって移動しているわけであり、逸脱が数ページにも及ぶ場合は本筋に戻り、列車が確実にニュー・ヨークを離れ自然（海）に近付いていることを我々に想起させてくれる。

ロングアイランド海峡を過ぎると空気はさらに澄み、……。（四二）右手には海峡の青さがますます深く、……。（四七）列車が牧草地と日の当たる松の木々の間を通り過ぎるとき、……。（四九）暖かい湖水の風が、……。（五二）

この点在している本筋の部分は全て合わせても逸脱の部分とは比ぶべくもないほど僅かであるが、その簡潔な文はまさに一条の光のごとく感じられる。というのも、裏切りに会い、死の観念に取りつかれているハーツォグの、苦悩に満ちた暗い心情の吐露に息が詰まりそうなとき、明るく爽やかな自然は我々の気持ちをも解放してくれるからである。

しかし第三章に入ると、本筋の自然の描写は終着駅に着くまで全く無くなってしまい、逆に回想のなかに自然の描写が見られる。シャピロ（Shapiro）への手紙を書きながらハーツォグはルドヴィルの自然を思い出す。「大きな木々の下でバークシャーの丘陵に囲まれ、……芝生はみずみずしく、深く生い茂っていた。細くてしなやかな六月の草」（七一）しかしこの素晴らしい自然も次のような死の認識によって損なわれている。

緑色の大粒の涙の形をした［その芝生］の片隅にはニレの木が立っていたが、胴枯病で死にそうなその木の皮は紫色がかった灰色をしていた。……小枝からは灰色の、心臓の形をしたウグイスの巣がぶらさがっていた。（七二）

つまり「認識の囚人」であるハーツォグはニレの木やウグイスの巣に象徴される死に捉われており、自然の美を鑑賞することができない。従ってここでは純粋な自然のモチーフは認められない。

さらにハーツォグは弁護士サンドー（Sandor）に手紙を書きつつ、離婚直後の苦悩の日々を思い出す。そのなかで彼の苦境を象徴している「裏庭の葉の落ちた雑草」とまさに対照的なものがサンドーの緑色の瞳であり、次のように繰り返し言及されている。「サンドーの濡れた瞳の色はスライスしたきゅうりを思わせた」（八二）そして彼がハーツォグに人生の現実を自信たっぷりに教えるとき、「その緑色の瞳は激しさを秘め、澄み切っていた」（八四）しかし口論するとき怒りのせいで「その瞳はつよい緑に変わり、」（八七）そして最後に「朝露にも似た緑色の瞳で彼をとらえた。『あんたはわしの友達だ。無邪気で親切な心の持ち主だ。』ハーツォグは感傷愛を感じた」（九一）この回想シーンには明らかに緑色のモチーフが認められるが、この緑色のなかにハーツォグの傷ついた心は救いを求めているように思われる。しかしいかに自然の緑を演出してみても究極的にはこれも本物の自然ではない。

このあと列車を降りたハーツォグはウッズホールの水辺でフェリーボートを待っていた。この第一のクライマックスともいえるべきシーンにおいて彼はまさに探し求めていた自然に出会い、その緑色の水のなかに自然の神秘を感じ取る。また我々読者も緑と水のモチーフを同時に認め、主人公再生のシーンを期待する。

彼は濃緑の水を通して水底に明るい陽光が編目状に映っているのを見た。……「神よ称えられん。神よ称えられん。」……金色の網状の模様を映し出している石だらけの水底を見ながら、彼はその緑色の水の透明さに最も心を動かされた。（九一）

しかしこのエピファニーのシーンもハーツォグの現実の認識により暗雲を投げかけられることになる。彼は言う。「現実の世界はこのように透明ではなく、怒り荒れ狂っている。膨大な人間活動が行なわれている。死が監視している」（九一）ここでも又、自然の素晴らしさが死の認識によって損なわれており、自然の神秘的力が十分に認識される前に感動が消え去ってしまっている。

この後ハーツォグはリビーの別荘に行きはしたものの、他人、特に女性に頼ろうとする自分の甘えに気付きすぐに引き返し、午後一一時には朝と同様、ニュー・ヨークのアパートのソファに座っていた。この日一日、自然を求めて現実的にも精神的にも旅をしてきた彼だが、彼の自然には死の影がさしており、この問題が自然との真の意味での出会いを阻止していることは明らかである。

二日目の朝、ハーツォグは手紙を書きつつ、再びルドヴィルでの生活を思い出す。しかしここで思い出すのはマドレーヌとのいさかいとか、不快なことばかり。ここでの生活はまさに無秩序そのものであった。「カップの底で緑色に変色しているコーヒーかす」に象徴されている台所の無秩序ぶり。マドレーヌの浪費癖を非難して、「我々の今の状況には秩序が必要なんだ」と言う彼。これに真っ向からはむかう、ボトルグリーンの妊婦服姿のマドレーヌ。ここでは緑色はまさに無秩序を象徴している。

さらにマドレーヌの写真からハーツォグは前々妻のデイジー（Daisy）に思いを馳せる。

デイジーは［マドレーヌとは］非常に異なったタイプだった。――もっと冷静で落ち着いた、普通のユダヤ女性だった。……斜視の緑色の大きな瞳。……［初めて彼女に出会ったとき］彼女は質素な緑と白のストライプのシアサッカーの服を着ていた。……彼女のむき出しの首と肩からは夏のリンゴの匂いがした。デイジーは田舎育ちの娘だった。……彼女は物事に対して子供っぽいといえるほどきちんとしていた。……安定、均整、秩序、抑制が彼女の長所だった。（一一六）

ここでは緑色が前述のマドレーヌとデイジーとのコントラストを視覚的に、また象徴的に際立たせている。デイジーの緑色の服は夏のリンゴの緑色とともに彼女に田園の爽やかなイメージを与えており、マドレーヌのボトルグリーンの妊婦服の重苦しいイメージとコントラストを為している。また、家計のために買い求めた、「緑色の手提金庫」はデイジーの長所の一つである「秩序」を象徴しており、緑色のコーヒーかすやボトルグリーンの妊婦服に象徴されるマドレーヌの無秩序とコントラストを為している。

その後ナックマン（Nachman）への手紙を書きつつ子供の頃を懐かしく思い出す。勉強嫌いの彼らにとってユダヤ教会での「唯一の逃げ場所はWCだった。そこでは緑色の樟脳玉が小さくなっていた。……尿で腐食した真ちゅう。緑色の錆」（一三一―三二）そしてさらにナックマンの妻ローラ（Laura）を精神病院に見舞ったことを思い出す。「緑色の木綿服を着た女たち」「緑色のユニフォームを着た亡霊たち」ここでは緑のモチーフが二つの場所を繋いでいる。

さらに思い出は、ナックマンのハーツォグの母親に対する敬愛の念から、子供時代を過ごしたナポレオン・ストリートへと広がっていく。この思い出の中では三つの緑が当時のハーツォグ家の過去と現在と未来を物語っている。「厚い緑色の紙に印刷されたロシア・ジャーナル」にはペテルスブルグ不法居住の罪で起訴され、アメリカに逃げて来た父親の裁判記録が載っていた。そして「洞穴のような」薄暗い台所の唯一の家具である緑色の食器棚は当時のハーツォグ家の貧しさを物語っており、それと全く対照的でこの家に不釣り合いなものが姉のピアノの「モスグリーンのベルベットのピアノカバー」である。これはジポーラ（Zipporah）叔母がはっきり指摘しているように、母親のプライドとアメリカにおける成功に対する家族の希望を象徴している。

ジポーラ叔母は姉の音楽レッスンに対しては批判的だった。……叔母が反対していたのはママが子供たちに対して抱いていた野心だったのだ。ママは子供たちに法律家、紳士、ラビ、演奏家になってもらいたかった。（一四一）

そして職業こそ違え、母親が望んだように四人の子供たちは成功している。これらの三つの緑はまさにロシアからアメリカに逃げてきて、苦労して現在の成功を勝ち得たハーツォグ家の歴史を物語っている。

夕方の六時、ラモーナ（Ramona）からの電話で現実に引き戻されたハーツォグは、これから行く彼女のアパートの部屋に思いを馳せる。「あの部屋には［青みがかった緑色の］中国風の敷物が敷いてあり、緑色のランプの光が深く静かに室内を照らしていた」（一五六）この緑色のモチーフを媒介として、献身的ラモーナへの思いは同様に心から彼に尽くしてくれた日本女性ソノ（Sono）との思い出へと続いていく。「彼女のアパートの最も奥にあるベッドにはスペアミントグリーンのシーツが掛かっていた。洗いざらしの葉緑素の色」（一七〇）「このしわだらけのグリーンのシーツ」と「波打っているマットレス」は大洋の雰囲気を醸し出し、広い海のような心でハーツォグを優しく包み込んでくれたソノの無私の愛を象徴している。そしてこの部屋の中とは対照的に、「外では冷たい雨が緑色の氷のスパイクで荒涼たるニュー・ヨークを刺し殺していた」（一七三）ハーツォグにとってソノの部屋はまさにこのような現実から逃れるための「避難所」だったのである。

その夜、ラモーナの部屋では「ベッド脇の緑色のランプ」だけが光を放ち、「[青緑色の]東洋風の敷物とその流れるようなデザインが偉大ななぞも説き明かされるであろうという期待を繰り広げていた」（一九九）ここでも再び緑色の水底の雰囲気が醸し出され、愛の技巧でハーツォグを再生させようとするラモーナの、性の神秘的力が暗示されている。一方、部屋の外は「シルバーグリーンの夜だった。ニュー・ヨークの半分は明るく照らし出されていた」（一八四）「イルミネーションによって光り輝いている夜。そこでは月光の力も必要とされない」（一九九）彼にとってこの部屋もソノの部屋と同様、殺伐とした現実からの逃避の場であり、彼自身ラモーナに最終的な救いを求めるわけにはいかないことを承知している。我々読者も一日目同様ここでも水と緑のモチーフに出会い、何らかの救いを期待するも、やはりこれも本当の自然ではないということを認めざるをえない。

三日目の朝、ハーツォグはラモーナの花屋に立ち寄るが、そこでは花々の赤や白だけが際立っており、緑色のもので彼の目を弾いたのは灌水ポットだけである。この後、裁判所に向かうタクシーの中からもハーツォグの目は緑を探し求める。「古机や回転椅子、緑色の古い書類ケースが歩道のところに並べてあった……水族館の緑、きゅうりのピクルスの緑」（二二四）しかし現実にも思い出のなかにも自然の緑は見付からず、ただ息子のマーコ（Marco）を水族館に連れていったことをちらりと思い出すだけである。しかしここで我々が注目すべきことは緑色の特定化と水族館の連想であり、緑と水のモチーフへの我々の期待は依然として保たれている。

裁判所では当然のことながら自然の緑は見付けることはできない。強盗未遂事件の少年の泥だらけの緑色のシャツ。ダークグリーンのブラインド。そして思い出のなかにかろうじて見付けたのが緑色のガラスの碍子。子供の頃、母親がアダムが土の塵から作られたというその証拠を見せてあげると言って、指をこすり始めたときに窓から見えていた緑色の碍子。

四日目、ハーツォグはシカゴにいた。娘のジューン（June）に会い、二人で科学博物館に行き、さらに湖水の岸に出る。ここの芝生は彼にルドヴィルの芝生と古家屋を思い出させる。しかしこの連想はさほどの必然性のないところから、多分に意図的にルドヴィルを引っ張りだした感がある。（因に作者は定期的にルドヴィルに言及し、読者にその地名を印象付けている。）この連想の直後ジューンに「水族館に行きたい」と言われ、車のところに行く。そして唐突に今自分の手元にある多くの鍵に言及し、「……ルドヴィルの家の鍵もいくつかある」と言い、又もやルドヴィルに読者の関心を引き付ける。

水族館では、「きらめく水槽、繁茂する水草そして熱帯魚の匂いのする快い空気に触れたせいで、彼は自分自身の気持ちを押え元気を出せた」（二七九）しかし「金色と緑の薄暗い通路」を昇降した後、「娘を腕に抱き、水の緑を通して」ウナギやサメを見ながら、ハーツォグはまた死の観念に取りつかれる。そして「人は現世であろうと来世であろうと愛するもの、或は死んだものと別れることはできない」（二八〇）と考える。この後ジューンが一番見たがっている海亀の所に行き、「永遠の無関心をその目のなかに込めて」、ゆったりと泳いでいる海亀を観察する。「それが泳いだ後には寄生植物の緑の泡が続いていた」（二八一）

これまでイメージとしての緑と水のモチーフが続いてきたが、ここで再び現実の緑と水のモチーフに出会うことになる。しかしこの出会いはそれほど唐突ではない。というのも、前述の「水族館の緑」に端的に示されているように、また「『パパは水族館に連れていってくれるはずよ』ってママが言ってたわ」というジューンの言葉からも察せられるように、これまで水族館がハーツォグにとって特別な場所であることが暗示されてきているからである。そして確かに水族館の空気は彼の気持ちを引き立て、彼の水に対する執着を確定的なものにしている。またここで注目すべきことは、このシーンに割かれている紙数に不釣り合いな程の海亀に関する細かい描写であり、まさにこの場の主役として描かれている。そしてその何者にも影響を受けないような堂々たる姿、また「水の表面張力に似た、湾曲した黒い甲羅」に象徴される水との一体感は海亀をこの水族館の主に仕立てあげている。

この後、交通事故に遭い、拳銃不法所持で留置場に入れられた彼は、警察での取り調べの際、住所をニュー・ヨークではなくルドヴィルと答える。そして、休養の必要性を説く兄ウィル（Will）と医師に対して即座に「ルドヴィルで一週間過ごすつもりです」と言う。この決定を我々が至極当然のこととして受け入れる背景には、作品の冒頭での方向づけに加えてこの地名への頻繁な言及がある。特にこの直前の「バークシャーに農場をお持ちだそうですね」と言う医師の言葉は、ハーツォグの自然志向の直接的動機づけとなったエメリッヒ医師の言葉と重なり合い、ルドヴィル行きの妥当性をさらに強めている。

五日目の午後、ハーツォグはルドヴィルにいた。心身共に傷つき、さらに死の恐怖にも取りつかれている彼は、遂にこの「美しい緑の隠れ場所」に飛び込んできたのである。そしてこれまで再生の象徴としての緑や水のモチーフを追い続けて来た我々も遂に本物の自然の緑に辿り着いたわけである。まさに緑のモチーフをいくら繋ぎあわせてもカバーできないくらい広大な緑の地ルドヴィル。当然のことながら、第八章は緑が溢れているわけだが、その中でハーツォグの心境をよく表わしているのが緑色に塗られたピアノであり、緑色の水をたたえた井戸である。

緑色のピアノはハーツォグがいかにこの緑の地を愛しているかを示すものである。この地の素晴らしさを認識している彼はこの「ルドヴィル独特の色」、緑を子供達に分け与えたいと思った。「子供達への遺産として、マーコにはマサチューセッツ州の奥まったこの場所を、ジューンには娘のことを気に掛けている父親によって美しい緑色に塗られたこの小さなピアノを」(三二三) そして兄ウィルにその不経済さを指摘された時、彼は言う。「『ええ。ただ僕はこの色が好きなんです。』このリンゴの緑、ルドヴィル独特の色」(三三一) つまり彼は「想像力の火のような爪に緑の刷毛を取り上げさせ、」「明るい、夏のリンゴの緑色」にピアノを塗りあげ、ここに緑なす自然の想像的世界を創り上げようとしているのである。そしてこの緑の世界の感動をピアノに託し、娘に分かち与えようとしているのである。

一方、井戸は到着直後のハーツォグの不安定な精神状態を象徴している。

彼の精神状態は非常に奇妙だった。澄み切った心と憂鬱の混合。……彼の心はあの井戸に似ていた。鉄の蓋で密閉されているため水は澄んではいるが、飲んで全く安全とは言えない。（三二五）ここらの水はこれ以上望めないくらいの軟水だが、煮沸しなければいけない。その井戸の底にはいつもシマリスやネズミの死骸が一匹か二匹沈んでいた。しかし、汲み上げてみると全く澄んだ緑色の水なのだが。（三二一）

この井戸の水の比喩が適切に語っているように、彼の心はこの緑の地ルドヴィルで俗世間から隔離されている状態においては澄み切っているが、完全に立ち直っているというわけではない。また彼の心の奥底には相変わらず死に対する恐怖が潜んでいる。それはたとえ「鉄の蓋で密閉していて」も、どこからともなく忍び込んでくるのである。

これまで緑と水のモチーフの中にハーツォグの再生のイメージを求めつつ、彼の心の、そして現実の旅の足跡を辿ってきたわけであるが、最終的に到達したところは緑の田園であった。確かに一つの方向性、反自然から自然（／緑）への動きは完成した。ではもう一つの反自然から自然（／海）への動きはどうなったのだろうか。

ルドヴィル到着後もハーツォグの海に対する執着心は消えたわけではない。彼は言う。「僕・は・大・西・

洋にぞっこん参っていた。おお、編目模様を呈し、山岳状の水底をした偉大なる海よ」(三二三) またいみじくも次のようにこの緑の田園に大洋のイメージを見出している。

地球上どこでも自然の創造物の雛形は大洋である。山々は大波の形をし、光沢のある、あの威圧的な青色をたたえ、確かに海のように見える。そしてこれらの雑草でさえも海の様を呈している。これらの赤い煉瓦の家々をこの雑草の大波による崩壊から救っているのは、その内なる古さである。……魂の匂いが壁の支えである。さもなければ丘陵のうねりでそれらは崩壊しているだろう。……「ムクドリ」は波状の集団を形成し、波また波さながら、三、四マイル先の水辺の巣のところに飛んでいく。(三三九―四〇)

また「奇跡の男、魔術師」タトル(Tuttle)の存在も極めて重要である。「彼は何でもできる男。ルドヴィルの傑出した男。背の高い奴。……いわばここらの森林地帯の主」(三三四) このタトルの描写が暗示しているように、タトル(Tuttle)は水族館の主的存在の海亀(Turtle)を思わせ、ルドヴィルにおける海のイメージ作りに一役買っている。

このように再生の象徴としての緑と水のモチーフが最終的に集約しているルドヴィルにおいて、ハーツォグは確かに何かを掴んでいる。沈みゆく太陽の下で緑と白と濃い青色にくっきりと色分けされた丘陵を見ながら彼は思う。

僕は自分自身の身体を見る。……この奇妙な組織、それが死んでいくことは知っている。そして心の中に何か、幸せが感じられる。……「御身が私を感動させる」そこには選択の余地はない。何かが激しさを、聖なる感情を生み出す。オレンジの木がオレンジの実を、草が緑を、鳥が熱を生み出すように。……定められたままに存在すること、それだけで十分満足している。（三四〇―四一）

ここで彼はあのウッズホールの水辺で感じた聖なる感動を再び感じ、地上の至る所に偏在している「魂」を感知している。つまり、彼が探し求めていた「何か偉大なもの、その中に彼の存在が、そしてあらゆる存在がその中に入っていけるような何か」（二八九）を見つけることができたのである。そしてさらに、恐らく「この偉大なる何か」との出会いゆえに、これまで常に彼につきまとっていた死の恐怖から逃れることができ、人間の死すべき運命を素直に受け入れている。今や彼はこのルドヴィルの地で自然と融和し、心穏やかな、いわば超越の境地にあり、彼の自然を求めての旅は仮の終着駅に到着したことになる。

そして自然の美と再生力にふと気付き、感動した主人公の脱都会、脱知性の旅の終りとともにこの物語も結末を迎え、冒頭の自然の描写へと回帰していく。丁度、彼の母親が示唆したように、人間が自然（土）から生れ、自然に帰っていくように。また、人生において様々な自然の感動に出会うように、この物語にも随所に自然のモチーフがちりばめてあった。この自然こそハーツォグの精神的、あるいは現実的旅において道標の役割を果たし、様々なことを考えさせつつ、彼を精神的再生へと導いたのである。そしてこの旅の目的地「自然」のなかで彼は他人や知性に頼らず、己を信じ、自然のままに生きることを学んだのである。

しかし疑問は残る。ハーツォグのこの超越の境地はルドヴィルという、俗世間から隔離された、緑なす田園という環境にあってのみ維持されるものではないか。(5) このような懸念を象徴的に抱かせるものとして、井戸の脇の黄色いユリの花と「半塗りのピアノ」がある。ユリの花がハーツォグが摘むと「すぐに枯れてしまった」という事実は、ハーツォグの心の平和もこの自然から離れるやいなや失われるのではないかという懸念を抱かせる。「半塗りのピアノ」はさらに否定的な暗示を与えている。彼はただ単に、兄に自分の正常さを疑われたくないという理由からジューンにこのピアノを送ることを諦めた。この事実は彼の想像的世界を大都会に持ち込もうとすることは、「この楽器を運び出そうと考えることに劣らず不合理だということを暗示している。また、たとえ彼がこのピアノを塗り続けても満足のいく仕事はできないだろう。というのも「それは二度塗りが必要だろうが、それには恐らく塗料が足りないだろう」(三二一)から。つまり彼の緑色の想像的世界は完成しないということになる。この塗料不足は我々に『フンボルトの贈り物』の中のコミカルな、しかし非常に意義深い描写を思い出させる。

フンボルト（Humboldt）は世界を輝く布で覆おうとしたが十分な布がなかった。彼の試みは腹のところで終ってしまった。その下にはお馴染みの毛深い裸の部分がぶら下がっていた。(6)

この比喩をハーツォグの場合に当てはめて考えてみるとき、「半塗りのピアノ」はこの美しい緑の環境の外で彼の心の平和を保つことの困難さを象徴しているように思われる。

第七章　『サムラー氏の惑星』論

8　偉大なるパロディ社会

初めに

激動の時代と言われる六〇年代の解放運動はアメリカ革命の理念を表面上はすべて達成したかのように思われる。しかし現実は六八年のキング牧師、ロバート・ケネディの暗殺が象徴的に物語っているように、犯罪、人種差別、貧困、暴力、ベトナム戦争という終末的、無秩序状態を呈している。これはなぜか。それは「自由、平等、幸福の追及」という革命の理念が曲解され、異なった方向に作用し、これに暴力性、悪意、欲望、快楽の追及という人間の本能が解放され、またこれをテクノクラシーに利用されたとき、あらゆる運動が勢いを失ったように思われる。

一九七〇年に出された『サムラー氏の惑星』のなかで主人公サムラー氏は「アメリカは崩壊しかか

っている。少なくともよろめいている」[1]と述べ、アメリカ社会の性風俗の乱れ、若者の無秩序状態、貧困の格差、犯罪、暴力、大衆の悪意、大都市の無秩序状態をニュー・ヨークを背景に描き出している。これは明らかに五九年に出された前作の『雨の王ヘンダソン』の終りでベローが示した六〇年代への期待とは異なり、アメリカの未来に対する無力感、絶望感すらも感じられるものであり、我々読者もベローの多くの作品の結末の特徴である、一条の希望の光が感じられず、重苦しい作品となっている。

しかし、現実的には戦後のアメリカは着実に体制を維持しており、発展し、六〇年代の混乱の時期にあっても「テクノクラシー」による体制維持の戦略は成功しており、無秩序のなかに一種の見えない秩序を形成している。本章においては『サムラー氏の惑星』に描かれている六〇年代のアメリカを背景にテクノクラシーの本質およびその戦略について検討し、さらに六〇年代の解放運動を通してアメリカ社会の実態について考察してみたい。

(一) 六〇年代のアメリカ社会

主人公アルター・サムラー(Artur Sammler)はホロコーストを体験した七〇才過ぎの老ユダヤ人であり、一九四七年にザウツブルグの難民収容所から甥のユダヤ系アメリカ人医師イリヤ・グルーナー(Elya Gruner)に救い出され、アメリカにやって来た。この生き埋めにされ、奇跡的に生還した彼の眼からみても現在のニュー・ヨークはすべてが狂っているとしか言い様のない、混乱状態にある。性的暴力、強盗、殴打、殺人は日常茶飯事であり、街には浮浪者や飲んだくれが溢れており、性風俗は乱れ、家族は崩壊的状況にあり、あらゆる秩序が失われつつある。このようなアメリカの状況をみて彼は思う。

暗いピューリタニズムの努力は終りを告げようとしている。……老サムラーの眼に映る気違いじみた光景！彼は増大していく啓蒙運動の勝利を眼にした――自由、友愛、平等、姦通！啓蒙、教育の普及、普通選挙権、あらゆる政府の認めている多数者の権利、婦人の権利、子供の権利、犯罪者の権利、異人種間の結合の確認、社会保障、公衆衛生、人間としての権威、正義への権利――革命的な三世紀にわたる闘争が勝利を収めようとしており、そのあいだに教会や家族の封建的束縛は弱体化し、貴族階級の特権は（義務を伴わない特権は）ことに性欲上の特権は普及し、民主化され、人々はなんらの禁制にも縛られず、自然のままに生き、……自然であり、原始的であり、ベルサイユの閑暇や贅沢な工夫とサモアのハイビスカスにおおわれての性愛の気楽さを結合させることが貴族的と見なされている。（三三）

サムラー氏のこの言葉はまさに六〇年代後半のアメリカの現状をアイロニカルに物語っていると同時に様々な解放運動がもたらした皮肉な結果を示唆している。六〇年代の解放運動は黒人をはじめとするマイノリティの解放運動に始まり、女性解放運動、性の解放、さらに若者たちの間からはカウンター・カルチャーが発生した。彼らはすべて自らの置かれている現状に対して矛盾を感じ、高らかに意義の申し立てをし、自らの権利を主張している。黒人の市民権獲得、七〇年代以降の黒人や女性の地位の向上、環境保護運動の高まり等を見れば、一部の運動はある程度の成功を収めたことは明らかである。ならばなぜ前述のようなサムラー氏の言うような状況が出現したのであろうか。それはひとつには解放運動や革命の成果が現われるのには当然時間がかかり、社会は変革の直後にはその急激な変化に伴う混乱状態に陥りがちであるということであり、また、もうひとつの要因はそのような運動に常に伴う一種の「狂気」のせいであろう。サムラー氏が「狂気は常に崇高なる偉業を達成しようと準備している文明人が最も好んだ選択である。……ある種の狂気はより高い目的への献身を意味し、より高い目的にとって有効な手段である」が、しかし「より高い目的が必ずしも現われるとは限らない」(一四七—四八)と言うように、必ずしも偉業が達成されず、狂気のみが顕在化する可能性もある。故に六〇年代の運動の狂気じみた面が無秩序状態を伴ったことも理解でき、サムラー氏が現状を狂っていると表現していることも得心できる。しかし、解放運動を担っているもの、すなわち彼らの本能を自由に発露させているもののみが狂っているわけではない。サムラー氏が「狂気ですらかなりの程度まで見せかけの演技の要素をもっている。その奥には人間生活にとってはどう振る舞うのが正常なのかという濃厚な意識が根強く、強力に存在している……あれほどの規律に耐え、あれほどの規則正しさを守る力、あれほどの負担力、あれほどの秩序への(無秩序に対してすらも)敬意をもっているということは大きな神秘でもある」（一四六—四七）と言うように、もしアメリカの一般大衆が統制され、抑圧され、画一化されていると感じているとするならば、多くの人が狂気を内在させつつ日常生活を送っているということになる。そして、彼らはその狂気を自由に発露させているものたちを「殺したいほど憎み」「官僚は治安を乱すものたちが殺されると喜ぶ」また一般大衆の抑圧された本能が暴力行為を容認し、暴力的行為を「観覧」することで欲求不満を解消する。これは抑圧された欲望の「合理的」昇華法であり、このような狂気の構造が狂った、暴力的、非人間的社会を生み出す隠された要因と言えるであろう。

(二)　偉大なるテクノクラシー社会

このような現状を見て、サムラー氏はアメリカ社会は崩壊しかかっていると言うが、少なくともアメリカは巧みに一般大衆を統制し義務を遂行させ、国家として十分に機能している。この秩序を作り出しているのは専門家、あるいは専門家を雇うことができる集団による管理体制、いわゆる「テクノクラシー」である。第二次大戦後のアメリカはこのテクノクラシーによって富を増大させ、社会の秩序を作り出し、そして六〇年代の社会の混乱に対して産業資本主義国家という国家形態を転覆させることなく、社会の不満に対してもその戦略により巧みに対処している。セオドア・ローザックによれば、テクノクラシーとは「産業社会がその組織的完結の頂点を究める社会形態を指す。それは人々が近代化、今日化、合理化、計画化を語るときに通常思い描く理想像である」[2] それゆえに「完全に常識的」なテクノクラシーに内在する「縮小的ヒューマニズ」を指摘することは困難であるといい、「テクノクラシーにとってはその工業的卓越、社会工学、大いなる豊かさ、十分に発達した娯楽戦術を利用して、殆どの人の意に叶う方法で、現に我々の生活を乱している混乱、収奪、不正から生ずるすべての緊張を縮小することが十分可能だということを我々がここで認めるならば―私は認めるが［ただし適応心理療法のように精神の苦痛を狡猾になだめるだけであるが］―とくにそのことは容易ではない。……テクノクラシーは単なる権力構造ではない。それは壮大な文化的命令で、一般大衆が是認している神秘的気分の表現である。従ってそれは莫大な量の不満と動揺をしばしばそれらが愉快な奇行や無用な常軌逸脱程度のものに見える間に吸い取ってしまうことができる大きなスポンジなのである」[3]と言う。すなわちローザックによれば、テクノクラシーの特徴のひとつは強制すること無しに人々を体制に順応させる力、つまり人々の科学に対する根強いコミットメントを利用し、科学がもたらす豊かさから生じる安定と肉体的愉楽を操作することで知らず知らずのうちに我々を体制に順応させてしまう力である。またもうひとつの特徴は社会の不満の吸収力であり、「服従を生み出したり、抗議を弱めるような形で満足を与え、不満を解消させる」、マルクーゼ言うところの「抑圧的脱昇華」である。そしてその社会管理体制方式の最大の特徴は、社会の様々な分野でPRメーカー、イメージ・メーカー、PR専門家を使って、「自由」「幸福」「偉大な社会」に関するパロディを作りあげることである。例えば、「教育」「精神生活」「真理の探究」と言うとき、その内実は若者たちを官僚制度に適合するように仕立てることであり、「創造的レジャー」は出世した者、あるいは柔順で信頼できる雇い人に与えられる「ご褒美」であり、言論の自由は保証しつつも、都合の悪い意見は無視し、「民主主義」とは世論調査のなかから自分たちの都合の良い回答のみを取り上げることである。

サムラー氏はこの文化的「全体主義」に対して「専門家の協力によって可能になった」（一八一）宇宙飛行について言及し、テクノクラシーの統制力の大きさと個人の無力さについて次のように言う。

いずれは技術者や工学専門家達や、この自動車よりもこのうえもなく高度な人工の枠である、広大な機械を動かしているもの達の寡頭政治が麻薬に酔いしれ、花を身に飾り、「完全無欠」な状態にいる、ボヘミアン達の貧民窟を支配することになろう。……全体性は自分の手で各部分を組み合わせてロールスロイスを作り上げることと同じ程度に彼の力を越えたことだった。従って、恐らくは、月の世界の植民地が地球の熱病や腫物を減退させてくれるだろう……（一八二）

サムラー氏が「専門家の協力によって可能になった」という宇宙開発はまさにアメリカの富と技術の総結集によって進められた、テクノクラシーの象徴とも言えるものである。ケネディ大統領の打ち出したアポロ計画は文明の進歩と可能性を示し、人類に夢と希望を与える偉大なプロジェクトである。しかし、これこそテクノクラシーが作りあげたパロディであり、その内実は冷戦下におけるアメリカの国威の誇示であり、また戦略兵器開発に貢献するものであり、国家予算の福祉面を大幅に削り、このプロジェクトに予算を回すことで軍産複合体に利益をもたらすものである。さらにウォリス(Wallace)曰く、旅行会社や航空会社にはすでに月旅行への予約が殺到しており、彼自身も含めて何十万の人が予約済みである。すなわち、このプロジェクトが人々の夢と「創造的レジャー」に対する憧れを利用した企業の戦略として利用されているということである。またラル博士(Dr Lal)が指摘するように、人々の心に感動を与えるこの偉大な業績である宇宙飛行によってあがめられるのは人物ではなく科学技術であり、「宇宙飛行士たちはむしろ超チンパンジー」的に見られるだけである。すなわち、この宇宙飛行は「独創性、発明心、冒険」をテーマにしてテクノクラシーが作り出した壮大なパロディーであり、そこには冒険者という英雄は存在せず、技術のみがあがめられる、人間不在の冒険物語ということである。

このテクノクラシーの戦略であるパロディーについてサムラー氏は「アメリカである種の成功を収めるためにはパロディ、自己嘲笑、そのもの自体への風刺が必要になってくる」(七〇)と言い、彼なりのひとつの効用を見出している。そしてこの宇宙飛行の意義について「地球を脱出し、真空のなかにプラスティックのイグルーを建て、必然的に厳しい生活であるが、静かな植民地に住んで、化石の水を飲み、基本的な問題のみを考えて暮すことの有利さは見て取れる」(五三)と言い、あらゆる過去や伝統や慣習からはなれ、精神を自由にし、基本的問題のみを考えようとしたソローの「森の生活」のパロディを作り出している。そしてラル博士の「宇宙=臨時牢獄からの脱出」としての宇宙開発の意義を否定し、その無意味さを訴えると同時に、現在のこの混乱に秩序をもたらすためには「この地球上に正義を築くことのほうが合理的である」（二三七）と言うとき、サムラー氏はテクノクラシーの作り出した宇宙開発のパロディが暴露している真実に気付いていると言えよう。

(三)　パロディ化された黒人解放運動

六〇年代は黒人解放運動が盛り上がりを見せ、アフリカ系アメリカ人の人々は彼らのアフリカの文化に対してプライドを持ち、アフリカの衣装や髪型や文化を取り入れ、また若者たちの間でも彼らのファッションが流行し、巷間では「ブラック・イズ・ビューティフル」のスローガンがしばしば聞かれるようになった。しかし現実には六四年の新公民権法の成立以来、南部では白人の反撃が始まり、各地で公民権運動家達が殺され、それ以来「暴力には暴力」という動きが広まり、六七年の連邦軍まで出動するというデトロイトの大暴動をはじめとし、各地で黒人の暴動が起こった。この暴動は五年間も続き、アメリカ社会を騒然とさせた。

『サムラー氏の惑星』のなかにはこの「黒の美学」の象徴的人物として黒人のスリが登場する。彼はバスのなかで黒人のスリ行為を目撃し、それを警察に通報したサムラー氏を威嚇するために、彼を尾行し、アパートのロビーの片隅の壁に彼を押し付け、自らの性器を露出する。そのときの「黒人の表情は直接的な脅威を感じさせるものではなくて奇妙な、平静な、支配感を帯びていた。性器の示し方も相手を戸惑わせるほどの確信に満ちたものだった」（四九―五〇）この黒人の行為をサムラー氏はショウペンハウアーに言及し、「黒の美学」の象徴的行為として解釈している。ショウペンハウアーによれば生殖器こそが「意志」、すなわち、宇宙力、あらゆるものを駆り立てる意志、つまり目も眩むような力、世界のうち奥の創造的激発」であると言う。つまりサムラー氏は「この黒人スリもショウペンハウアーに同意して」、「マーヤ（虚妄）の前に垂れているもののひとつをかき退けて、彼の形而学的権能をサムラー氏に示したのだ」（二〇九―二一〇）と言うのである。

しかし最後にサムラー氏はこの「黒人は誇大妄想狂だ。それにしても一種の王侯的な風格を持っている。あの服装、色眼鏡、華やかな色彩、野蛮さと荘重さが同居しているような態度、おそらくは狂った精神の持ち主であろう。だがその狂気は貴族だという観念から生じている狂気だ」（二九三―九四）と言い、ブラック・パワーの爆発という解放運動をパロディ化している。すなわち、彼の黒は高貴な色であり、治癒力であるという巷間の観念はアメリカ社会の現実にあっては誇大妄想狂的なものであり、狂気の発露としてしか見なされないということである。さらに「黒の美学」の観念を表明するのであれば、彼の衣装は本来ならばアフリカ独自のものであるべきものが、彼の身に着けているものはロンドン仕立ての優美な服であり、黒っぽい色眼鏡であるという設定は黒人社会の誇示的消費を示しており、またこの高価な衣装が彼の犯罪行為から得たものであるということは黒人が置かれている貧困状態が犯罪を誘発する一要因をなっていることを示唆している。確かに六〇年代末から七〇年代以降、黒人の社会的、経済的状況は向上し、中産階級が増え、テレビでも彼らの豊かな生活を映し出すドラマが放映されているが、これは黒人の地位向上のイメージを作りあげるためのメディア操作につながっていることも事実であり、現実の黒人の貧困状態を覆い隠し、「平等の国」アメリカのイメージ作りに貢献していると言えよう。

またアンジェラ（Angela）の言う「理想的男性像」──「ユダヤ人の頭脳」「黒人の男根」「北欧人の美貌」をもった男性──は黒人男性のアイデンティティがその性的能力にあることを示唆しており、黒人スリの性器の露出行為はアメリカ社会における彼らのアイデンティティの表明の手段であることを示している。アフリカ系アメリカ人の哲学者であり、教育者でもあるコーネル・ウェストは「マチズモ自体は比較的無力で劣しめられた黒人男性の力を得ようとする努力であり」、また「白人女性の期待に答えられない黒人はアブノーマルだと思われるほどである」と言い、黒人男性がアメリカ社会で受け入れられるための一つの手段としての性的能力の誇示を強調している。(4)

さらにこの黒人スリの犯罪行為はアメリカの大都市の現実の一面を暴露している。サムラー氏がこの犯罪行為を警察に通報したとき、警察は「要人の警護や集会、式典の多さ」を理由に挙げ、スリごときの犯罪行為に割く警察力はないという。この時サムラー氏はこの国では安全は金持ちや地位のあるものだけが手に入れることができるのだと感じ、「世界中で最も模範的な国と宣伝されている」この国の現実を認識する。これは六八年のキング牧師、ロバート・ケネディの暗殺、六九年の反戦大集会を反映しており、慢性的警察力不足に悩まされている、秩序の乱れた、危険なアメリカの大都市の現実を暴露している。また本来ならば市民の安全を守るべき警察が、六四年のニュー・ヨークの黒人大暴動のきっかけとなったハーレムの黒人少年射殺事件でもわかるように、その過激な行為で黒人社会の取り締まりを行ない、国家権力の手先として使われているという事実も見逃すことはできない。

このような現実を目にしたサムラー氏の黒人解放運動への思いはまさに「同情心」である。最後の場面で黒人スリが犯行現場を撮られたカメラを取り戻そうとしてフェファー（Feffer）の首を締め付けているときにサムラー氏は自分の非力さゆえに「殺人狂」としかいいようのないアイゼン（Eisen）を止めに入らせ、この黒人を半殺しの状態にしてしまう。この時彼は黒人のさほど悪意のない行為に対して、狂気のアイゼンを差し向けたことを後悔するとともに、黒人に対するアメリカ社会の対応の冷たさと残虐さを示唆し、さらにそれに対する同情と自らの無力感を表わしている。

(四) パロディー化されたカウンター・カルチャーの真の精神

六〇年代にはアメリカの若者達の間から親世代のライフスタイルに対する反逆現象、いわゆる「カウンター・カルチャー」が生まれたが、サムラー氏はこの現象に対してひとつの意義を認めつつも、その誤った方向性に批判の目を向けている。ローザックによれば、カウンター・カルチャーとは豊かさや効率のみを追及する、非人間的競争社会のなかで消費や競争のみに追われている、画一化され、没個性的中産階級のライフスタイルを批判し、そのような社会から「ドロップアウト」し、新たな社会を見つけ出そうとする様々な文化活動の総称である。そのためには社会が期待する「役割演技」から離脱し、さらにマリファナやLSD、ロック・ミュージック、サイケデリック・アート、非正統的宗教によって意識を拡張し、テクノクラシー社会の科学的客観的意識から自己を解放し、科学を相対化しようとするものである。そのような文化活動を担ったのはニュー・レフト、ヒッピー、コンミューン生活者達であるが、彼らは人間性の全体的回復、個人の自己実現、すなわちアイデンティティの獲得を目指した。

このような文化現象に対してサムラー氏は確かに個人は解放されるべき、すなわち「魂は自由をもつべき」だと言い、アメリカは個人の自由をうたい、生み出された近代国家であることは認めている。しかし現在のアメリカ社会で個人は「自由」と「新たな余暇」を享受しつつも、魂の自由は得られず苦悩にあえいでいるのを見るのは辛いと言いつつ、カウンター・カルチャーの精神に一理を認めつつも、その「魂の自由」の求め方に対しては次のように批判的である。

私の言おうとしていたのは、個人の解放なるものが偉大な成功ではなかったということでしたね。……虚偽は無制限、可能性は無制限、複雑な現実に対する要求は無制限。古代の宗教観、秘教などの子供っぽい下劣な形式の復活に至ってはもちろん全然無意識にやっていることでしょうが——驚くばかりです。オルフェース信仰、ミスラ信仰、マニ教、グノーシス派。……ですが何より注目させられるのは特殊な演技、自己を個人として表現しようとする手の込んだ、時にはきわめて芸術的でもある表現手段、独創性や特異性、面白さを獲得しようとする奇妙な欲求なのです。……現代人は恐らく集産主義のせいでしょうが、独創性の熱病にかかっています。魂の独自性という観念。優れた観念であり、正当な観念です。しかしあのような貧弱な形で？頭髪の形や衣類などで、麻薬やコスメチックなどで、悪事の遍歴や、凶悪な行為や乱稚気騒ぎや卑わいな行為を通じて神に近づこうとすらする行為によって？（二二八―九）

またサムラー氏は「宇宙飛行は専門家の協力によって可能になった。その反面、地球上では敏感でもある若者達が依然として個別であると同時に『完全無欠』でもあることを夢見ている」、しかし、「無知な専門家でない若者達がいかにしてその技術上の奇跡に対応することができるのか」（一八一―八二）と言い、テクノクラシーの前での彼らの無力さを指摘し、さらに放火や独特の衣裳で「完全無欠」を求めようとする彼らのやり方の稚拙さを批判している。

このようなカウンター・カルチャー世代の若者を代表し、さらにその真の精神のパロディとなっているのがグルーナー医師の息子のウォリスである。彼は父親の豊かさのみを追及してきた人生、特にその「無価値な」成功に対して批判的であるという点においてカウンター・カルチャーの精神を体現している。彼の批判の象徴的行為が父親が「スラム街から郊外の候爵」となった証として建てた別荘を水浸しにすることである。サムラー氏はこのような彼の行為を「典型的なウォリスの演出だった――父親の『無価値』な成功に対する抗議なのだ。……今では何代にも渡って裕福な一族が無政府主義的な息子を送り出していた――少年バクーニン達、自由の天才、放火者、刑務所や財産や宮殿の破壊者達を。バクーニンは火が大好きだった。ウォリスは別種の媒介物、水で工作した」（二四〇）と言い彼らの稚拙な抗議行動を批判している。しかしウォリスのこの行動の現実を見るときこれはまさにパロディとなっている。彼が家を水浸しにした原因は父親が違法な堕胎手術で儲けた隠し財産を探す際に誤って水道管を破ってしまったことである。また、彼はその処置に際しても全く何もできず、消防署に連絡したりし、結果的にはラル博士の専門的知識により水は止められる。また彼は雑巾の使い方さえ知らず、金さえ出せば何でも修繕、取り替え可能だと言う。また、父親への抗議を示すための別のいくつかの行動にしても結果的には父親の金に頼り、その収拾のために回りの人々に依存している。このような彼の行動は他のカウンター・カルチャー世代の行動に相通ずるものである。彼らは戦後の豊かさのなかで何不自由なく育ち、親世代の安定と富を求めてあくせくとする生活を批判しつつも、結果的には親の経済力に依存し、多くの若者が大学時代というモラトリアムを謳歌しているのである。また、彼らのなかの一部は批判的行動で警察力や当局を動員する事態や社会的混乱を引き起こしたり、また、逆にその奇異さゆえにエンターテインメント化されている。そしてコマーシャリズムにより、ヒッピー達が「見世物」化され、ボヘミア地区の「フラワー・チルドレン」を観察したり、ロック・ミュージックが一般大衆のエンターテインメントに変えられてしまったとき、彼らの行動の真の精神はテクノクラシーによってパロディ化されたと言える。

また、ウォリスは「僕にとっては親父の用意してくれている僕の将来をぶち破って飛び出す必要があるのです。でないと何もかもがただ可能性があるだけで進行してゆき、それらの可能性が僕の死に繋っていくでしょう」（二四五）と言い、自己のアイデンティティを獲得することが今の自分にとって最も重要なことであると言う。この希望もカウンター・カルチャー世代の若者達の特徴的なものであるが、問題は彼の自己実現の方法である。彼は大邸宅の庭の木に名前をつけ、その航空写真を売るという、新しい事業を始めることで自己実現を計ろうとしているのであるが、その事業資金を父親から引き出そうとするのである。さらに彼は彼の飛行機操縦免許ゆえにこの事業に執着しているのであるが、飛行機と自らの未熟な専門技術を使い、自己実現を図ろうとする彼の姿勢はテクノロジーを否定し、手仕事の復権を提唱しているカウンター・カルチャーの精神をパロディ化している。そしてこのパロディはその曲芸的飛行でクライマックスを迎える。彼は父親の臨終の際に、テスト飛行を行ない、その技術の未熟さゆえに墜落し、胴体着陸をする。シューラ（Shula）の「車輪のない飛行機を着陸させたのよ。本当に大したことをやってのけたのよ」という言葉に対する、サムラー氏の「そうだよ、素晴らしい。確かに驚くべき人物だ」という返答はまさにウォリスのアイデンティティ獲得をパロディ化する決定的言葉である。

さらに、サムラー氏は「この青年は自己の本質がわかっていないのだ。彼に最も必要なのは真面目さなのだ」言っているように、ウォリスの行動に代表されるように、他と変わったことをすることで自己のアイデンティティを獲得しようとする若者達に対して、先ず自己の本質を見極めることの重要性を示唆している。

また、ウォリスの水浸し事件はカウンター・カルチャーの別の理念である「個人の解放」の問題を提起している。ウォリスはこの家に対して全く執着はなく、むしろこの家を嫌っており、姉もおそらく父親の死後はこの家を売り払うだろうと言い、家に「根」を持つことに執着しておらず、むしろ家や社会の「根」から解放されることが近代革命の意義であると言いつつ、家や家族の繋りを否定している。しかし一方では事業の資金援助を父親に求め、それが彼に対する父親の信頼や愛情の証であると言い、父親の役割を果たすことを要求している。彼のこの自己本位的、身勝手な要求が示しているように、彼は「個人の解放」の真の意味を理解しておらず、ただ単に家族の繋りを否定しているに過ぎない。ここでサムラー氏は若者達の間の誤った「個人の解放」の理念のとらえ方がお互いに助け合って、支え合うという従来の家族形態を崩壊させる一つの要因となっていることを示唆している。

また「役割演技からの離脱」に対してもサムラー氏は独自の見解を提示している。彼が回りの人物のなかで唯一好意的に捉えている人物はグルーナー医師であり、その最も高く評価している点は彼が「亭主、医術に携わる者―腕のいい医者でもあった―家庭的な男、成功、アメリカ人、ロールス・ロイスを乗り回せる裕福な隠退者」という彼に与えられた役割を時には苦痛に感じながらも、誠実に果たしてきた点である。彼の自らの役割に対する責任感と「善人」になりたいという希望こそが、様々な欠点があっても、彼の立派な「人間性」を作り出したのだとサムラー氏は言う。そして、人にはそれぞれに与えられた「役割」があり、それを果たすことが「人間的」であり、「立派」であると言い、「個人の解放」のために「役割演技」を否定し、社会から「ドロップアウト」することが人間的な行動なのか疑問を提示している。

そしてこのグルーナー医師に対する高い評価とウォリスに対する批判がサムラー氏のカウンター・

カルチャーの総合的な見方を提示している。すなわちウォリスが体現しているように、若者たちが抑圧的、没個性的社会のなかで自己の解放を求めて行なっていることは結果的にはグルーナー医師のもつ「感受性、表現の豊かさ、親切心、情愛——といった人間的良さ」の失われた、殺伐とした、非人間的社会を生み出しているだけであり、決して新たな望ましい社会の創造には繋らないということである。また彼らの稚拙なやり方はテクノクラシーの前ではパロディ化され、全く無効であり、その体制に全く揺るぎは生じないということであろう。そして真の「個人の解放」とは「魂の自由」を得ることであり、そのために我々が社会のためにできることがあるとすれば「それはおそらく自己の内部に秩序をもつことでしょう。……おそらくそれこそが愛なのでしょう」(二二八)と言い、愛の精神をもち、それぞれに与えられた役割、使命を立派に果たすことが「魂の自由」の得られる社会を生み出すことになろうと示唆している。

(五) パロディ化された女性解放運動

黒人の解放運動にともない六〇年代には女性解放運動も盛り上がりを見せた。サムラー氏はこの運動に対してはアイロニカルな見方を示している。この解放運動、特に性の解放の象徴的人物はグルーナー医師の娘アンジェラである。彼女を愛している父親から「色気違い」「まるで雌牛」だと言われているように、彼女は性的に乱れた生活を送っているが、大学でフランス文学を学んでおり、犯罪者の救済にも寄付をするなど、魅力的な「知的」美人でもある。彼女は年間二五〇〇〇ドルもの収入があり、欲しいものをなんでも手に入れられる身分であり、また「理想の男性」を満足させられる自信も持っている。そんな彼女の堕落した生活ぶり、特にメキシコでのセックス・パーティは死の間際にある父親の悲嘆の種となっている。

しかしこのような彼女の生活ぶり、特にメキシコでの一件をウォリスは次のように解釈する。

「彼女は女性パワータイプ、男たらしですよ。あらゆる神話は女性にとっては生来の敵なのです。優秀な男性神話の敵は男たらしですしね。あの股の間に挟まれると、男の自分というものについての概念は暗殺されてしまいますよ。男が自分は特殊な人間だなどと思っていたら、女はそいつらの皮を剝しますからね。特殊な人間なんているものかというわけです。アンジェラは女性という種族のリアリズムを代表しているわけですが、そのリアリズムは男の叡知だの、美だの、栄光だの、勇気だのが虚飾に過ぎないことを常に指摘しています。女の仕事は男が自分について作りあげている伝説をぶち壊すことにあるのです。だからこそ、アンジェラとホリッカーとの仲はこれで終りなのだし、だからこそ、アンジェラがメキシコで出会ったくだらない男にファートンの目の前で彼女を気儘に楽しませて、他にもどんなおまけをただで付けてやっているかわからないという気持ちを味わせたわけですよ。分かち合いの精神に則ってね」（一八七）

ウォリスのこの分析がもし当を得たものであるならば、彼女はまさに女性解放運動のイデオロギーの一つの概念を体現していると言える。確かに彼女の行動は女性は男性の占有物であり、従属すべき存在であるという従来の男性優位主義を破壊するものであり、一見この運動に貢献しているかのように見える。

しかしサムラー氏が語る彼女の現実の姿は彼女をこの運動の、特に「性の解放」のパロディの主役に仕立てている。彼女はその経済力で高価な衣装を身に着け、フィットネス・クラブでその魅力に磨きをかけ、理想の男性を獲得しようとしている。特に現在の恋人、美男でセンスがあり、社会的地位のあるファートン（Wharton）に対しても「古風な欲求」を抱いており、彼好みの女性になろうと努力している。彼女は経済的にも父親に依存しており、理想の男性獲得にもその性的魅力を武器にしている点においてはまさに女性解放運動を逆行させていると言える。また「アンジェラという女性にはそういう意図はなくとも、つい道を誤らせ、堕落に導く力が潜んでおり、……彼女が望んでいることは陽気で快楽を与えられることのでき、あふれんばかりの生命力をもち、自由で美しく、健康な人間になることだけだったんだけれども――アメリカの若者たち（ペプシ世代というのだったかな）の人生観同様に」（六九）とサムラー氏は言い、性の解放がアメリカ社会の性風俗の乱れや男性の堕落の一因となっていることを示唆している。しかし、これは明らかに女性差別的見方であることは否定できない。

またアンジェラと恋人とのメキシコでの一件は前述のテクノクラシーの戦略、「抑圧的昇華」を想起させるものである。ローザックによれば性欲の全面的解放はテクノクラシーの規律を乱すことになり、そのために取られる戦略は豊かな社会では性は解放されている、しかし『プレイボーイ』に見られるような放蕩こそが真のセックスであるというイメージをメディアを通して行き渡らせることである。つまり金持ちのプレイボーイや地位のあるものだけが享受できるようなものであり、そしてそれは「信頼できる、政治的に無害な、現状維持派に対する褒美」なのである。女性を男性の慰み物としている、このテクノクラシーの戦略は明らかに女性の地位を卑しめるものであるが、このような観点から見るとアンジェラはその戦略の道具となっていると言える。そして、たとえウォリスが言うように、彼女が恋愛関係において主導権を握り、自らの目的を果たしているとしても、その主導権は父親の経済力に大きく依存しているということを考慮すると、彼女は真の女性解放の精神をパロディ化していることになろう。

最後にサムラー氏は父親の病院に駆け付けたアンジェラに対して、その挑発的衣裳を批判し、父親に許しを乞うべきだと提言することで、彼女のプライドを傷付け、怒りを買う。しかしグルーナー家に経済的に依存していることをほのめかす彼女を敵に回すべきではないと感じつつも彼は説得を続ける。ここには女性は少なくとも私的生活においては十分に強くなっており、むしろ、女性としての慎みと優しさ、愛情が失われつつあることのほうが懸念されるという、ベローの女性解放運動に対するやや偏った見解が窺われる。また、「何百万もの堕落した女が資産で暮しているのを見ていた。おろかしい、でなければ地上の富を浪費しているだけの女たちが」（七八）と言うサムラー氏の言葉には女性に対する蔑視と敵意すら感じられる。

終りに

これまで六〇年代のアメリカ社会における様々なテーマのパロディを見てきたが、パロディは道化と同様、そのうさんくささと卑俗性、さらには非正統性、非嫡出性、否認知性ゆえにしばしば笑いの対象となり、卑められてきた。しかし逆にそれゆえに大胆に直接的に真実を語り、隠された現実を暴露することも可能である。このような観点から見るとこれらの様々なテーマを持ったパロディはアメリカ社会のいくつかの局面を明らかにし、現実を浮き彫りにしていると言えよう。しかし、ここでさらに問題にすべきは様々な真理や真実がパロディ化され、あるいはパロディにならざるをえない現状であり、それは多くの矛盾をはらんだ、どこかが狂った、非人間的、抑圧的状況である。

彼らはみんな面白がっているのだ!ウォリスもアイゼンもブルッフも。アンジェラにしても。彼らはやたらに笑いもする。親愛なる兄弟たちよ、みんな一緒に人間になろうではないかというわけだ。みんな揃って娯楽場に集まり、この死ぬに決まっている道化た人間という役割をお互い演じあおうではないか。身近なものたちを楽しませてやろうじゃないか。……全てが慈善、純粋な慈善行為なのだ、世の中の現状や生きるということの盲目さを考えると。これではぞっとさせら

れる！耐えられない！やり切れない！生きている間はお互いに気を紛らわせあおうではないか！（二九四）

これはまさにサムラー氏のこの惑星に対する悲痛な心の叫びであり、やや極端な感もあるが、それゆえに一層彼の絶望の深さと心の混乱を強く表わしていると言えよう。

第八章　『フンボルトの贈り物』論

9　フンボルトの贈り物としての『フンボルトの贈り物』

「かつてオルフェウスは石や木を動かした。しかし現代の詩人は子宮切開の手術もできなければ、宇宙船を太陽系の外に送り出すこともできない」(1)とベローは『フンボルトの贈り物』のなかでチャーリー（Charlie）に語らせている。このように科学万能の時代としての現代は、精神性を追究する芸術家にとってはまさに苦難の時代である。この小説には世間に受け入れられない芸術家の窮状がアメリカを背景に描かれており、「真の芸術家とは何か」とか、「芸術家はいかに生き残るべきか」といった問いに対する解答が呈示されている。このような観点から見る時、この小説は二〇世紀における芸術家救済のモニュメントともなり、そのエピグラフとも言えるこの「フンボルトの贈り物」というタイトルについては一考の価値がある。

では一体フンボルトのギフトとは何であろうか。この問題に関してはこれまで様々な解釈がなされている。J・クレイトンは次のように言う。

Humboldt's *gift*　このタイトルは二つの意味を持っている。一つは混乱の世界と戦うための詩的力という意味での彼の才能であり、もう一つは遺産という意味でのギフトであり……不滅の暗示である。(2)

また彼は「或る意味ではフンボルト自身が贈り物である」(3)とも言う。M・ブラッドベリーは「遺産は現代的芸術形態を見つけることである。ベローはこれを後期近代喜劇に見い出している」(4)と言う。R・ダットンによればこのギフトとは「心の平和」であり、ベローはこのタイトルを、「心の平和はギフトとして訪れる」というホワイトヘッドの句からとったのではないかとする。(5)

このような解釈は、もちろんすべて可能であろうが、もしギフトを贈り物ととるならば、具体的にはフンボルトの手紙とコーコラン（Corcoran）の物語（以下「コーコラン」）の梗概である。また、作中大ヒットした映画『カルドフレッド』のシナリオも彼の贈物と言ってもいいだろう。しかし究極的意味においては、フンボルトの贈り物とは『フンボルトの贈り物』というこのテクスト自体であると考える。つまり簡単に述べると、「コーコラン」と『カルドフレッド』に見られる様々なテーマや構造及び芸術的テクニックを生かし、「フンボルトの贈り物に対するプレフィス」と呼ばれている「長い手紙」の中の意義深いメッセージをヒントにしつつ、チャーリーが作り出したのが「コーコラン」のシナリオならぬ、このテクストである。

当然チャーリーのこのテクスト生成については詳細な説明が必要であるが、そのまえに上記の三つの贈り物とテクストとの大まかな関係を明らかにしておきたい。

『フンボルトの贈り物』は「フンボルトの物語」と「チャーリーの物語」という独立した二つの物語を持っている。前者は詩人フンボルトとニュー・ヨークについての話であり、チャーリーの思い出の形で語られている。後者は作家チャーリーと主としてシカゴについての話である。そしてこの二つの物語を繫ぎあわせて一冊のテクストに仕立てているのが「フンボルトとチャーリーの物語」であり、このテクスト全体の枠組ともなっている。チャーリーは語り手としてこれら三つの物語を語る際に、前二者、つまり「フンボルトの物語」と「チャーリーの物語」には「コーコラン」の梗概を、後者には『カルドフレッド』のシナリオ及び映画を生かしている。この梗概に関して、フンボルトは手紙の中で「僕はずっと君のことを考えながらこれ〔「コーコラン」の梗概〕を書いた。君も僕のことを思い出しながらやれば、これをいいシナリオに仕上げられると思うよ」（三四六）と言っているが、前二者の物語に関しては、チャーリーはまさにこの遺言に従っていると言えよう。このようにフンボルトのメッセージは様々な面でチャーリーのテクスト生成に重要な働きをしている。

フンボルトの心からの贈物であるコーコランの梗概は八つのセクションから成る短いものであるが、「愛と裏切り」、「結婚」、「アメリカにおける芸術と商業主義」、「自然と文明」といった様々なテーマが詰め込まれている。しかしメインテーマとなっているのは「愛と裏切り」であり、これを軸にストーリーは次のように展開する。

コーコランと天使のような娘ラバーン（Laverne）は恋に落ち、美しい南の島へ恋の逃避行を試みる。彼らはそこでロマンチックで「奇跡のような一か月」を過ごす。悲劇（或いは喜劇）は彼が作家であり、妻帯者であることから始まる。彼はこの経験をもとに「詩と美にあふれた」素晴らしい本を書く。しかしこの本を出版すると全てが明るみに出、「結婚」が破綻してしまう。そこで彼は出版代理店の男ビグーリス（Bigoulis）の勧めにしたがって妻とともにその旅を再現することにする。これを知ったラバーンは彼の裏切りを激しく責め、彼のもとを去っていく。一方妻のほうも彼の裏切りに気付き、離婚訴訟を起こす。最後に彼に残されたものは作家としての「大きな成功」だけであった。

この「裏切り」の伏線となっているのが「結婚」あるいは「芸術と商業主義」のテーマである。何故彼は二人を裏切ることになるのか。「コーコランは素晴らしい本を書くだけの想像力を持っていながら、中産階級的態度の奴隷になっているのだ」とフンボルトは言う。つまり結婚という、今やベーコン言うところの「種族の偶像」に成り果てた制度に彼は縛られているというのだ。さらに不幸なことに彼はこの「女によって苦しめられること」が無ければアメリカ人としてのアイデンティティを失ってしまうと考えているのである。また、彼は作家である。「出版しないことは彼自身を殺すことになる」“Publish or Perish”の国アメリカにおいては、自分のプライバシーばかりか他人のプライバシーを売ってでも、作家として成功するためには本を出版しなければならないのである。

この問題はさらにビジネスの国アメリカの物質主義に支配された現実を露呈することになる。出版代理店の男ビグーリスは「十万ドルの手数料」をふいにしたくないために、先回りして島の酋長たちにパンティストッキングやポケットコンピューターなどをプレゼントし、逃避行劇再現の御膳立をして回る。つまり、この国では芸術作品と言えども利益を生み出す商品と見なし、利益追求のためには如何なる茶番でもやってのけるのである。そして文明の品々で酋長たちの協力を得ることに成功したビグーリスはこれに味をしめ、この美しい南の島を世界最大のリゾート地にしようと夜な夜なテントの中で計画を練る。まさに物質主義精神の象徴とも言える彼の行いは、文明の自然破壊という問題を浮き彫りにしている。

しかし一見恋の悲劇とも、あるいはシリアスな問題劇ともなるはずのこの物語を喜劇に変えているのはこの逃避行劇の再現である。この際ビグーリスの果たす役割はもっとも大切であるので、フンボルトはこの役を喜劇の天才、ゼロ・モステルに演じさせるように指示している。このキャラクター自体が生み出す笑いももちろん重要であるが、この再現劇の最大のおかしさは、同様の場面を違ったカップルが演じることから生じる。特に天使のような娘ラバーンとコーコランが、まさに幻想的な「クーブラカーン」の世界、ダルシマーを奏でるアビシニアの乙女の登場するあの幽玄の世界で醸し出す詩的荘重さは、コーコランと「でっぷりとしたオールアメリカンタイプ」の彼の妻、ヘプティバ (Hepzibah) というカップルによって再現されるどころか、その背景と人物の組み合わせを考えただけで笑いを引き起こすことは必定である。「おお何という違い！　今や全てパロディ、冒とく、意地悪な笑いだ」この言葉がこの笑いの全てを語っている。

この笑いについてフンボルトが「僕のユーモアの感覚が古風なお辞儀をしながらモリエールの世界

から僕のまえに現われてくる」と手紙の中で述べているように、この梗概を書く時の彼はモリエールの喜劇の世界を思い起こしていたのではなかろうか。ベルグソンはその著書『笑い』の中で、モリエールの作品には同様の場面の繰り返しによる笑いが見られると述べており、さらにその同様の状況において登場する人物が変わり、その移調が醸し出すおかしさについて説明している。[6]「コーコラン」の笑いもまさにこの繰り返しによる移調から生じるおかしさである。

この喜劇的要素はフンボルトがこの梗概を書く際に強調したかった点の一つである。「前置き」の中で彼は言う。「君に作家として言っておくが――僕達はこの少し風変わりなアメリカというボディに芸術的衣裳をぴったりと着せようとしてきたのだ。この怪物のようなマンモスの身体、そのがさつな腕や足を覆ってやるには魔法のベールの布地が足りなかったってわけだ」(三四二)つまりアメリカの現実を背景に、ある古典的テーマを発展させようとする時、その現実の特異さ――社会学的特質――ゆえに必ずや不適合な部分、はみ出す部分が出てくるということを示唆しているのではないだろうか。例えばアメリカの現実を背景として、「愛と裏切り」のテーマを従来の格調高い悲劇に仕上げるのは困難であり、たとえ仕上げたとしても現実感が多少損なわれてしまうのではないだろうか。

さらにフンボルトは自分の体験から積極的に喜劇の効用を説いている。精神的にも肉体的にもぼろぼろになり、もはやプラトンの『パイドロス』を読むことができなくなった彼は次のような解決策を手紙の中で呈示している。

もし知性が肉（パイドロス）を消化することができなければ、ラスクと暖かいミルクを加えてとろ火でことこと煮ればいい。（三四〇）

さっきのラスクとミルクの件だが、大きい仕事は明らかに今は僕の手に負えない。しかし奇妙なことに僕のウイットは昔のままだ。……つまり僕のユーモアの感覚はなくなっていないということだ。（三四二）

ここでフンボルトが示唆していることは彼個人に対してだけでなく、一般大衆にも当てはまる。つまり、仮に大衆が知的で高尚な話を理解できないならば、それにユーモアとウイットというラスクとミルクを加えてとろ火で煮て食べさせればいいということを意図しているのではなかろうか。そしてフンボルトは実際に「コーコラン」の梗概でこの考えを例証して見せたのである。すなわち彼はアメリカの現実に対する様々な批判を込めた問題劇に、ユーモアとウイットを加えてことこと煮て、大衆好みのファース風な外観に変えることに成功している。

ところでチャーリーはこの喜劇的テクニックやテーマを「チャーリーの物語」の中でどのように生かしているだろうか。「チャーリーの物語」においても「コーコラン」同様メインテーマとなっているのは「愛と裏切り」であり、このストーリーに「アメリカにおける商業主義と芸術」、「結婚」、「自然と文明」といった同様のテーマを絡ませている。

フンボルトはチャーリーが彼のパーソナリティを利用して大金を儲けたことを皮肉って、成功するためには神聖なプライバシーも犠牲にするような男コーコランをこの梗概の中に登場させたわけである。このことはフンボルトが「君は『トレンク』を書く際に僕のパーソナリティを思う存分利用してくれた。僕は君から材料を取ってこのコーコランという人物を創りあげた」（三四七）と言っていることからもチャーリーは十分に承知しているはずである。しかしチャーリーは「チャーリーの物語」の中で「愛と裏切り」のテーマを発展させる際に、コーコランとは反対に自分が女に裏切られるというストーリーに逆転させている。つまり、女性に苦しめられている被害者は自分というわけである。コーコランの恋人ラバーンは妻の座を望まない、やや非現実的な理想像であったのに対し、チャーリーの恋人レナータ（Renata）は結婚を強く迫っていたにもかかわらず、彼の金銭的窮乏の兆しを察知するやいなや、他の男のもとに去っていく。フンボルトが梗概の中で「愛と嘘はこの国では共存してきた。真実は致命的でさえある」と言っているように真実はコーコランからもチャーリーからも最愛の人を奪ってしまうのである。

またこの二人はともに結婚によって苦しめられている。チャーリーは知的な女性デニーズ（Denise）と結婚するが、その結婚生活は決して幸せなものではない。彼はアメリカの結婚生活の現状を皮肉って次のように言う。「彼女は僕にアメリカ式結婚の祝福を与えていると思っているのかもしれない。真のアメリカ人は夫はその妻のせいで妻は夫のせいで悩むということになっているのだ」（四二）また「チャーリーの物語」ではこの夫婦の離婚により不幸になる子供達のことにも触れ、貧しくても幸せだった自分の子供時代と対照させている。つまり、物質的には恵まれているが愛の欠如した家庭と家族愛にあふれるユダヤ人家庭とを対比して、現代アメリカ社会の崩壊の一端を描いている。

さらに「チャーリーの物語」では「芸術とお金」というテーマも大きく取り上げられており、物質主義の象徴とも言える人物ビグーリスに代わる人物も何人か登場している。その代表的人物がカンタービレ（Cantabile）であり、友人のザクスター（Thaxter）や兄のユーリック（Ulick）もこの中に含まれる。ただ「カリカチュアが行き過ぎにならないように気を付けろよ」というフンボルトのアドバイスを取り入れて、これらの人物が愛情をもって描かれているために極端な人物像は避けられている。

この「金と芸術」の結び付きに対して、皮肉にも金儲けにしか興味のないようなユーリックが鋭く批判している。彼は「芸術なんかくそくらえ」と言いつつも、「芸術が大金を生み出すようになった途端にこの国は厄介な方へ向かっている……」と言う。

このように「チャーリーの物語」はアメリカ社会の崩壊の一角を露呈しており、「コーコラン」同様、悲劇的或いは問題劇的要素を持っている。しかし実際のところ、「チャーリーの物語」もまた喜劇に仕立てられている。この喜劇性の第一の要因はチャーリーの持つキャラクターの両極性にある。彼は難解な哲学的思考をし、瞑想に耽り、不滅の霊魂について考えたりする反面、クラブでラケットボールのベストプレイヤーになることを夢みたり、またレナータとの「エロティックな生活」を絶対失いたくないと考えているような俗物でもある。つまり高尚さと卑俗さという対照的特質を持っている。彼女に夢中になり、良いように扱われ、挙句の果ては捨てられてしまう寝取られ男のチャーリーは、まさにシュレミールの役を演じているわけである。これだけでも笑いを引き起こすに足る要素であるが、この笑いを倍加しているのは高尚な人物から卑俗な人物への貶めである。ベルグソンによれば、この貶めも荘重なものから卑近なものへの移調の一種であり、ここにも「コーコラン」同様、移調による笑いが生じる。

またレナータとの会話に彼本来の高尚さを持ち込むと、そこにも笑いが生じる。例えば彼が「過去二、三世紀の思想が云々」と言い出すと「熱があるんじゃない」とか「舌をかみ切りそうね」といった合いの手を入れる。このふたりの会話全般においては彼女のウイットに富んだ応答もさることながら、間違った組み合わせによって生じる笑いがある。つまり本来あるべき高尚な調子（これは我々は本能的に知っているとベルグソンは言う）が卑近なものに変わるという、移調によるおかしさである。これと同種の笑いを生み出すのがネイオミ（Naomi）との会話である。彼が「退屈」に関する形而上的話を展開したあと、「彼女は彼を可哀想に思い、『おお、チャーリー』と一言だけ言って顔を覗き込み、手を軽く叩いた」のである。カンタービレとチャーリーの関係も同様で、チャーリーの知的な話題に対する、無知で卑俗なカンタービレの対応にもやはり移調による笑いが生じる。

この種の反応は我々読者に相通ずるものであり、我々をほっとさせる。形而上的な話を延々と続けられたら恐らく一般読者は退屈してしまうだろう。しかしこの種の卑近なものを組み合わせることにより、読者に読み進んでいく活力を与えている。まさにフンボルトの言う「ラスクとミルク」であり、彼が引き合いに出しているブレイクの「知性の糧としての笑い」である。チャーリーはフンボルトが手紙の中で示唆している喜劇の本質を汲み取り、「コーコラン」の梗概を参考にして見事にテクストの中に笑いを持ち込んでいる。そうすることにより、種々のシリアスなテーマが語られているにもかかわらず喜劇風に仕上っており、一般読者の共感を得ることに成功している。

この作家と大衆との繋りという問題はこれまで多くの芸術家が大なり小なり遭遇してきた問題であるが、「フンボルトの物語」のテーマもこの「人々に理解されない芸術家の苦悩」である。この芸術家の運命についてフンボルトはコーコランの梗概の中で次のように言っている。「様々な高級な殉教者のタイプに二〇世紀は茶番的殉教者を付け加えた。これが芸術家だよ。人類の運命において大きな役割を演じようとした彼はろくでなしのお笑い草的人間になるのだ」(三四五) ここでフンボルトは自分自身の運命について語っている。ロドリゲスも指摘しているように、「ろくでなしのお笑い草」というのはまさにフンボルト自身なのである。(7) 「しかし」とフンボルトは言う。「これ〔茶番的殉教者としての詩人というテーマ〕は我々の映画には入れる場所がない」(三四六) そこでチャーリーは「僕のことを思い出しながらこのシナリオを書くといいよ」というフンボルトの勧めに従い、『フンボルトの贈り物』の中でフンボルトを主人公にしてこのテーマを発展させており、これが「フンボルトの物語」となる。

この「フンボルトの物語」の中でチャーリーはフンボルトの詩人としての盛衰を語りつつ、ビジネスとテクノロジーの国アメリカの、芸術に対する理解のない貧しい土壌を批判している。この国においては科学やテクノロジーの発展に寄与できない詩人の精神的力などというものは無用であり、「詩人が愛されているのは彼らがこの世で成功できないからである」(一一八)この現実に気付いた時、詩人は「幼児性、狂気、アル中、絶望」に陥るわけである。フンボルトの場合も「自分の才能が認められていることを感じたかった」のであり、「自分の回りに感じている空間は埋めることができない」(三七一)という疎外感に悩まされていた。そして精神のバランスを欠いた彼は酒や薬に救いを求め、精神的にも肉体的にもボロボロになってしまうのである。フンボルトは「僕には大きな重荷に耐えるだけの気力がなかったのだ」(三四二)と自分自身の失敗に気付き、梗概の中で次のように言う。

芸術家——苦悩者が……敗北を認め何も主張しなくなった時、自分自身の意志を押え、現代の真実という地獄に行けという命令に従うようになった時、彼は再びオルフェウス的力を取り戻すだろう。(三四六)

一方チャーリーはこの問題に関して、より積極的な見解を呈示しているように思われる。即ち詩人は集団的現象に負けない、強い独立した意志をもち、「自らの頭脳のつまらない力だけを頼りに行動すべきである」と示唆し、「持つべきものを持ち、やるべきことをやってのけたのは精神的自由人、W・ホイットマンだったのだ」と結論付ける。

ところでこの「フンボルトの物語」と「チャーリーの物語」の外枠となっているのは「フンボルト

とチャーリーの物語」であるが、この物語はフンボルトのもう一つの贈り物である『カルドフレッド』を参考にしている。『カルドフレッド』はフンボルトとチャーリーがプリンストンにいた時に作った映画のシナリオで、フンボルトが「これは二人の合作だから僕の贈り物というには安っぽいというわけだ」と言うように、厳密な意味では彼の贈り物とは言えないかもしれない。しかしチャーリーがこれを全くの「オチャラカ」、「子供騙し」と言っているのに対し、フンボルトは「これは古典になるだろう」と言い、その価値を高く評価している。そしてこの映画の大ヒットによりもたらされた多額のお金は、経済的に窮していたチャーリーにとってまさに天の恵みとも言うべき贈り物であったかもしれない。しかしこのお金以上に大事なことを、『カルドフレッド』のシナリオ及び映画はチャーリーに教えている。

『カルドフレッド』はチャーリーとフンボルトが意図したように一見「ボードビル的笑劇」に仕上がっており、その笑いで観客を魅了し大ヒットを収めたわけであるが、この物語からその喜劇的、科学的、そして政治的要素を取り除くと、一人の老人の犯した罪、その精神的苦悩と懺悔に至る過程及び最後の村人たちとの人間愛にあふれた和解というメインプロットを取り出すことができる。そしてその中に映画の雰囲気とはおよそ程遠い「罪と罰と許しと和解」という古典的テーマを見出すことができる。ただ『カルドフレッド』の場合は現代の民主主義を反映して、神との和解の場面に村人たちの公聴会が付け加えられ、そこで老人の弁護をした若者の言葉は明らかに進化論を反映している。若者は言う。

「考えてみたまえ。我々の祖先が何を食べていたかを。猿として、もっと下等な動物として、そして魚として。……しかも我々が今生きているのはその動物たちのおかげなのだ。」（一八二）

このようにラストシーンは古典的テーマに現代の社会的、科学的要素を付け加えてパロディ風に仕上げられている。

また『カルドフレッド』の持つ特質の一つにコントラストのテクニックが挙げられる。まずカルドフレッド（Caldofreddo）という老人の名前自体が対立する言葉を組み合わせたものである。つまりイタリア語でカルドは冷たい、フレドは熱い、暖かいという意味であり、カルドフレッドは「冷暖」というオキシモロン的言葉である。これはカルドフレッドの中にある冷酷な心と暖かい心の共存性を意味しているのではないだろうか。冷たい北極にあっては人肉を食べるという非情な心の持ち主であった彼も、暑いシシリー島にあっては子供たちや村人に愛されている暖かい心の持ち主である。このことは我々人間の心の中にしばし相対立する要素が共存していることを暗示している。その他、生と死、成功と失敗、自然と文明のコントラストも際立っている。(8)

このコントラストのテクニックに加えて、『カルドフレッド』で注目すべきはやはりその喜劇的要素であろう。観客がげらげらと笑うのを見て、チャーリーは何か重要なことに気付く。彼は言う。「それ〔この映画〕は大した偉業ではない。……それでも何かがそこにある。それは何百万、いや何千万の観客を喜ばせている」（四六二）一方、この喜劇の大衆に及ぼす効果を既に知っていたフンボルトは、手紙の中でこの作品を高く評価し、前述の如くラスクとミルクのたとえを用いて喜劇の効用を説いているのである。つまり、笑いを持ち込むことにより、宗教的、政治的、道徳的色合を濃くすることなく、人々に自然に人間愛や現在の世界の状況等について訴えかけることができる。このことをチャーリーは実際に人々の笑いを聞きながら感じ取ったのではないだろうか。

「フンボルトとチャーリーの物語」のテーマも『カルドフレッド』同様、「罪と罰と許しと和解」である。チャーリーはフンボルトがベルヴュー病院に収容されているとき見舞いに行かなかった。フンボルトはこのことを手紙の中で大袈裟にも「罪」と呼び、その「罰」として義兄弟の契りに取り交わした白紙の小切手で、チャーリーの口座から多額のお金を引き出したという。一方チャーリーはフンボルトの死ぬ二、三ケ月前に落ちぶれ果てた彼を見かけたが、気付かれる前に彼を見捨てて逃げてしまった。成功者としての自分が気恥かしかったせいもあるが、それ以上に彼の上に覆いかぶさっている死の影に怯えたためである。この時の罪悪感はこの後ずっと彼を苦しめ続ける。しかしフンボルトは手紙の中で「君は全くのろくでなしであると同時に実にいい奴なのだ」と言って彼を許している。クレイントンも「この手紙と遺産を和解の行為である」と言っているように、確かにこの時点でフンボルトとチャーリーの間の和解は成立している。しかしフンボルトの知らないチャーリーの本当の罪、死にかけている友を見捨てたことに対する神の許しはまだ下りていない。神との和解はラストシーンのフンボルトの葬式の場面で成立する。即ちフンボルトの頼みであるウォルドマー（Waldemar）叔父の面倒をみ、フンボルトをデスヴィルからヴァルハラ・セメトリー（ヴァルハラは「国家的英雄を祭る殿堂」という意味をもつ）に再埋葬することでフンボルトに対する罪悪感から解放され、同時に神の許しを得ることができたのである。

このように「フンボルトとチャーリーの物語」には二つのレヴェルの「罪と罰と許しと和解」のテーマが存在している。後者のチャーリーと神との和解は確かに古典的レヴェルでの展開であるが、前者のフンボルトとチャーリーの間の和解は古典的テーマのパロディである。そしてこのパロディの方を前面に押し出すことにより、後者の罰、つまりチャーリーが感じている罪悪感が読者に与える重苦しさを軽減している。

このテーマのみならず、「フンボルトとチャーリーの物語」には『カルドフレッド』のコントラストのテクニックも生かされており、生と死、成功と失敗、自然と文明、一人の人間の中の対立的要素といった共通の対立ペアが見られる。しかし「フンボルトとチャーリーの物語」においてはチャーリーは単に対立項の一方を強調するためにだけこれらのペアを並べているわけではない。ここで重要なことは彼はこれらのいくつかに対して明確な対立の止揚を試みていることである。また、語りの構造にも『カルドフレッド』同様、過去と現在のコントラストが効果的に生かされている。

以上のような観点からフンボルトの贈り物とは、チャーリーが「コーコラン」の梗概と『カルドフレッド』のシナリオ及び映画を様々な形で利用して作りあげた、『フンボルトの贈り物』というテクスト自体であるという結論を導き出したわけである。このような読みの持つ意義は、芸術的センスにあふれた、才能豊かなフンボルトの像を鮮明に浮かび上がらせることにあり、ひいてはフンボルトのモデルとされているデルモア・シュワーツの再評価にもつながるものである。ベローはこの作品のなかでシュワーツを貶めているという批判があるが[9]、これとは全く逆に、ベローはこの作品をシュワーツへの鎮魂歌として上梓したのではなかろうか。

10 「シカゴ」を解読する

「シカゴ出身の作家」としてベローはこれまでシカゴを好意的に語ってきたように思われる。特に『オーギー・マーチの冒険』においてはそのなかの様々な悪の存在にもかかわらず、シカゴが非常に生き生きと描かれているということは多くの批評家が認めるところである。しかし一九八一年にオックスフォードで行なった講演においてベローは"[C] ontemporary Chicago was beyond me."(10)と述べ、シカゴに対するアンビバレントな気持を告白している。ベローのこのシカゴに対する複雑な感情は『フンボルトの贈り物』における主人公と同様のものである。物語の比較的初めのところで「シカゴ出身の作家」チャーリー・シトリーンはシカゴに対する自己の認識が突然崩壊してしまったことを告白している。

また、ベローは講演の第二部("Variations on a Theme from Division Street")の冒頭で当初はこの題目を"Division Street Revisited"にしようと考えたと言っているが、主人公のディヴィジョン・ストリート再訪は物語のなかで最も重要な出来事のひとつである。このように主人公や物語の状況設定、あるいはテーマ等、物語と講演の内容は多くの点で類似している。というよりはむしろ講演でベローが語っていることは既に物語のなかでチャーリーが考えたり、行動したりしているのである。これは多少不自然な程であり、予表論を意識したベローの作為性を感じさせる。また、物語のなかで旧約聖書を想起させる言葉がいくつか見られること等（例えばチャーリーのかつての恋人は"Naomi"であり、出版予定の雑誌は *The Ark* であり、彼の兄は"a reverse Noah"と表現されている）、ベローは解釈の糸口をあちこちにちりばめ、アレゴリー作家がよくやるように無様にその手口をさらけ出しているように思われる。(11) 本論においてはベローの講演と物語のなかにちりばめられた聖書およびシカゴの歴史に関する言葉を手掛かりに『フンボルトの贈り物』における「シカゴ」を解読してみたい。

ベローはロシア系ユダヤ人移民の子供としてカナダのモントリオール郊外のラシーヌ村に生れ、一九二四年、九才のときにアメリカに移住してきてシカゴに住むことになる。二〇年代のシカゴは禁酒法下でアル・カポネに代表されるギャングが暗躍し、またアメリカ産業資本主義の象徴とも言える摩天楼（トリビューン・タワーやリグリー・ビル）が建ち、大都市シカゴに成長していった時代である。しかし一方で二〇年代のシカゴは一世、二世の外国人の割合が最も高く、ニュー・ヨークと同様まさに移民の町であり、「シカゴの最もカラフルな時代の一つ、シカゴの多くがヨーロッパの縮図とも言える時代であった。町は多くの文化で豊かに彩られ、多数の言語の音やエキゾティックなドレス、種々の民族的な店、学校、教会、シナゴーグ、劇場、キャフェ、コーヒーハウスそして新聞でいっぱいだった」[12]まさにアメリカ的繁栄と様々な民族文化が同時に存在し、独特な町シカゴを形成していた時代であった。

ベローは『オーギー・マーチの冒険』のなかでこの移民の町としてのシカゴを肯定的にそして躍動的に描き出しているが、一方『フンボルトの贈り物』においてはこの二〇年代のシカゴ、特にディヴィジョン・ストリートの思い出を直接的に描き出しているというよりはむしろ有機的に活用しているように思われる。この作品のなかで、また作品の形成過程においてディヴィジョン・ストリート（以下、D・S）が果たしている最も重要な役割は様々な不一致（discrepancy）あるいは差異を作りだしていることである。（例えば、思い出のなかの二〇年代のD・S対現在のD・S、シカゴの都市部対D・S等）そしてベローはこの差異を認識し、これをいかに解釈し、克服するかを考慮するところから現実の様々な問題に対する解決策を見出している。

この作品から六年後の前述のオックスフォードでのベローの講演はまさにこのディヴィジョン・ストリートの思い出の有機的活用法を跡付けしてくれている。講演の冒頭でベローはこれまでの自分のシカゴに対する認識は間違っていたと告白し、そしてそれは誤った自己認識によるものであるとしている。すなわち、自分はこれまで自分のことをシカゴ人であると言ってきたし、またシカゴの影響下に置かれていると思っていたが、それは自分自身がシカゴにおいて確固たる地位を得たいと思っていたからだと述べている。また、若き作家としてシカゴに対してホイットマンのアメリカ礼讃的態度で臨んできたと言う。つまり、移民の子として、シカゴの人々に遅れることなく、時と空間を克服してゆくために商業物質主義や富や科学の必要性を認めてきたというのである。(13)

しかし現在のシカゴの状況はあまりに酷く、かつてベローが行なったホイットマン的受容は不可能になってきた。そのとき偶然にもテレビ局の仕事でディヴィジョン・ストリートを訪れることになり、思い出のディヴィジョン・ストリートと現在のそことの違いにあらためて愕然とさせられ、様々な思いにとらわれる。そこにかつてあったヨーロッパ文化の色合いは全く無くなり、麻薬密売人があちこちに見られ、大きな麻薬取引所もある。また昔もスラム街であったわけだが、さらにもっとスラム化が進み、昔の建物は次々に取り壊されていっているという状況であった。

このようなディヴィジョン・ストリートを見たあと、ベローは改めてシカゴの現実の酷さと物質的繁栄に比例した精神的崩壊を認識し嘆きつつも、自分は決してシカゴの敵ではないし、またこのシカゴを今更見捨てる事はできないと感じていると言う。またシカゴに対する作家としての態度を次のように表明している。

シカゴを題材にすることは少なかったのですが、そこで長年、執筆活動を行ってきた者として、私には「シカゴ」が私たちに教育し、信じさせようとするものと、実際の生活に愛着を持つことによって私たちの心が求めるものとの間の差異に、注意を向ける権利があります。立派な建物がそびえたつ中心街ループと荒廃したディヴィジョン・ストリートの間のこのギャップは、私たちに思いがけない利点をもたらすのです。すなわち私たちを型にはまった認識から解き放ち自由にしてくれるのです。解放し、再考させてくれるのです。誤った常識は私たちの足をすくませるのですが、それと同時に、こうした失敗や荒廃によって私たちは魂の解放を手に入れるかもしれないのです。(14)

ベローのこの「シカゴ」の読みの過程を我々は『フンボルトの贈り物』の中にそのまま見ることができる。

物語の比較的初めのところで主人公のチャーリー・シトリーンはシカゴに対する自己の認識が突然崩壊してしまったことを告白する。彼のメルセデス・ベンツが夜の間に何者かに見るも無残に叩き壊されてしまったのだが、シカゴのやくざは決してメルセデス・ベンツのような車には手は出さないというのが都市学者を自認する彼の持論だったのである。ここから彼のシカゴ再探訪が始まる。彼は偶然にもかつて自分が住んでいたディヴィジョン・ストリートを訪れる。皮肉にも彼のベンツを目茶苦茶にしたチンピラやくざのカンタービレにいかさまポーカーで負けた金を支払う為にディヴィジョン・ストリートのロシア風呂で会うことになったからである。そこはかつてポーランド人が多く住んでいたが今や圧倒的にプエルト・リコ人が多くなっている。そして昔は赤や栗色や緑色に塗った小さなレンガ造りのバンガローが建っており、壊れたボイラーを二つに切った花壇に燃えるようなゼラニウムが植えられていた。このような鮮やかな色彩を思い浮かべつつ訪れたディヴィジョン・ストリートはかつての面影を全く留めておらず、見捨てられ、荒廃した通りになっていた。このような変わり果てたディヴィジョン・ストリートにあまり変わらずに残っていたものがあり、それがロシア風呂だった。

子供の頃、私は父親と一緒にロシア風呂へ行ったことがある。その古い建物はまだそこに残っていて、熱帯地方よりも熱く、魅力的に老朽化している。（五八）

しかし、私がリナルド・カンタービレに会う約束をしたロシア風呂はあまり変わっていなかった。……私は子供の頃からその場所を知っている。私の父はスワイベルおじさんと同じで、使い古しのピクルス用のバケツで泡立てた樫の葉で体をこすると、健康的だし血管のためにもよいと信じこんでいた。そのような時代遅れの人間がまだ、近代化を拒み、足を引きずりながら生きているのだ。（七七）

我々はここでこのロシア風呂こそ古き良き時代のディヴィジョン・ストリートの精神、すなわち様々な国からやって来た移民が裸で集い、触れあいの心を大事にするような原初的コミュニケーションの象徴として描かれているのだと確信する。そしてまだ変わらずに残っているものがあったと安堵感を覚える。

しかしこの安堵感はすぐに裏切られることになる。チャーリーはここでカンタービレに会うやいなや、急に腹の調子が悪くなったカンタービレにトイレの個室に付き合わされ、聞くもおぞましい音を聞かされ、見るも不快な光景を見せつけられることになる。また、そこに備え付けてあったローラータオルは「ケーキみたいに固まっており」、不潔で気持が悪くなるほどであった。さらに地下の冷水プールの水は「年がら年中一度も変えたことがなく、ワニの住みかもかくや」という有様だった。ただトイレ係のジョー（Joe）という年とった黒人に目を引かれ、「この老人は私達皆にはるか遠くの雄大な問題を思い出させるためにそこに居るのだ」とチャーリーは思う。

このあと、カンタービレにプレイボーイ・クラブやハンコックビル等、アメリカの進歩と発展の中心的担い手としての「シカゴ」の象徴である超高層ビルに連れていかれる。ここはまさにディヴィジョン・ストリートとは対照的に未来を約束するハイテクと産業資本主義による富の輝かしい展示場である。しかしその一見偉大な外観とは裏腹に内部ではシカゴの様々な悪が暗示され、また俗物連中が集まっており、「文化のないシカゴ」、「堕落したシカゴ」をしっかりと認識させられる。

この偶然のシカゴ再訪の結果明らかになった思い出のディヴィジョン・ストリートと現実のそことの不一致、また現在のディヴィジョン・ストリートと都市部（ループ）[15]との不一致をまざまざと見せつけられ、チャーリーはシカゴに対してアンビバレントな気持になる。

私は、昔、（宇宙という座標系に従って）自分がどこに立っているのかわかっていると思っていたことに気づいている。しかし、私は間違っていた。……しかし、今の私には私がシカゴの一部でないと同時に、十分にそれを超えてもいないということがわかった。そしてさらに、シカゴの物質的で日常的な利害や現象が、私にとって十分に生き生きとした現実性を持っていないだけでなく、象徴的にも十分に明確さを持っていないことがわかった。すなわち、私は生き生きとした現実性も象徴的な明確さも持っておらず、しばらくの間、私は完全に宙ぶらりんの状態にいるのだ。（二六〇）

ここで問題にすべきことはチャーリーのシカゴに対するメトニミー的とらえ方である。すなわち彼のシカゴとは思い出のデヴィジョン・ストリートであり、移民の町シカゴなのである。アメリカの進歩と発展に大きく貢献してきたのはまさにこの移民のエネルギーであった。たとえシカゴが世界中の人々から「血と切り離せない」ギャングの町と思われていてもそれはある種のルールに則った悪であり、彼にとっては許容できるものであった。つまり、「シカゴ」は語源的に「力強い」という意味を持っているが(16)、この時この語源的意味は「シカゴ」（／思い出のディヴィジョン・ストリート）のメタファーとして機能していたのである。そしてこの思い出が壊されないかぎり彼のシカゴに対する認識は変わることはなかったのであるが、今回のディヴィジョン・ストリート再訪でまさに廃墟と化したその地を見たとき彼のシカゴに対する認識は崩壊してしまい、「シカゴ」の解説が不可能になってしまったのである。

しかしこの思い出のディヴィジョン・ストリートが「ゼロ記号」となったとき、シカゴの真の認識が可能になる。ベローは「無」に関して次のような示唆に富む発言をしている。

ベロー家の人々が半世紀前に住んでいた家を探して、レモン通りを歩いていると、私は一軒の空き家を見つけた。……そこの周りには空虚さだけが漂い、昔、人が住んでいた気配すらなかった。何も無い。しかしそれはまた、たぶん、身体的にしがみついておくべきものが何もないというようなことなのだ。それによって人は、残っているものを探し求めて、内側へと引き込まれざるをえない。(17)

ここで示唆されているように「シカゴ」再解読の糸口は思い出のディヴィジョン・ストリートによって差異化されている現在のディヴィジョン・ストリートにあるのではないかと推測されるが、そのまえに現在のディヴィジョン・ストリートが差異化しているループについて見当する必要がある。というのもシカゴをメトニミー的に捉えるとしたら、おそらく一般的にはこの都市部こそがシカゴということになると考えられるからである。

前述の如く「シカゴ」は語源的に「力強い」という意味を持っているので、ループ=シカゴという見方をすると「シカゴ」解読が一見容易になる。超高層ビルが象徴している「進歩と発展」の町シカゴ、アメリカの進歩と繁栄の中心的担い手としてこの町を見ると「シカゴ」はまさにこの町に対する象徴的言語と言える。また、シカゴの歴史に目を向けると一八七一年の大火の後、二〇年ほどでコロンビア万博を開催するという復興の早さはこの象徴の妥当性を我々に認識させてくれる。しかしチャーリーはこの明らかな象徴性を今は認めることができないという。おそらくそれはシカゴの別の歴史的事実に目を向けた時その象徴的神話は脆くも崩れ去ってしまうからではなかろうか。カンタービレは回りをスラム街に囲まれた、非常に危険なサウス・シカゴにあるチャーリーの住居を評して「ここはディアボーン砦みたいな状況なんだぜ。しかも銃やまさかりを持っているのはインディアンだけという有様さ」と言う。またチャーリー自身も「私はいまだに私の隠れ家をインディアン（物質主義的）準州のまっただ中にある私のディアボーン砦を準備しているのだ」と言う。カンタービレはおそらく一八一二年にディアボーン砦がネイティヴ・アメリカンに襲われ五三人の男女、子供が殺された事件を仄めかしていると思われるが、これは白人に武力により次々と土地を奪われていった彼らが追い詰められて行なった反撃であった。そしてチャーリーはシカゴは元来その地名が暗示するようにネイティブ・アメリカンのものであり、アメリカのそしてシカゴの繁栄の裏には彼らに対する合衆国の非人道的殺戮行為や武力、「計略、酒、盗みによる」土地の乗っ取り、およびミシシッピ川以西への強制移住があったことを認めているのではあるまいか。[18] またロシア風呂で見た老いた黒人はシカゴの最初の定住者は Du Sable という黒人（混血）であったことを想起させる。彼の父親はフランス人で、母親は黒人奴隷であったが、ディアボーン砦、すなわちシカゴの歴史の始まりよりも以前に（一七七〇年代後半）黒人奴隷の存在があったことを改めて認識させられる。

「虚像と実像のコントラストはまさに象徴というものの辿る運命である」とチャーリーは言う。そして彼自身が「貴方がチャーリー・シトリーンのはずがないわ」と彼の風貌を見てがっかりした女性に言われたこともあり、名前から人々が恣意的に作り出すイメージと実像の違いを実感している。ここでチャーリーは「シカゴ」という言葉の汚れた象徴性を明らかに否定している。

この言語の記号論的問題に対して解決の糸口を与えてくれるのがチャーリーのディヴィジョン・ストリート時代の恋人ネイオミ・ルーツである。彼は彼女のことを「私がこれまで会ったなかで一番美しく、一番完全な女性だったと今でも信じている」と言う。しかし数十年ぶりに再会したとき彼女は名前を言われるまでは気がつかないほど変わっており、太った中年女性になっていた。彼女はアイスホッケーの試合を見るのが大好きで、特に歯が折れるほど殴られる選手がいると大声をあげるのだといい、自分がただの平凡な女性であることを強調し、彼が彼女を美化しすぎていることを指摘する。ここで彼は思い出のなかのネイオミと現実の彼女との間の不一致（／差異）を認識させられる。

しかし再度彼女に会いに行った時、彼女は交通指導員のアルバイトの最中で、雨のなか濡れた両腕を振りつつ、子供たちを自分のそばに集めていた。「近くに寄ってみたとき［彼］はその老けた女性のなかに若い女性を見た」この時チャーリーは思い出のなかの彼女を一瞬垣間見るがそのあと彼女は元の中年女性に戻ってしまう。彼は思う。

そこで、今、私は、本当にこの色あせたネイオミを抱いて彼女を最後まで愛せるだろうか？という微妙で厄介な問題に面目をかけて直面しなければならなくなった。彼女は全く美人ではなかった。生物学的な嵐によって、小突き回されたという格好だ。（無機質の身体は発達する精神によってすり減らされてしまっている）。しかし、これは私が受けてたつことのできる挑戦だ。そうだ、きっと受けてたつことができるだろう。そうだ、きっとうまくいくだろう。分子の一つ一つまで彼女は今でもネイオミに変わりない。（三〇四）

この思い出と現実の違い、そしてその思い出の一瞬の回復という一連の流れを解釈し理解する手掛かりを我々は聖書のなかに見出すことができる。ネイオミという女性は旧約聖書のルツ記に登場する女性であるが、彼女は夫と二人の息子に異郷の地モアブで先立たれ、故郷に戻ることを決心する。この時嫁の一人であるルツは彼女にどうしても付いてくると言う。故郷に戻ったネイオミは歓迎してくれる人々に自分のことをネイオミ（楽しみ）と呼ばずにマラ（悲しみ）と呼んでくれと言う。というのは自分は出て行くときは豊かだったのに戻ってくるときは空手で帰ってきたからと言う。しかしルツは姑のネイオミに非常によく尽くし、ボアズと結婚して彼女に孫を生む。人々はネイオミの家に後継ぎができたことを祝福し、彼女もこの孫（オペラ）を慈しみ育てる。そしてこのオペラの孫がイスラエルの二代目の王のダビデ王である。

ここでもシニフィアンとシニフィエとの関係に関する問題が生じている。確かにネイオミという名前と彼女の状況は最初は一致していたが、彼女が故郷に戻ったとき、彼女の名前と状況はアイロニーの関係になっている。しかしネイオミの美徳とルツの献身はネイオミに再び楽しみをもたらし、さらにイスラエル王の誕生にまで至り、歴史のなかで大きく花開くことになる。この聖書のなかのネイオミのアレゴリー的解釈が示唆していることは真理は一時的には影を潜めてしまい、全くの暗黒の状況となることもあるが、必ずや未来のいつかどこかで自ずと現れてくるということであろう。

ここでこのアレゴリーと前述の象徴との違いを認識することが重要である。すなわちベンヤミンによるとアレゴリーの根本的特徴はその意味の二義性、多義性にある。そしてその意味には時として全く対立する概念も含まれうる。そして記号論と異なる点は時間、あるいは歴史性が意味の変化に関わってくるという点である。しかしおそらく最も注目すべき特徴はその弁証法的綜合である。「すなわち、アレゴリー的な文字のなかに、神学的思考と芸術的思考の戦いから、平和という意味においてよりも、相対立する二つの意見の神の休戦（treuga dei［教会の命による一時的休戦］）の意味において生じきたる綜合」である。[19]

また『フンボルトの贈り物』の中でネイオミが示唆していることは真理はほんの一瞬その姿を垣間見せるが我々はそれを見落としてしまうことがあるということだろう。チャーリーのネイオミに対する愛情がその一瞬を捉えたのである。ベローは一九七六年のノーベル文学賞受賞記念講演で次のように述べている。

芸術だけがプライドや情熱や知性や習慣といったものが取り囲むもの、すなわちこの世界の見せかけの現実を突き通すのです。私たちには見えないもう一つ別の現実、真に純粋な現実が存在するのです。そのもう一つの現実は私たちにいくつかのヒントを与えてくれているのですが、私たちは芸術なしではそれらを感受することができないのです。プルーストはこのヒントのことを「われわれの真の印象」と呼んでいます。[20]

これらを総合して先程来宙づりになっているシカゴの解釈について考えてみよう。まずネイオミ・ルーツをシカゴに置き換えて考えてみるとチャーリーのシカゴに対する決意が明らかになってくる。美しくない彼女（シカゴ）、色褪せた彼女（シカゴ）。先の引用のネイオミを全てシカゴに置き換えてみると数十年ぶりに再び戻ってきたシカゴに対する強い愛情と自らの判断に対する責任感が感じられる。自分はこの荒廃したシカゴを最後まで愛し続けることができるだろうか。実際シカゴは余りにも荒れ果てている。そしてチャーリーはネイオミからチャーリーが瞬時ではあるが捉えた「真の印象」をシカゴから感じとり、それを支えとして、シカゴが本質的には以前のシカゴとは変わっていないのだという確信を得ている。というのもシカゴに住む一人一人は変わっていないのだから。

チャーリーがその愛情ゆえに感じ取ったシカゴの「真の印象」とは水に関係するものである。ベローはこれまで水に対して強い神秘性を付与してきた。例えば『オーギー・マーチの冒険』においてはミシガン湖からの風がオーギーにとって由無く心地よく、[21]また『ハーツォグ』においても主人公は水族館やその他水に関するものに強い執着心を示している。そして『フンボルトの贈り物』においても前述の超高層ビルから見るミシガン湖畔の景色を「途方もなく素晴らしい」(“stupendous”)と言い、ミシガン湖を“the shining gold vacancy of Lake Michigan”と描写し、神秘性を付与しているが、この神秘性こそ「真の印象」と考えられる。またこの時チャーリーが友人のザクスターとともに出版しようと計画している雑誌 *The Ark*(『箱船』)が話題に上り、ノアの箱船、洪水というように水のイメージを喚起すると同時に「創世記」を思い起こさせる。

ここで再びシカゴの歴史を振り返ってみると興味深い事実に直面する。シカゴを含むこの大陸中央部は何百万年もの太古の昔は熱帯の海であり、その時最初の生物が現われ、それらの死骸や多くの生物のからが石灰岩になる。そのあと、海は後退していき石灰岩はそこに残されたまま床岩となり、それを土台にして現在のシカゴのスカイ・スクレイパーは建っている。またその後の氷河期にアメリカ北部は氷河で覆われ、その時ミシガン湖の湖底が削り取られ、約一万三千五〇〇年前に最後の氷河が引いた後、ミシガン湖は姿を現わす。この何百万年、一万三千五〇〇年という数字が示すようにまさにシカゴの現在は太古の昔に通じており、また水に二度も全体を覆われている。すなわち聖書のなかで起きる洪水がここシカゴでは繰り返し起きているわけである。これはもちろん比喩的にではあるが悪のはびこっているシカゴが再び水で覆われる可能性、すなわち、このシカゴから悪が一掃される可能性が暗示されている。

再び「廃墟」と化した現在のディヴィジョン・ストリートに目を向けてみよう。この時現在のディヴィジョン・ストリートをシカゴとして見るならば、「シカゴ」とその語源的意味(「力強い」)はまさにアイロニーの関係となっている。しかし「事物の世界において廃墟であるもの、それが、想念の世界におけるアレゴリーにほかならない」とベンヤミンは言う。そしてそこに残存しているものは「根源的な破壊力にさえ耐えた、という奇跡の証拠である」[22]つまりロシア風呂こそその残存物と見ることができる。「この古い建物は熱帯よりも熱く、香り高く朽ちつつ、永遠にそこに建っている」この「永遠」、「熱帯」という言葉がまさに太古の昔を暗示している。しかし現実に見たロシア風呂の象徴性は無残にも壊されてしまったことは前述のとおりであるが、その時ワニの住みかもかくやという冷水プールがあったことに気付く。要するにこのロシア風呂は古き良き時代の移民の町シカゴの象徴としてではなく、アレゴリーとしてそこに建っているのである。すなわち、「ルツ記」のネイオミという名前がアレゴリーであったように、かつてあったものが今現在は粉々に砕け散ってしまい、ただほんの小さな断片としてのみ存在している。しかし未来において再び姿を現わすであろうということである。つまり「シカゴ」という言葉とその意味が再び一致し、かつてのシカゴが蘇るであろうということを意味している。

そして物語も終り近くになって、チャーリーは兄ジュリアス（Julius）に頼まれ、ヨーロッパで海だけが描かれている絵を探し求めているが、（"Like a reverse Noah, he sent out his dove brother …to find him water only"）、この絵もアレゴリーとして二義的な意味で解釈すべきであろう。海だけの絵、つまりいまだ平和の訪れていない世界を見つけに行くのが弟の役割であり、それをさせるのが兄、すなわちアメリカのビジネス中心社会だとも言える。また、その絵とはタルムードのことでもある。ユダヤ人はタルムードのことを「海」とも呼ぶ。巨大であらゆるものがそこにある。そして水の下には何があるかわからないからである。すなわちチャーリーの為すべきことは彼が当初計画していた芸術や思想に関する才気ばしった文章を載せるという『箱舟』を出すことではなく、物質主義のアメリカ社会の現状の困難をはっきりと認識し、改めて旧約聖書、タルムードに帰り、「シカゴ出身の作家」として、芸術のみが看破できるようなシカゴの真の印象を読者に伝え、神の恩寵を再びこの町に取り戻す手助けをすることである。また、このようなアレゴリー的見方をすることで我々は現在、主流となっている科学的、リアリズム的な事物の捉えかたを捨て去り、あるいは再考することで、別の知覚法、すなわち想像力を回復できるということがチャーリー(ベロー)とフンボルトの贈り物(メッセージ)であろう。

第九章　『学部長の十二月』論

11　閉じられた「都市」と閉じられた「社会」

現代社会において我々はしばしば「開かれた社会」という言葉は耳にするが、「開かれた都市」という言葉はこれまでそれほど口にしてこなかった。それは近代資本主義国家における都市はあらゆる人々に門戸を開放しているという意味において、「都市」という言葉自体がすでに「開かれた」という意味を含んでいるからである。ただ敢えて「開かれた都市」という言葉を使うとすれば、それはソ連崩壊以前の共産主義国家の都市と対比する場合であろう。共産主義体制下における都市は人のみならず、文化、思想、情報の流入、流出に厳しい規制が行なわれており、文字どおり「閉じられた都市」と言えよう。一方、高度情報化時代の現代において、資本主義体制下における都市はますます「都市のスプロール化」あるいは「ドーナツ現象」が進み、「開かれた」というより、むしろ境界そのものが消滅した、まさに「場所なき場所」になりつつある。

しかし「開かれた都市」＝「開かれた社会」という図式は常に成り立つわけではない。というのも、いかに都市が物理的に開かれていようと、そこに住む人々の集合体すなわち「社会」の構成員たちが閉塞感を感じているならば、その都市は決して開かれているとは言えないからである。ベローは『学部長の十二月』のなかで「都市はムードであり、情緒的状態であり、大部分は集合的歪曲である」と言っている。(1) これはすなわち都市とはその都市の住民の感情の集合体であり、さらに言えば、住民全体の無意識の顕在化したものであるということであろう。本章においてはベローのこの都市観を念頭に置き、『学部長の十二月』を再読し、「閉じられた都市」ブカレストにおける「閉じ込め」を鍵にしつつ、シカゴのなかの「閉じられた社会」について考察したい。

(一) 「閉じられた都市」ブカレスト

主人公コルド (Corde) はシカゴの大学の学部長であり、彼の妻ミナ (Minna) はルーマニアからの亡命者であり、世界的に有名な天文学者である。彼は現在ミナの母親の病気の見舞いのためにブカレストに滞在しているが、ここで彼はミナの部屋に「閉じ込め」られており、この都市に対しても息の詰まるような閉塞感を感じている。

ルーマニアの首都ブカレストに漂っている「閉じ込め」のムードは次の如く、「刑務所」という直接的比喩によって明確に表現されている。

年老いた婦人たちが四時に起きて、二、三個の卵、わずかな割当量のソーセージ、三、四個の穴のあいた梨のために行列に並ぶ。コルドは商店と農産物、陰鬱な行列を見たことがあった――灰色、褐色、黒色、泥の色、そして刑務所の庭での強制労働の雰囲気。（五一―二）

このようにコルドはわずかな食料を求めて、早朝から行列に並ぶ市民に囚人のイメージをだぶらせ、かつ、彼らが感じている閉塞感、そして、恐らく彼らの心の奥底に潜んでいるもっていき場のない怒りとも絶望とも言える感情を次の如く表現している。

四方八方からカーペット叩きのパーカッションが聞こえてくる。これでもか！　これでもか！……犬が吠えた。いや、自分たちも一発くらったかのようにヒンヒン鳴いた。それからまた吠えた。犬の叫び、犬の経験領域の狭さに対する抗議（お願いだ、もうちょっと宇宙を開けてくれ）――という風にコルドは感じた。自分自身が閉じ込められている身だ。町をぶらつくことはできたかもしれないが、ミナは秘密警察が検挙するかもしれないと心配して許さなかった。……彼は家にじっとしていた。（一〇）

この自由を求める悲痛な叫びとも言える犬の鳴声はまさに現在の彼の心的状況の投影であり、それゆえにこの共産主義体制下における「閉じられた都市」ブカレストの市民が感じているであろう「閉塞感」、さらに言えば窒息感に対して真の共感を示している。というよりはむしろ、この「閉塞感」は自由主義の国アメリカ、「発言の自由な国」からやって来たコルドにとってみれば、免疫力がないだけに彼ら以上に打撃的であり、「あの沈黙の部屋」〔ミナの娘時代の部屋〕に閉じ込められていたことが、コルドを錆付かせ、心臓がキリキリ痛むものの声のでない麻痺状態に包んでしまった」（六一）ほどのものであり、彼らに対する同情心から生じる単なる共感以上のものを彼自身が感じていると言えよう。確かに彼は物理的に閉じ込められているわけではなく、ある程度自由に動くことができるわけであるが、彼が切実に感じている、この心理的「閉じ込め」は様々な要素から生じている。まず第一に「見張り」の存在である。一歩外に出れば秘密警察に見張られ、アパートの管理人イオアナ(Ioanna) は一階の「門番の穴蔵」でミナの叔母をはじめとし、彼女の関係者の動きを観察し、常時、警察と連絡を取っている。また、電話は盗聴されており、盗聴している者は時としてその電話の会話に介入してくるというブラック・ユーモア的な信じられない状況である。シカゴからの郵便物は事前に開封されており、その検閲の事実を隠そうともしない処理の仕方である。しかし、この「見張り」の存在だけでは前述のような悲壮感は生れない。この「閉じ込め」の感覚を最も強化しているのは恐怖感である。コルドの場合、自由に動き回れば、理不尽な理由で逮捕され、本当に「閉じ込め」られ、現在許容されている肉体的自由すらも奪われかねないという恐怖がある。さらに、この国の権力体制に精通しているミナが懸念しているように、その「閉じ込め」が「死」につながる恐怖がある。そのミナの恐怖感が夫の行動を必要以上に制限し、それがコルドの「閉塞感」をさらに増大させていることは容易に察しがつくことである。これは一言で言うと権力による「閉じ込め」であり、そこから生じる恐怖感である。

この「閉じ込め＝閉塞感」を越えた、「閉じ込め＝死」という極端な図式を現実的にかつ最も象徴的に示しているのがミナの母親ヴァレリア（Valeria）の場合である。

老いた母ヴァレリアは今は党員ではなかった。厚生大臣をしていたとき失脚して、以後党員ではなかった、それは三〇年前のことだった。そのとき彼女は公に、新聞、ラジオによって弾劾され、職を追われ、投獄、いや死刑の脅かしさえも受けていた。同じ粛正で失脚した彼女の同僚の一人は、裁判に行きつかぬうちに独房で頭を叩き切られた。……ヴァレリア博士はどうにか切り抜けた。(四)

そして現在彼女は自らが建てたこの共産党病院の集中強化加療室で、「人工呼吸器、精査器、記録器のコードにつながれていた」この病院の監督官は秘密警察の大佐であり、彼の許可なくしては彼女に面会することはできない。ミナは一回目は面会が許可されたものの二回目は彼の許可無く面会したということで彼の怒りを買い、母親と会うことができなくなる。ミナの懇願に対して大佐はこの部屋から出すことは許可するという。この「閉じ込め」からの解放は文字通り、即「死」を意味している。というのも彼女の生命を維持しているこれらの装置はこの国では唯一、この病院にしかないのである。

この「閉じ込め」の主体である、大佐はまさにコルド言うところの「監獄国家」ルーマニアの刑務所の所長であり、権力に歯向う者に対する生殺与奪の権力を握っているわけであるが、近代社会においてしばしば抽象的で、明確に捉えることが困難な「国家権力」を具体的に体現している人物である。彼は「ときどき反体制者を収容するいわゆる精神病院施設で」「刑務所行政の訓練」を受けてきた、実に「タフな官僚」であり、たとえアメリカ大使であろうと彼の決定を覆すことはできない。それどころか、逆に自らの権力を誇示するかの如く、事態をさらに困難なものにしてしまう。また、彼は「リボン付きの鞭を振り回すタイプ」であり、「職員たちは彼に怯えて生きていた」この「リボン付きの鞭」と「キチッと身に張り付いた軍服」は圧政的権力者の姿を視覚的に提示している。さらに権力者の常である、被支配者に対する経済的搾取を彼の行動のなかに明確に見て取ることができる。彼は一般の市民が食糧不足をはじめとする経済的困難にあえいでいるなか、「豪華な別荘で……美味な料理を食べ、特選葡萄酒を飲んでい［る］。『新階級』あるいは新『新階級』はテキサスの億万長者のような暮しをしているのである」（一三二）

この共産主義国家の権力の手先である大佐のヴァレリアに対する処遇が図らずも「病院＝刑務所」、さらには「閉じ込め＝死」の図式を暴露したわけだが、病院の図式はさらに直接的な形で我々に提示されている。ヴァレリアは死後、初めてこの部屋から出され、火葬場へ運ばれていく。文字通り、彼女は「死」によって初めて、この権力による「閉じ込め」から解放されたのである。しかし、彼女は逆に死によって別の「閉じ込め」すなわち、お棺という新たな「閉じ込め」にあうことになる。彼女の場合、ジジ（Gigi）おばさんの必死の運動にもかかわらず、彼女の夫のような国葬級の遺体展示が許されなかった。もしも、医学部での遺体展示が許されていれば、象徴的意味合いにおいて、彼女はこの病院＝刑務所、すなわち権力による「閉じ込め」から解放されたと言えるが、再度国家権力によって彼女の解放は阻まれたことになる。

さらにこの「閉じ込め＝死」の究極的構図を象徴しているのは「丘のうえに建つ巨大なドームのビル」である。この火葬場に運ばれてきた彼女のお棺には蓋がなかった。ゆえに物理的には真の「閉じ込め」とは言い難いかもしれないが、このドームで以下のようにまさに逃場のない、究極的「閉じ込め」にあうことになる。

ドームは氷のように冷たい暗闇に閉ざされていたが、その中心の下方に、縦長の金属の樽に似た形のものがあった。それは縦に開くのだ。これが棺架だった。樽の両半分が閉じると、死体は火葬のために機械的に下ろされる。――同じ機械装置で二つの働きをする。（一七二）

物語の最後でコルドはミナに同行してパロマ天文台を訪れるが、曇ったときには決して開かないというドームが凍て付く天空に向かって開いた時、彼はこのブカレストの丘の上に建つドームに思いを馳せる。「あのドームは決して開かなかった。煙となる以外に通過することはできない」と。（三一一）

これまで見てきたようにブカレストは息の詰まるような「閉塞感」が充満している、まさに「閉じられた都市」と言えるが、その「閉塞感」を生み出している最大の要因は思想、言論および行動の自由に対する国家権力の規制、さらにそれに歯向う者に対する「閉じ込め」である。また、都市はひとつには様々な情報がそこに集約され、同時に外に向かって発信される場であるがゆえに「開かれた」という意味を含んでいるわけであるが、この情報の開放という観点からもブカレストは「閉じられた」という語を冠せざるをえない「都市」である。マス・メディアの代表的機器であるテレビが映し出している映像は独裁者の姿だけであり、ラジオが出すのは雑音だけである。また新聞に関しては西側にむかって開かれている数少ない場の一つであるインター・コンチネンタルですら『プラウダ』と『トリビュナ・ルドゥ』しか置いていないのであるから、後は推して知るべしである。またアメリカ文化センターにいるのは秘密警察だけであり、外国人との会話は全て当局に届けなければならない。このように情報の扉は内側にも、外側に対しても固く閉じられている。また、現実的にも彼らは文字どおり閉じ込められている。「移住が許可されたらこの国は一月足らずで空っぽになるだろう」とコルドが言うように、多くの人がこの国から出たいと望んでいるが、現実的には才能豊かなミナのように亡命するしか脱出の手段はない。

この「閉じられた都市」ブカレストの雰囲気を最も象徴的に語っているのは次の描写である。

バルカンのオースマン風町並みのところどころに、地震の廃墟（あるいは古墳）があり、コルドはこれらは墓であるに違いないと思った。レンガの山は腐敗の息を吐いていた。下に回収不可能な死体があるのだ。冷たい、湿った、嫌な臭いだった。……鋳鉄の流しとしわがれ声を立てる引き鎖式のトイレとともに、こういう市電は古き良き時代に属していた。全く昔を振り返ってみているようだった。何十年も前に逆転していた。感情さえも昔日のものだった。大佐との争いの争点も人間の感情だった——新しい秩序の下ではこれは問題としては受け入れられない。しかし大佐はそれを暗黙のうちに認めていた。というのもそれが彼に苦痛を与えていたから。彼はそれが問題であることを知っていた。（二〇七）

この描写はブカレストの街の奥底に淀んでいる空気について比喩的に語っているだけでなく、「都市」についての意義深い概念を提示しており、コルドのシカゴ再考の重要な鍵になっている。前述の如く、彼は「都市はムードであり、情緒的状態であり、集団的歪曲である」と言っている。これはすなわち、都市の実態とはそこに住む人々の感情のさらには潜在意識の集積であるということである。逆に言えば、市民感情がその都市の雰囲気（ムード）を作りだしているということである。このような観点から見ると、ブカレストは「閉塞感」を通り越し、まさに「死」の雰囲気を持った都市である。この場合の「死」は前述の「権力」によって直接的にもたらされた死とはやや異なるものである。約言すれば、文化的「閉じ込め」による「死」である。

前述のように、新政治体制下においても市民感情は依然として変わらず、彼らは「東方の帝国」ルーマニアの古き良き文化に対して郷愁の念を持ち続けている。しかし経済的理由等で彼らがその文化を維持し続けることは困難である。コルドに「最良のものを賞味させようと決意した」にもかかわらず、現実的には満足のいく食事を提供できないジジ叔母さんは言う。「もし本当のルーマニアを見ることができたら、私達の国は本当に豊かで素晴らしい国なんですよ」この言葉はただ単に衣食住の文化についてのみ語っているのではない。むしろそれは彼らの価値観、信念の問題について語っているのである。この信念を維持することの困難さを最も端的に表わしているのがアパートの管理人イオアナの「門番の穴蔵」のなかのナイト・テーブルの上に置かれたヴァレリアの写真と、壁に掛けられた独裁者の写真である。大佐もイオアナもジジ叔母さんもヴァレリアもみな同胞であり、同胞愛があるはずである。しかしソ連支配下の新体制は同胞人を売り、あるいは死に至らしめるという非人間的状況を作りだした。彼らは自らの信念を決して外に向かって表わすことはできないのである。これこそまさに文化的「閉じ込め」と言えるものであり、この「閉じ込め」から敢えて飛び出したならばそこに待ち受けているのはいわゆる「精神病院」であり、究極的には「死」である。

この文化的「閉じ込め」の解放者たるべき人物はヴァレリアであった。彼女は戦後、人々が飢えと病気で苦しむなか、トルーマン大統領に薬品と食料の救援を依頼した。これが彼女の「犯罪の一つ」だった。自らの命を賭けて同胞を救おうとした母ヴァレリアについてミナは言う。「母はシンボルなの……」「政治的というのではなく、ただ人はこういう風に生きるべきであるという生き方の象徴なの。人間的に政府に不満を抱いている人々の象徴なの」ゆえに権力機構は彼女の遺体展示を恐れ、認めなかった。というのもそれを認めることは「彼女が個人として象徴していることをまさに人道的立場において是認することになる」からであるとミナは言う。（一八五）しかしヴァレリアの葬儀には多くの人々が参列した。

彼らは栄養不良の威厳をもって、社会主義以前の衣服をまとって現われた。そして彼らにはかつてはある種の生活があった。――そして彼らは恐らく共産主義者としてあるいは「鉄衛団員」としてさえも（考えられることであるが）その生活の規範に背いたことを認めた。その生活とは昔のヨーロッパの生活であり、その最も恥ずべきときですら今の生活よりは無限に良かった。……しかし彼らは余りにも年老いていた……ただ彼らの世代の一指導者に対して弔慰を示すなどしただけであった。（二一四）

すなわち彼らにはこの文化的「閉じ込め」から飛び出すための「市民の勇気」が欠けていたというよりはむしろ気力がなくなっていたと言うべきであろう。

確かにブカレストでは一種の社会的秩序が維持されているかもしれない。しかしそれはあくまでも権力による暴力的維持であり、市民の人間的感情や道徳観、さらには信条といった、彼らが伝統的に持ち続けてきた、いわゆる「文化的規範」を無視したものである。このような非人間的状況のなかで自らの欲望のみを追及する大佐のような人間が生まれ、彼らの力の前で自らもその階級に近づこうとする者もいるであろうが、大方の市民は諦めと絶望から無気力な状況に陥っていく。いずれにしろ、内部の精神的荒廃は悪化していくことになる。このような状況において、彼らの「文化的規範」の象徴であり、また解放者たるべきヴァレリアの死は文化的「閉じ込め」を一層確固たるものにしてしまっただけでなく、その内部の文化的秩序の混乱、ひいてはその文化の死を意味している。彼女の死の翌日のクリスマスの朝、昔から彼女の家にある「クリスマスの天使たち」が動かなくなってしまう。そのおもちゃは蠟燭で動く仕掛けになっているのだが、ヴァレリアだけがその蠟燭の置き場所を知っている。「四人の天使はじっと動かず垂れ下がっていた。それが彼らの最後だった。ヴァレリアが彼らの秘密を持っていってしまったのだ」(一八二) この天使たちの死が文化的「閉じ込め=死」の図式を象徴していると言えよう。

(二) 「閉じられた社会」シカゴ

現在コルドは「閉じられた都市」ブカレストのミナの部屋に閉じ込められている。この状況で彼は自らがヴァレリアに送った『ハーパーズ』を前に、シカゴの現状を振り返りつつ、「あたかも改めて記事を書こうとするかのように——もっと広い視野から、真の事実にもっと密着して、より大きな勢力を考慮に入れて」彼のシカゴ・ルポを再構築しようと試みる。「ここでは彼は客観的になりやすかった。外国の舞台がより明瞭性に役立つのである」すなわち、ブカレストの権力による「閉じ込め」

の赤裸々な状況を目にしたとき、彼はこの共産主義の都市とはあらゆる点で全く異なるシカゴにも同様の状況が存在していることに気付き、シカゴで見聞した事実を、幾人かの人とのインタビューを考慮に入れつつ再検討する。

そして実際コルドがシカゴの状況を「閉じ込め」という観点から検討するとき、その思考の流れには当然一つの流れが存在する。というのも彼のシカゴ再考は物語の本筋である、ブカレストでの出来事や背景の描写のなかに分断されて挿入されていることからもわかるように、ここで発見した「閉じ込め」に関する一つの構図が彼の思考を促進しているからである。その構図とは一言で言えば、権力に代表される、ある種の暴力的力が作りだす「閉じ込め」による邪魔者の抹殺である。先ず、権力は自らの価値基準に従って、いわゆる「社会的秩序」を守るために、防衛手段として、また懲罰手段として「閉じ込め」の状況を作りだす。その状況のなかで「窒息感」から解放されたいと思い、飛び出そうとする者もいれば、その「閉じ込め」の恐怖のために絶望し、そこから飛び出すことを諦める者もいる。問題は前者が脱出しようとする際に作り出す内部的混乱状況である。この混乱状況は結果的には内部を荒廃、疲弊させ、最終的には死滅させることになる。このような状況に対して権力者側は無視するか、あるいは「閉じ込め」をさらに強化することによって、自ら直接的に手を下すことなく彼らを自滅させることができるのである。これは「閉じ込め」に付随する「閉塞感」「窒息感」あるいは「恐怖感」を利用した、まさに巧妙な、邪魔者の抹殺手段であり、そしてしばしばその主体者の姿が明確に浮上してこないがゆえに混乱の責任を問われることは殆ど無いのである。以下、この「閉じ込め」の構図を構成している様々な要素を手掛かりに彼のシカゴ再考の結論に迫ってみる。

シカゴにおいてこの「閉じ込め」の構図を最も象徴的に示しているのは郡立刑務所である。法治国家アメリカにおいて刑務所は社会の秩序を乱す犯罪者を収容する場であり、これは国家権力による、合法的「閉じ込め」である。しかしコルドが暴露したその刑務所の実態は驚くべきものであり、まさにこの構図を明確に説明している。この刑務所内部の実態は凄じいものであり、皮肉にも無法地帯そのものであった。そこは牢内ボスの完全な支配下にあり、麻薬が公然と売られ、不法売買、殴打、ホモ・セックスの鶏姦は日常的茶飯事であり、さらには殺人、自殺すらもよくあることだった。このような悪を生じさせている一つの要因は「閉じ込め」から生じる「閉塞感」であり「窒息感」である。彼らは狭い空間に閉じ込められ、自由を奪われているために解放感を求めて麻薬や暴力や鶏姦、さらには自殺に走る。しかし最も深刻な問題はこの刑務所内の無秩序を作りだしている一つの大きな要因が「黒人貴族」と呼ばれる「無法の親玉たち」の存在であるという事実である。「彼らは麻薬市場を支配し、刑務所を支配している」換言すると「下層階級」(アンダークラス)という階級的「閉じ込め」から脱出した黒人達の存在がこの無秩序状態の大きな要因となっているのである。

そしてこの荒廃状況の凄じさが「閉じ込め」をさらに強化することになる。自殺や殺人の件数が余りにも増えたとき、犯罪学の教授達が招聘されたこともあったが、彼らは「刑務所の下層房に入っていく勇気がなく、責任をもって取り組むことができなかった」すなわち事態を改善するどころか内部の実態すらも把握できない。このような状況では当然内部の情報は外部には伝わらないし、また行政当局も内部状況把握のためのそれ以上の努力を敢えてしようとはしていない。すなわちこの郡立刑務所の場合、刑務所という物理的「閉じ込め」が情報の囲い込みによってさらに強化され、完全に「閉じられた空間」となっているのである。

前述の如く、この内部の荒廃状況に対して当局は全く改善の手立てを講じようとはしない。それどころか逆に内部の「浄化」を阻もうとする。その「閉じ込め」の解放者たるべき人物がルーファス・リドパス（Rufus Ridpath）という黒人の刑務所長であり、コルドは彼を「シカゴの道徳的イニシアティブの代表的人物」の一人としている。彼は思い遣りに溢れた男であり、自らが「街頭育ち」であるため、囚人達への「愛着のために生きていた」彼は私生活の全てを投げうって彼らのために努力し、その結果、牢内ボス達の尊敬を勝ち得、自殺や殺人の数を減らした。

しかし彼の解放者たるゆえんはただ単に一刑務所の所長として、所内の「浄化」に成功したということだけではない。リドパスについてコルドは次のように言う。

……彼の同胞黒人に対する感情は本物なんだ。黒人がアメリカ社会の一部でいるか、それともそこから排除されようとしているのか？　彼にとってはこれは理論的問題ではないのだ。もし千五百万人もの人達が、腑抜けになり、正気を失うことを既に受け入れてしまっているとしたら――これはなにも麻薬を使うことだけでなくて、生活環境の無秩序のこともだ。アナキーも一種の麻薬だ。そしてそれは彼がこのことを知っているからというだけではないのだ。――彼自身現実に

アナキーそのものなのだ、人間的に言って。（一六五）

すなわち、リドパス自身が「下層階級」という「閉じ込め」から脱出し、刑務所長という地位を得て、さらにはその階級的「閉じ込め」に開口部を作ろうとしたことで、白人社会から見たとき彼らの社会の秩序を乱す、無秩序（アナキー）そのものなのである。そして彼らにとって最も脅威なことは彼が一刑務所長としての枠を越え、牢内ボスの尊敬を勝ち得ることで黒人社会という階級的「閉じ込め」内部の荒廃状態に秩序をもたらそうとしたことである。

ゆえにこの「解放者」の出現はあくまでも「白人社会」権力にとっては不都合である。彼が予算から百万ドルを節約し郡の金庫に戻したとき、上層部の者たちは彼の「政治的野心」を疑い、彼が「政治的に脅威になるのではと恐れ」彼を公的に抹殺しようとする。彼らは「囚人虐待」の罪で彼を起訴し、有罪にしようとする。しかし、検察側がその証人となった殺人既決囚と刑期の短縮を条件に司法取引きをしたことが立証され、最終的には一応リドパスは勝訴する。しかし彼は復職できず、彼が得たものは「不名誉と人格の抹殺」と裁判費用のための負債だけであった。そしてこの「解放者」の公的抹殺に大きく関わったのがマスコミである。マスコミはあたかも彼を残忍な凶悪犯の如く追いかけ、新聞は彼のグロテスクなクローズ・アップ写真を掲載することで「彼にとどめを刺した」のである。すなわち「白人社会」は刑務所という「閉じ込め」からの、さらに階級的「閉じ込め」からの「解放者」たるべきリドパスを合法的に抹殺したのである。

もし刑務所がシカゴにおける象徴的「閉じ込め」であるとすれば、シカゴのスラム街は現実的「閉じ込め」であると言えよう。白人中産階級の人々は無秩序な内部都市の危険から逃れ、彼らの秩序を維持できる「新しい住宅地区」をもとめて郊外に移っていった。「彼らを引っ越させたのは恐怖だった。そしてまた、彼らのあとに残されたのは、荒廃した都市、無限の破滅の平方マイルだった」（一六五）そして現実的に取り残されたのは郊外に移るだけの経済力のない、黒人達であり、また一部貧しい白人の老人達である。彼らはいわゆる「下層階級（アンダー・クラス）と呼ばれる人達であるが、資本主義社会のなかで経済的に「閉じ込め」られており、その階級的「閉じ込め」を現実に体現しているのがスラム街である。コルドは彼らのことを記事のなかで「余計者の人口」「消去された」「運命づけられた人たち」と呼んでいるが、この表現が一見単純で明解なこの階級的「閉じ込め」の構図の裏に潜む本質的問題を暗示している。

前述の構図が示しているように、この階級的「閉じ込め」も当然「閉塞感」「窒息感」を生み出し、人々はこの圧迫感から解放されたいと願う。彼らのなかのわずかな者はリドパスのように懸命に努力して自力でこの「閉じ込め」から脱出する。また「黒人貴族」と呼ばれるギャングの親玉達のように悪に走り、下層階級から飛び出す者もいる。しかし多くの者たちは諦めと絶望から無気力になったり、さらには自殺する者もいる。また彼らの劣悪な生活環境は弱者の死を促進する。

なかでも最も問題なことはこの「閉じ込め」からの解放を求める者達が作りだす自滅的状況である。彼らは解放感を求めて麻薬や暴力、破壊行為あるいは犯罪に走り、内部の無秩序状態を作りだす。そしてこの無秩序状態をさらに破滅に導いているのが、この解放を求めるエネルギーの内部爆発なのである。彼らを無気力状態にするだけでなく、様々な犯罪の元凶となっている麻薬の市場を支配しているのが前述の「黒人貴族たち」であり、彼らは「黒人の若者に対して、恐らく白人の若者に対してさえも強力なモデルを提供している」(一四九)また、彼らの殺人、暴力、破壊行為は内部の荒廃をさらに悪化させるだけでなく、このスラム街を危険な地域とし、麻薬や犯罪の取り締まりどころか実態調査も困難な無法地帯にしてしまう。結果的に彼らの規制のない欲望が殺人、暴力、破壊行為という形で、彼ら自身を荒廃へ、さらには「死」へと導いているのである。

コルドはこの「閉じ込め」の構図に関して強姦殺人事件の黒人被告の弁護人との対話のなかで意義深い発言をしている。

「……男は突き破りたいという、我を忘れる激情に満たされている。突き破る、彼に考え付くことのできる唯一の方法で——ガシャンと性的にぶつかって解放される」
「解放(リリース)! なるほど。熱病と錯乱から」
「一切の渦巻き状態から。恐ろしいのはその意味合いのなかにあるのです——「解放という」幻想が性器という具体性を持つことにあるのです……肉体とその付属物のもつ具体性——内部なき外部」(二〇四)

すなわち、リリースという「精神的解放」を意味する言葉は精神とは無関係の「放出する」という意味合いをもっており、肉体で「解放」を具現しようとするとき、まさに「呪わしい」状況を生み出すのである。この精神性なき、肉体のみを用いた「解放感」は性的犯罪だけでなく、他の様々な暴力、破壊行為を生じさせていることは容易に理解できることである。

さらにコルドはこの弁護士との対話のなかでこの「閉じ込め」のもつ本質的問題を鋭く指摘している。

「……あなたの被告は、今誰でも公然と口にしているあの黒人下層階級に属しています。この階層は今専門家が使っている用語で言えば経済的に『余剰の』存在で、社会の他の部分からどんどん後に取り残されており、絶望と犯罪の文化のなかに錠をかけられ、閉じ込められています——私だったら文化なんて言いませんがこれもまた専門家用語です。文化なんてありません。あるのは荒野のみ、それも物凄いものです。私達は今破滅に引き渡された人達、運命づけられた人々について語っているのです。……彼らはただルンペン人口に過ぎません。私達はこの人口に対してどのように近づいたらいいのかそれさえもわかりません。それに近づくことは難問かもしれないということさえも考えたことがないのです。だからこの人口の前にあるのは死のみです。恐らく私達は既に決定を下したのかもしれません。中流階級に進めるものは進ませてやれ。残り？　そう、出来るだけのことはしてやろう。それ以上する必要はない。彼らは我々のうちの何人かを殺

すかもしれない。たいていは彼ら自身を殺す……」（二〇六―七）

コルドが示唆しているように、彼らはまさに文化的「閉じ込め」状態にあり、その内部は文化的混乱状態、社会学的用語で言えば、アノミー、すなわち欲望を規制する規範が失われた「無規範状態」にある。アメリカの「社会」はこの「閉じ込め」に対して積極的に開口部を作ろうとしない。むしろこの「余剰」の人々が自滅し、空疎化するのを待っている感すらある。この既成体制側の姿勢は、コルドの幼馴染みで現在は世界的なジャーナリストとして活躍しているスパングラー（Spangler）の「他の皆がこの破滅決定の黒人階層―下層階級―を封じ込め（コンテイン）ようとだけしているのに」（二四六）という言葉が明確に語っている。

そして実際、このような状況においては黒人社会が独力でこの「閉じ込め」を解放することは現実的に困難である。コルドがシカゴの「道徳的イニシアティブの代表的人物」としてリドパスとともに彼の記事のなかで取り上げ、『再構成された』人間、『殺人者―救済者』タイプ、それゆえ先端的現代人のケースである」と書いた、黒人トービー・ウインスロップ（Toby Winthrop）はこの絶望的状況について語っている。自身がもと殺人犯であり、麻薬中毒患者であったウインスロップは現在麻薬解毒センターを私的に営み、ここに飢えかけている老人達を連れてきて、彼らにあらゆる人種の若者達に家具作り、室内装飾、洋服の仕立て、そして「尊敬」すらも教えさせる。しかし、と彼は言う。「俺達を見つけるものは少ない。俺達を見つけることのない、あるいは見つけようともしない残りの何千何万の者たち——彼らは破滅するように印が付けられている。彼らは死ぬことになっている。それが現在俺達が見ている状況です」（一九二）すなわち、この文化的規範の失われた社会は救済者の存在も皆無に等しい状態であり、彼らの「閉じ込め」はますます強化される一方である。そして最終的には内部の自己崩壊という運命を辿るのではなかろうか。都市学で言う「都市のドーナツ現象」という言葉はこの内部の空疎化を如実に物語っており、既成の体制はすでに彼らの社会の運命を現実のものとして捉えていることを奇しくも暴露している。

　では実際に「運命づけられた人々」をこの「閉じ込め」から解放できる者はいないのだろうか。前述のようにリドパスは権力とマス・メディアによって解放のための直接的手段を奪われてしまった。しかしグルとして、また黒人社会への「案内人」としての彼は未だ健在である。また自らの非力を嘆くウインスロップをコルドは「再構成された人間」と言っているがこの言葉が暗示しているように、これから多くの「殺人者」ウインスロップが「救済者」ウインスロップに再構成される可能性も残されている。また、郡立病院の人工透析の機械による血液の浄化過程の詳細な描写は彼の解毒センターが黒人社会の救済のために担っている重要な役割を暗示している。また、コルドはリドパスの名誉を回復しようとし、この二人の黒人を「道徳的イニシアティブの代表的人物」として取り上げ、既成の体制を真っ向から攻撃したことでマス・メディアの「コルド狩り」にあい、大学当局からも圧力をかけられる。結果的に彼は学部長の職を辞任することになる。しかし彼はミナにこれからも「ハーパーズの記事の路線で」書き続けると強い決意を表明していることからも、彼自身この解放の一翼を担おうという姿勢が明らかに窺える。

物語のまさに最後において、コルドはミナに同行して訪れたパロマ天文台の天体ドームのリフトに乗り、何一つ視界を遮るもののない、宇宙の無限の広がりのなかで限りない解放感を感じる。彼はドームが完全に開いたとき、リフトの存在さえも忘れ、「生きている天空」に「吸い込まれ」、「引っ張られ」ていくように感じる。

かつて、地中海で三等船室から上に上がってきた時……傾いた海に朝の太陽を見た。自由だ！身体のなかをつかんでいたあらゆる吐き気の縛りがこの溢れ出る感覚でぷっつり切れた。どれが傾いているのかわからなかった、船か、自分自身か、斜めの海か――しかし自由だ！どれだろうと構わなかった、自由なんだから！今やっているように確実に星に近づくときもそんなふうなのだ。（三〇六）

ここで彼が感じている解放感は単に彼が大学という既成体制から解放され、自由な文筆活動が可能になったことを暗示しているだけでない。むしろ、人間がこの広い宇宙の一存在として本来持っている、「自由」への強い希求を表わしている。すなわち、人間が母親の狭い胎内の羊水のなかから飛び出し、この広い宇宙の一存在として誕生した時感じたであろう「解放感」、そして狭い場所への「閉じ込め」から飛び出したいという欲求は人間が生れながらにして持っている、自然の欲求である。また、人間は本来その飛び出す力を与えられているはずである。この自然の摂理を無視し、人を「閉じ込め」状況に置くことはその内部での死、あるいは内部破裂を生じさせることになろう。コルドは自らのシカゴ・ルポの究極的動機は「人間のなかの永遠なるもの」に端を発していたのだと物語の終り近くで気づくが、おそらく彼はこの無限の広がりのなかで、「自由」への強い希求こそ「人間のなかの永遠なるもの」の一つであることを感じ取ったのではなかろうか。

注

第一章

（1）Saul Bellow, *Dangling Man*, (New York: Vanguard Press, 1944) p. 9. 以下の引用はこの版からで頁数は本文中の括弧内に示す。
（2）ベアトリス・ディディエ、『日記論』西川、後平訳（松籟社、一九八七）一四〇頁。
（3）F・ドストエフスキー、『地下室の手記』江川卓訳（新潮社、一九八七）五八―九頁。
（4）J-P・サルトル、『嘔吐』白井浩司訳（人文書院、一九八八）一六―七頁。
（5）ディディエ、一四九頁。
（6）ディディエ、一八八―九二頁。
（7）ディディエ、一八〇頁。
（8）J-F・リオタール、「係争における分別」『どのように判断するか』宇田川博訳（国文社、一九九〇）三六四―六五頁。
（9）リオタール、三六三頁。
（10）リオタール、三六三頁。
（11）モーリス・ブランショ、『文学空間』粟津、出口訳（現代思潮社、一九八三）二一頁。

(12) 例えばJ・クレイトンはジョウゼフの死に対する恐怖を夢の分析を中心に解釈している。
J. Clayton, *Saul Bellow: In Defense of Man*,（Bloomington: Indiana UP, 1968）, pp. 97–105.

(13) Keith Opdhal, *The Novels of Saul Bellow*,（University Park: Pennsylvania State UP, 1967）p. 30.

(14) Clayton, p. 293.

(15) ドストエフスキー、六〇頁。

(16) ディディエ、九頁。

(17) Opdhal, p. 36.

(18) ディディエ、一一三頁。

(19) See Opdhal, p. 30.
M. Gilbert Porter, *Whence the Power? The Artistry and Humanity of Saul Bellow*,（Columbia: U. of Missouri P, 1974）p. 8.
Eusebio L. Rodrigues, *Quest for the Human*,（Lewisburg: Bucknell UP, 1981）, pp. 20–21, p. 23.

第二章

(1) ジャン・フランソワ・リオタール、『文の抗争』陸井四郎訳（法政大学出版局、一九八九）、二一一頁。

(2) ただし第二章と最終章は全知の語り手の視点からレヴァンサールの視点へ移行している。

(3) Saul Bellow, *The Victim*（New York: Vanguard Press, 1947）p. 12. 以下の引用はこの版からで頁数は本文中に記す。

(4) *O. E. D.* の "infant" の項を参照。英国では一八歳以下である。

(5) ミシェル・フーコー、『言語表現の秩序』中村雄二郎訳（河出書房新社、一九八一）、二一一頁。

（6） William Shakespeare, *The Tempest*, ed. Frank Kermode (London: Methuen, 1954) 一幕二場三六五—六七行。

（7） C・ライト・ミルズ、『プエルトリカン・ジャーニー』奥田憲昭（他）訳（恒星社、一九九一）二三頁。

（8） ミルズ、七三—七四頁。

（9） ミルズ、八二頁。

（10） William H. Chafe, *Women And Equality: Changing Patterns in American Culture* (New York: The Harvest Press, 1977) p. 16.

（11） Chafe, p. 94.

（12） ジラールは『身代りの山羊』の中で「集合的な不安や欲求不満は、うまく社会全体に組み込まれていない少数派に所属する犠牲者にむかって容易に結束し、代償的な満足を獲得する」と言い、子供や「外的種族」、「周縁部的種族」等を犠牲者として挙げている。ルネ・ジラール、『身代りの山羊』、織田年和（他）訳（法政大学出版局、一九八五）六五頁、一九頁。

また、「暴力は、その激怒を誘った当の相手のかわりに、たまたま身近に来た、叩きのめすことのできる生き物を……身代りに仕立ててしまうのである」と言う。ジラール、『暴力と聖なるもの』、古田幸男訳（法政大学出版局、一九八二）三頁。

第三章

（1） Saul Bellow, *The Adventures of Augie March* (New York: Viking Press, 1953), p. 136. 以下の引用はこの版からで、頁数は本文中に記す。

（2） ローマ皇帝、Gaius Caesar（A. D. 12-41）その残酷さと浪費の為、暗殺された。

(3) Robert E Park, "Human Migration and the Marginal Man", (*American Journal of Sociology*, 33, May 1928), pp. 889-90.

(4) Cutler Irving, *Chicago : Metropolis of the Mid-Continent* (Dubuque, Iowa: Kendall/Hunt Publishing Co., 1973), p. 37.

(5) D・A・シャノン、『アメリカ―二つの大戦のはざまに』今津、榊原訳(南雲堂、一九七六)、一四三頁。

(6) シャノン、一七六頁。

(7) シャノン、一五九頁。

(8) C・R・ウォーカー、「大量生産の社会的影響」(M・クランツバーク、C・W・パーセル二世編『二〇世紀の技術』、小林達也監訳、(東洋経済新報社、一九七六)、一四四―五〇頁。

(9) 科学的管理法については以下を参考にした。P. F. Drucker, *The Age of Discontinuity* (New York: Harper & Row, 1969) 桜井哲夫、『近代の意味』(日本放送出版協会、一九八四)。

(10) David Harvey, *The Condition of Postmodernity* (Cambridge MA: Blackwell, 1990), p. 126.

(11) シャノン、二四八頁。

第四章

(1) Roy Schafer, "Narration in the Psychoanalytic Dialogue" in *On Narrative*, ed. W. J. T. Mitchell (Chicago: The U of Chicago P, 1980), p. 31.

(2) Schafer, pp. 31-32.

（3）　Schafer, p. 38.
（4）　Saul Bellow, *Seize the Day*（New York: The Viking Press, 1956）, p. 26. 以下の引用は全てこの版からで、頁数は本文中括弧内に示す。
（5）　タムキンに関する様々な評価に関しては次の論文に詳述されている。Gilead Marahg, “The Art of Dr. Tamkin” in *Saul Bellow*, ed., Harold Bloom（New York: Chelsea House Publishers, 1986）, pp. 147-59.
（6）　J・ラプランシュ、J・B・ポンタリス『精神分析用語辞典』、村上仁監訳、三二八頁。
（7）　Schafer, pp. 41-43.
（8）　Schafer, p. 44.

第五章

（1）　「フロイトの *Das Unbehagen in der Kurture* の邦訳題は『文化への不満』であるが英訳題（Civilization and Its Discontent）に従い『文明への不満』と訳した」と鈴木晶氏が『フロイト』のあとがきで述べているように、内容的にも文明のほうがより適切であるので本論では「文明への不満」とした。
（2）　フロイト、「文化への不満」『フロイト著作集3』（人文書院、一九九九）、四五二頁。
（3）　「文化への不満」、四五〇頁。
（4）　「文化への不満」、四七七頁。
（5）　Saul Bellow, *Henderson the Rain King*（New York: Viking, 1959）, p. 7. 以下この作品からの引用はこの版からで頁数は本文中括弧内に記す。
（6）　リビドーの定義に関してはフロイトの場合、一般的にはエロスの欲動エネルギーとされているが、「文化への不満」においてフロイトは「欲動のすべての現われにはリビドーが関係しているが、欲動の現われすべてがリビドーであるとは限らない」（四七七）と述べ、その定義は曖昧である。本論においては『ヘンダソン』の中での "it has to be some lust? But this was no better guess than the others" (24) を受けて、Jung の「切望というもの全てに含まれる『心的エネルギー』」という意味で用いている。

（7）Fredrick Jameson, *Marxism and Form* (New Jersey: Prinston UP, 1971), p. 107.

（8）フロイト、「自我とエス」『フロイト著作集6』（人文書院、一九七〇）参照

（9）フロイト、「トーテムとタブー」『フロイト著作集3』（人文書院、一九六九）参照

（10）Herbert Marcuse, *Eros and Civilization* (London: Routledge & Kegan Paul Ltd, 1956), p. 99.

（11）Marcuse, p. 101.

（12）フロイト、「ドストエフスキーと父親殺し」『フロイト著作集3』参照

（13）同上書、四一三頁。

（14）『オイディプス王』、『アンティゴネー』、『コロヌスのオイディプス』が一般的にオイディプス悲劇三部作と言われている。

（15）Erich Fromm, "The Oedipus Complex and the Oedipus Myth," in Ruth Nanda Anshen, *The Family: Its Function and Destiny*, (New York: Harper & Brothers, 1949). 本論では E. Fromm, *The Forgotten Language*, (New York: Grove Press Inc. 1981) に収録されたものを参照した。

第六章

（1）Saul Bellow, *Herzog* (New York: The Viking Press, 1964), p. 1. 以下、この作品からの引用はこの版からで頁数は本文中括弧内に記す。

(2) Paul Ricoeur, "Narrative Time," in *On Narrative*, ed. W. J. T. Mitchel (Chicago: The U of Chicago P, 1980), p. 170.

(3) Ricoeur, p. 170.

(4) 『この日を摑め』でアドラー博士は都会のプレッシャーに耐えられないと言う息子のトミーに対して「水療法」を執拗に勧めている。

(5) ハーツォグの「啓示を受けた状態」に関しては様々な論議が成されている。Ruth R. Wisse "The Schlemiel as Liberal Humanist." in *Saul Bellow*, ed. R. Rovit (Englewood Cliffs, N.J.: Prentice-Hall, Inc., 1975), pp. 90-91. を参照されたい。

(6) Saul Bellow, *Humboldt's Gift* (New York: The Viking Press, 1975). p. 107.

第七章

(1) Saul Bellow, *Mr. Sammler's Planet* (New York: The Viking Press., 1970) p. 284. 以下の引用はこの版からで、頁数は本文中括弧内に記す。

(2) Theodore Roszak, *The Making of a Counter Culture* (New York: Doubleday & Company, Inc., 1969), p. 5.

(3) Roszak, p. XIV.

(4) Anders Stephanson, "Interwiew with Cornelwest," Andrew Ross ed., *Universal Abandon?: The Politics of Postmodernism* (Minneapolis: U of Minnesota P, 1988), p. 285.

第八章

（1）*Humboldt's Gift*, p. 118. 以下の引用はこの版からで、頁数は本文中括弧内に示す。
（2）Clayton, p. 284.
（3）Clayton, p. 271.
（4）Malcolm Bradbury, *Saul Bellow*（New York: Methuen, 1982）, p. 91.
（5）Robert R. Dutton, *Soul Bellow*（Boston: Twayne Publishers, 1982）, p. 160.
（6）アンリ・ベルグソン、『笑い』林達夫訳（岩波書店、一九七六）、八七—九九頁。
（7）Eusebio L. Rodorigues, *Quest for the Human*（Lewisburg: Bucknell Uni. Press, 1981）, p. 254.
（8）『カルドフレッド』と『フンボルトの贈り物』に見られるコントラストのテクニックに関しては拙稿“Signor Caldofreddo —— A Man of Good and Evil: A Study of *Humboldt's Gift*（『シュンポシオン』第9号所収）で論じている。
（9）James Atras, *Delmore Schwartz*（New York: Avon Books, 1977）の序においてアトラスはシュワーツが世間に正当に評価されていないという人々の意見に注目し、ベローが『フンボルトの贈り物』の中でシュワーツを「歯のないライオン」として描いているというアナトール・ブロイヤードの批判について言及している。
（10）Saul Bellow, “A Writer from Chicago,” *The Tanner Lectures on Human Values*, Vol. 3, ed Sterling M. McMurrin（Cambridge UP, 1982）, p. 177.
（11）アレゴリーに関してはイーグルトン、およびベンヤミンを参照した。
（12）Cutler Irving, *Chicago: Metropolis of the Mid-Continent*（Dubuque, Iowa: Kendall/Hunt Publish-

ing Co., 1973), p. 42.

（13）"A Writer from Chicago," p. 188.

（14）"A Writer from Chicago," p. 217.

（15）物語のなかでチャーリーは実際厳密な意味ではループの近くまでしか行ってはいないが、ベローのループという意味合いは都市部であると考えられるのでこのような表現にした。

（16）アーヴィングによるとChicago の語源はネイティブ・アメリカンのChecagouであり、wild onion, garlic を意味している。さらに *Americana* に寄れば転じてpowerful, strong の意味をもつということは学者の間では一般的に合意されているとしている。

（17）Saul Bellow, "Chicago: The City That Was, The City That Is," *Life*（October, 1986）, p. 27.

（18）ネイティブ・アメリカンに関してはウォシュバーンおよびアーヴィングを参照した。

（19）ウォルター・ベンヤミン、『アレゴリーとバロック悲劇』浅井、久保訳（ベンヤミン・コレクション1、ちくま学芸文庫、一九九五）、二一八頁。

（20）Saul Bellow, "The Nobel Lecture," *American Scholar*（vol. 46. Summer, 1977）, p. 321.

（21）水のイメージに関しては第六章を参照されたい。

（22）ベンヤミン、二一九頁。

（第九章）

（1）Saul Bellow, *The Dean's December*（New York: Harper & Row., 1982）, p. 285.
以下の引用はこの版からで、頁数は本文中括弧内に記す。

あとがき

私がソール・ベローの作品に初めて出会ったのは上智大学の国際部のアメリカ文学の授業のなかで『この日を摑め』を読んだときでした。正直な気持、それほど面白いとは思わなかったのですが、かなり高い評価を受けている作家であると聞いてなぜだろうと思い、興味を引かれ、他の作品を読んでみようと、次に読んだのが『フンボルトの贈り物』です。そしてこの作品を読んだとき初めてベローに対する高い評価に納得がいき、彼の文学をさらに学びたいと思い、インディペンデント・スタディでこの作品についての小論文を書きました。

その後、さらに研究を続けたいと思い、ユダヤ系作家の専門家の岩元巌先生が教鞭をとっていらした、筑波大学文芸言語研究科に入ろうと決心し、幸いなことに入学させて頂くことができました。しかし、やはりベローの作品は難解で、修士論文を書く際は、ベローにしようか、私の最も好きなヘミングウェイにしようか迷ったのですが、ベローの研究のためにこの研究科に入れていただいたのだからと思い、とにかく修論まではベローを続けようと思い、長編四作を取り上げ、何とか論文を仕上げました。ただ、この修論で苦しんだ結果、ベローに対する熱意が皮肉にも再燃し、その後、少しずつでも他の長編にも挑戦を続けていこうと決心しました。

研究を始めた当初はベローの文学的手法、特に語りの手法に興味を持っていたのですが、その後、宮崎大学でアメリカ文化論を担当するようになってからはどうしても文学と社会という観点から作品を見る傾向が強くなり、論文もアメリカ社会をテーマにしたものになってきており、この本をまとめるにあたって、改めて自分のベローの作品に対する見方を実感した次第です。もちろんこのような見方はベローの作品の十分な評価にとっては不十分であり、偏っているということは否定できません。しかし、少なくとも序章で述べたように、彼の「アメリカ人作家」としての評価には繋るのではないかと思います。

今回、この本をまとめることで、ベロー研究にひとつの区切りを付けることができ、心から嬉しく、また一種の「解放」感を感じています。というのも、彼の作品はその内容の深さ、幅広さゆえに非常に啓発的であると同時に、また非常に難解でもあり、作品と向かい合うたびに喜びと同時に自らの無知と非力さを思い知らされ、苦しみであったことも事実でした。しかしそのような葛藤を乗り越え、なんとか続けてこられたのはひとえに恩師岩元巌先生のお蔭であり、先生の存在と時には厳しく、時には暖かい励ましのお言葉がなかったならば、この本をまとめることはできなかったと思い、心から感謝しています。

この本の出版に際しては岩元先生をはじめ、多くの方のご助言と成美堂社長佐野英一郎氏のご助力を頂き誠に有難く思っております。また編集の個々の段階では編集部の廣江勝巳氏に適切なご助言とご協力を頂き、不慣れな作業を何とか進めていくことができました。ここに記して感謝の意を述べさせて頂きます。

二〇〇三年　八月

残暑の厳しい宮崎にて

論文初出一覧

1. 「アメリカ人作家」ベローの誕生―ソール・ベローの文学とアメリカ社会　宮崎大学紀要、第十号、二〇〇四年。
2. 日記を読む―『宙ぶらりんの男』試論『アメリカ文学評論』、第一四号、一九九四年、八〇―八九頁。
3. 真の犠牲者とは―『犠牲者』試論　*OTSUKA REVIEW*、第三〇号、一九九四年、一一六―一二六頁。
4. 「都市とテクノロジーと自由―『オーギー・マーチの冒険』試論」鷲津浩子、森田孟編『アメリカ文学とテクノロジー』筑波大学アメリカ文学会、二〇〇二年、一三二―一四四頁。
5. トミー・ウイルヘルムの再生―『この日を摑め』試論　*OTSUKA REVIEW*、第二六号、一九九〇年、八六―九七頁。
6. 文明社会におけるエロスとタナトスの共生―『雨の王ヘンダソン』試論　*OTSUKA REVIEW*、第三九号、二〇〇三年、四九―六二頁。
7. 「高度文明社会における罪と罰―『雨の王ヘンダソン』小考」鷲津浩子、森田孟編『イン・コンテクスト』「Epistemological Framework と英米文学」研究会、二〇〇三年、九九―一一七頁。
8. 緑と水のモチーフを求めて―『ハーツォグ』試論　*American Literature Tsukuba*, No. 4. 一九九〇年、一六―二五頁。
9. 偉大なるパロディ社会―『サムラー氏の惑星』小考　*OTSUKA REVIEW*, 第四十号、二〇〇四年。
10. フンボルトの贈り物としての『フンボルトの贈り物』『アメリカ文学評論』、第一一号、一九九〇年、六四—七三頁。

11. 「シカゴ」を解読する—『フンボルトの贈り物』小考 *OTSUKA REVIEW*、第三三号、一九九七年、六七—七九頁。

12. 閉じられた「都市」と閉じられた「社会」—『学部長の十二月』小考 *American Literature Tsukuba*, No. 9. 一九九九年、三七—四七頁。

参考文献

1. 第一次資料（作品）

Bellow, Saul. *Dangling Man*. New York: Vanguard Press, 1944.
———. *Henderson the Rain King*. New York: Viking, 1959.
———. *Herzog*. New York: Viking, 1964.
———. *Humboldt's Gift*. New York: Viking, 1975.
———. *Mr. Sammler's Planet* New York: Viking, 1970.
———. *Seize the Day*. New York: Viking, 1956.
———. *The Adventures of Augie March*. New York: Viking, 1953.
———. *The Dean's December*. New York: Harper & Row., 1982.
———. *The Victim*. New York: Vanguard Press, 1947.

邦訳：
大井浩二訳『フンボルトの贈り物』東京、講談社、一九七七。
渋谷雄三郎訳『オーギー・マーチの冒険』東京、早川書房、一九八一。
———・『学生部長の十二月』東京、早川書房、一九八三。
橋本福夫訳『サムラー氏の惑星』東京、新潮社、一九七四。

2. 第二次資料（本書執筆に直接参照したもの）

Atras, James. *Delmore Schwartz*. New York: Avon Books, 1977.

Bellow, Saul. "A Writer from Chicago," The Tanner Lectures on Human Values, Delivered at Brasenose College, Oxford University, May 18 and 25, 1981. *The Tanner Lectures on Human Values*. vol. 3. ed. Stering M. McMurrin. (Cambridge UP, 1982.) pp. 175–219.

——. "Chicago: The City That Was, The City That Is," *Life*. (October 1986), pp. 21–3, 27.

——. "The Nobel Lecture," *The American Scholar*, vol. 46. (Summer, 1977), pp. 316–25.

Bradbury, Malcolm. *Saul Bellow*. New York: Methuen, 1982.

Chafe, William H. *Women and Equality: Changing Patterns in American Culture*. New York: The Harvest Press, 1977.

Clayton, John J. *Saul Bellow: In Defense of Man*. Bloomington: Indiana UP, 1968.

Dutton, Robert R. *Saul Bellow*. Boston: Twayne, 1982.

Fromm, Erich. *The Forgotten Language*. New York: Grove Press Inc., 1951.

Harvey, David. *The Condition of Post-modernity*. Cambridge MA: Blackwell, 1990.

Irving, Cutler. *Chicago: Metropolis of the Mid-Continent*. Dubuque: Kendall/Hunt Publishing Co., 1973.

Jameson, Fredric. *Marxism and Form*. New Jersey: Prinston UP, 1971.

Marcuse, Herbert. *Eros and Civilization*. London: Routledge & Kegan Paul Ltd., 1956.

Mitchel, W. J. T. ed. *On Narrative*. Chicago: The U of Chicago P, 1980.

Opdhal, Keith. *The Novels of Saul Bellow*. University Park: Pennsylvania State UP, 1967.

Park, Robert E. "Human Migration and the Marginal Man." *American Journal of Sociology*, 33 (May

1928).

Porter, M. Gilbert. *Whence the Power? The Artistry and Humanity of Saul Bellow*. Columbia: U of Missouri P, 1974.

Rodrigues, Eusebio L. *Quest for the Human*. Lewisburg: Bucknell UP, 1981.

Roszak, Theodore. *The Making of a Counter Culture*. New York: Doubleday & Company, Inc., 1969.

Shakespeare, William. *The Tempest*. Ed. Frank Kermode London: Methuen, 1954.

Stephanson, Anders. "Interview with Cornelwest." *Universal Abandon?: The Politics of Postmodernism*. Ed. Andrew Ross. Minneapolis: U of Minnesota P, 1988. pp. 269-86.

ウォーカー、C・R「大量生産の社会的影響」M・クランツバーク、C・W・パーセル二世編『20世紀の技術』小林達也監訳　東京、東洋経済新報社、一九七六。

サルトル、ジャン・ポール『嘔吐』白井浩司訳　京都、人文書院、一九八八。

シャノン、D・A『アメリカ・二つの大戦のはざまに』今津・榊原訳　東京、南雲堂、一九七六。

ジラール、ルネ『暴力と聖なるもの』古田幸男訳　東京、法政大学出版局、一九八二。

――・『身代わりの山羊』織田年和（他）訳　東京、法政大学出版局、一九八五。

ディディエ、ベアトリス『日記論』西川長夫、後平隆共訳　京都、松籟社、一九八七。

ドストエフスキー、F『地下室の手記』江川卓訳　東京、新潮社、一九八七。

フーコー、ミシェル『言語表現の秩序』中村雄二郎訳　東京、河出書房新社、一九八一。

フロイト、ジークムント『フロイト著作集』第三巻　高橋義孝（他）訳　京都、人文書院、一九六九。

――・『フロイト著作集』第六巻　井村恒郎、小此木啓吾（他）訳　京都、人文書院、一九七〇。

ブランショ、モーリス『文学空間』粟津則雄、出口裕弘訳　東京、現代新潮社、一九八三。

ベルグソン、アンリ『笑い』林達夫訳　東京、岩波書店、一九七六。

ベンヤミン、ウォルター「アレゴリーとバロックの悲劇」浅井健二郎、久保哲司訳『ベンヤミン・コレクション1』東京、ちくま学芸文庫、一九九五。

ミルズ、C・ライト『プエルトリカン・ジャーニー』奥田憲昭（他）訳　東京、恒星社、一九九一。

リオタール、ジャン・フランソワ『どのように判断するか—カントとフランス現代思想』宇田川博訳　東京、国文社、一九九〇。

——・『文の抗争』陸井四郎訳　東京、法政大学出版局、一九八九。

3. 上記以外の文献

Chafe, William H. and Sitkoff, H. ed. *A History of Our Time.* New York: Oxford UP, 1983.
Dickstein, Morris. *Gates of Eden: American Culture in the Sixties.* New York: Basic Books, 1977.
Drucker, P.F. *The Age of Discontinuity.* New York: Harper & Row, 1969.
Eagleton, Terry. *Walter Benjamin or Towards a Revolutionary Criticism.* London: Verso, 1981.
Miller, Ruth. *Saul Bellow: A Biography of the Imagination.* New York: St. Martin's Press, 1991.
Moragh, Gilead. "The Art of Dr. Tamkin." *Saul Bellow.* Ed. Harold Bloom. New York: Chelsea House Publishers, 1986. pp. 147–59.
Rovit, R. ed. *Saul Bellow.* Englewood Cliffs: Prentice-Hall Inc., 1975.
有賀貞（他）編『アメリカ史（一）』東京、山川出版社、一九九三。

――・『アメリカ史（二）』東京、山川出版社、一九九四。

有賀貞、大下尚編『概説アメリカ史』東京、有斐閣、一九九一。

ウォッシュバーン、W・E『アメリカ・インディアン』富田虎夫訳　東京、南雲堂、一九七七。

ギトリン、トッド『六〇年代―希望と怒りの日々』疋田三良、向井俊二訳　東洋、彩流社、一九九三。

ケイヤー、ラビ・M『ユダヤ五〇〇〇年の知恵』加瀬英明訳　東京、実業之日本社、一九七一。

桜井　哲夫『近代の意味』東京、日本放送出版協会、一九八四。

ストー、アンソニー『フロイト』鈴木晶訳　東京、講談社、一九九四。

ソポクレス『オイディプス王』藤沢令夫訳　東京、岩波書店、一九七六。

――・『アンティゴネー』呉茂一訳　東京、岩波書店、一九六一。

――・『コロヌスのオイディプス』高津春繁訳　東京、岩波書店、一九六一。

本田創造『アメリカ黒人の歴史』東京、岩波書店、一九九一。

ラプランシュ、J／ポンタリス、J・B、『精神分析用語辞典』村上仁監訳　東京、みすず書房、一九九六。

221
カルドフレッド（『カルドフレッド』） Caldofreddo 208-209,219-222
カンタービレ　Cantabile 215-216,228-230,233
コーコラン　Corcoran 208-217,222
ザクスター　Thaxter 215,238
ジュリアス　Julius　239
ジョー　Joe　230
チャーリー・シトリーン Charlie Citrine　17-18, 207-209,213-222,224-225, 228,230-231,233-234,236-240
デニーズ　Denise　214
ネイオミ・ルーツ Naomi Lutz　18,216, 225,234-237,239
ビグーリス　Bigoulis 210-211,215
フンボルト　Humboldt 177,207-219,221-223,240
ヘプティバ　Hepzibah 211
ユーリック　Ulick　215
ラバーン　Laverne　210-211,214
レナータ　Renata　214-216
『ラヴェルスタイン』（*Ravelstein*）　4
ベンヤミン，ウォルター（Walter Benjamin） 236,239
ホイットマン，ウォルト（Walt Whitman）218,226-227
マルクス，カール（Karl Marx） 127
マルクーゼ，ヘルベルト（Herbert Marcuse） 127,129-131,148,150-151, 186
『エロス的文明』*Eros and Civilization: A Philosophical Inquiry into Freud*　127
メイラー，ノーマン（Norman Mailer）151
モリエール（Moliére）211-212
モンロー，ジェイムズ（James Monroe: 1817-25）7
リオタール，ジャン・フランソワ（Jean-François Lyotard） 32,43
レーガン，ロナルド（Ronald W. Reagan: 1981-89） 19
ローズヴェルト，フランクリン（Franklin D. Roosevelt: 1933-45）6-7
ロンドン，ジャック（Jack London）3

マーガレット Margaret 91,96-99,102-103
ラパポート Rappaport 98
『サムラー氏の惑星』(*Mr. Sammler's Planet*) 14, 17,181-182,189
アイゼン Eisen 192,202
アルター・サムラー Artur Sammler 14-16, 181-185,187-194,196-198, 200-201,203
アンジェラ Angela 191,198-202
イリヤ・グルーナー Elya Gruner 182,194, 197-198
ウォリス Wallace 188, 194-202
シューラ Shula 196
ファートン Wharton 199-200
フェファー Feffer 192
ラル博士 Dr. Lal 188, 195
『宙ぶらりんの男』(*Dangling Man*) 7,21,25,27
アイヴァ Iva 26
アルムスタット Almstadt 37
エッタ Etta 34
サーヴェイティアス Servatius 30-31
ジミー・バーンズ Jimmy Burns 34
ジョウゼフ Joseph 7, 9,25-27,29-37,39-40
『ハーツォグ』(*Herzog*) 14,157-159,237
ウィル Will 171-172
エメリッヒ Emmerich 160-161,172
サンドー Sandor 164
シャピロ Shapiro 163
ジポーラ Zipporah 168
ジューン June 170-172,176
ソノ Sono 168-169
タトル Tuttle 174
デイジー Daisy 166-167
ナックマン Nachman 167
ハーツォグ Moses E. Herzog 14,157-158,160-174,176-177
マーコ Marco 169,172
マドレーヌ Madeleine 160,166-167
ラモーナ Ramona 168-169
リビー Libbie 161,165
ローラ Laura 167
『フンボルトの贈り物』(*Humboldt's Gift*) 17, 176,207-209,217,222,224-226,228,236-237
ウォルドマー Waldemar

70-78,80-82,237
オジマンディアス Ozymandias 69
サイモン Simon 76-77,81
シイア Thea 70-71,74
ジョー・ゴーマン Joe Gorman 66-67
ジョージィ Georgie 75-77,80
ステラ Stella 74
マグナス Magnus 70
レンリング Renling 64-66
『学部長の十二月』（*The Dean's December*） 19,21,244
イオアナ Ioanna 246,252
コルド Corde 20-21,244-246,248-252,254-257,259-265
ジジ Gigi 249,252
スパングラー Spangler 262
トービー・ウインスロップ Toby Winthrop 20,262-263
ヴァレリア Valeria 247-248,252-254
ミナ Minna 244-247,249-250,252-254,263-264
ルーファス・リドパス Rufus Ridpath 20,257-259,262-263
『犠牲者』（*The Victim*） 9,43-44,52-53,58
エリナ Elena 44,47-49,51-52,58
オールビー Albee 9-10,43,45,52-53,56,58
ジュリア Julia 45
ヌーネース夫人 Mrs. Nunez 53
ハーカヴィー Harkavy 45,49
フィリップ Philip 44-46,58
マックス Max 47-48,50-51
ミッキー Mickey 47-48,51
メアリー Mary 55,57
リビー Libbie 45
レヴァンサール，エイサ Asa Leventhal 9-10,43-45,47-51,53-56,58
『この日を摑め』（*Seize the Day*） 89
アドラー氏 Adler 92
ウィルヘルム・アドラー Wilhelm Adler 89
オリーブ Olive 99,103
タムキン Dr. Tamkin 89-100,102
トミー・ウイルヘルム（ヴェルヴェル）Tommy Wilhelm（Velvel） 89-103

フロイト，シグムント (Sigmund Freud) 108-110,114,120,127-131,134-136,138-140,142,146
「文明への不満」"Das Unbehagen in der Kulture" 108-109,127
フロム，エーリッヒ (Erich Fromm) 131,151-152
ブランショ，モーリス (Maurice Blanchot) 32
ヘミングウェイ; アーネスト (Earnest Hemingway) 8,12-13,25,40,108
『老人と海』*The Old Man and the Sea* 12,108
ヘンリー，オー (O. Henry) 3
ベルグソン，アンリ (Henri Bergson) 212,216
『笑い』*Le Rire* 212
ベロー，ソール (Saul Bellow) 3-6,8-10,12-22,25,43,95,108,114,124-125,131,150-152,159,182,201,207-208,223-228,232,236-237,240,244
『雨の王ヘンダソン』(*Henderson the Rain King*) 12,108,110,125,131,152,182
アーニュイ族 Arnewi 114-115,118-119,135,141,143
イテロ Itelo 115-116,121
ウィラード・ヘンダソン Willard Henderson 136
ウィラテール Willatale 116
ウィルフレッド博士 Doctor Wilfred 141
エドワード Edward 147-148,153
ダーフ Dahfu 12,120-125,135,141,143,145-149,152
ディック Dick 138-139,147
フランシス Frances 152-153
ミス・レノックス Miss Lenox 111,113,131
ムタルバ Mtalba 115
ユージーン・ヘンダソン Eugene Henderson 12,108,110-125,131-152
リリー Lily 110-112,125,131-133,149
ロミラユ Romilayu 118,124,142
ワリリ族 Wariri 114,118-121,123-124,135,142-145
『オーギー・マーチの冒険』(*The Adventures of Augie March*) 5-6,63,224,226,237
オーギー Augie 63-68,

索　引

ウィルソン，ウッドロー (Woodrow Wilson: 1913-21)　7
『嘔吐』*La Nausee*　27
キング牧師 (Martin Luther King Jr.)　12-13,181,191
ギンズバーク，アレン (Allen Ginsberg)　12-13,151
ケネディ，ジョン F. (John F. Kennedy: 1961-63)　13-14,187
ケネディ，ロバート F. (Robert F. Kennedy)　181,191
ケラワック，ジャック (Jack Kerouac)　151
シェイクスピア，ウィリアム (William Shakespeare)　52
　『テンペスト』*The Tempest*　52
シェイファー，ロイ (Roy Schafer)　87-89,91,93,95,101
シンクレア，アップトン (Upton Sinclair)　6
ジェイムスン，フレドリック (Fredric Jameson)　127
ジョンソン，リンドン B. (Lindon B. Johnson: 1963-69)　14
ジラール，ルネ (René Girard)　58
スミス，アダム (Adam Smith)　79
ソフォクレス (E. A. Sophocles)　142
　『アンティゴネー』*Antigone*　152
　『コロヌスのオイディプス』*Oedipus at Colonus*　142,152
ソロー，ヘンリー．デイヴィッド Henry David Thoreau　188
『地下室の手記』*Zapiski iz podpol'ya*　27,36
ディディエ，ベアトリス Beatrice Didier　27,29-30,37
トウェイン，マーク　Mark Twain　6
　『ハックルベリー・フィンの冒険』*The Adventures of Huckleberry Finn*　6
パーク，ロバート E.　Robert Ezra Park　73
フーヴァー，ハーバート (Herbert Hoover: 1929-33)　78
フォード，ヘンリー (Henry Ford)　4,80-82

著者略歴

坂口 佳世子（さかぐち かよこ）

九州大学文学部英文科卒業
筑波大学大学院文芸言語研究科博士課程単位取得満期退学
現在　宮崎大学教育文化学部助教授

（著書）
『アメリカ文学とテクノロジー』（共著）
『イン・コンテスト―Epistemological Frameworks and Literary Texts』（共著）

ソール・ベロー研究
――ベローの文学とアメリカ社会――

2003年11月20日 初版印刷　2003年11月28日 初版発行

著　者　坂口 佳世子
発行者　佐野 英一郎

発　行　所
株式会社 成　美　堂

〒101-0052 東京都千代田区神田小川町 3―22
TEL. 03（3291）2261
FAX. 03（3293）5490
URL http://www.seibido.co.jp

定価　本体2,500円（税別）

（落丁・乱丁本はお取替え致します）
（東洋経済印刷株式会社 印刷・秀美堂 製本）

ISBN 4-7919-7081-0